別開生面 話新場

第一屆環太平洋紅樓夢國際學術研討會論文集

The 1st Pacific Rim International Academic Conference on The Dream of the Red Chamber

朱嘉雯◎主編
國立東華大學國際紅學研究中心◎策畫主編

主編序

紅學兩百年——東華大學國際紅學研究中心
「第一屆環太平洋《紅樓夢》國際學術研討會」
論文集

朱嘉雯

國立東華大學國際紅學研究中心主任

「紅學」一詞最早出現於清代嘉慶年間，到了光緒時期「京朝士大夫尤喜讀之，自相矜為紅學云」（《八旗畫錄》）。及至1921年，胡適寫下〈紅樓夢考證〉一文，正式開啟了新紅學時代，則紅學的發展史已逾兩百年。

而《紅樓夢》作為一部文化小說，實際上乃是中國古典文化的全方位載體，同時也是傳統社會，個人與政治經濟、法律倫理、人文藝術、美學與哲學等重大議題互動的具體縮影。其文本的能量不僅在本土社會造成巨大的影響；同時也在國際間打響了傳播實力堅強的知名度。

《紅樓夢》的第一個海外翻譯本出現在清乾隆五十八年（1793年），地點在日本長崎。此後的兩百多年，其譯本逐漸

遍布韓國、越南、英國、法國、德國、義大利……等各國，總計先後出現了上百種海外翻譯本，成為中國古典文學流播海外最為廣遠的經典著作。

是故外國學者對於《紅樓夢》的理解與詮釋，應該也是我們需要積極認識並與之溝通交流的重要對象與課題。過往本土學者大多專精於文本的評論分析，較少開拓國際視野，主動理解並深入挖掘國際紅學家們的閱讀法則與另類見解。

東華大學「國際紅學研究中心」成立於2022年5月，其發展面向著重在「跨領域」與「國際化」兩大前景，在此前提下，訂於2023年11月23日至25日，召開「第一屆環太平洋《紅樓夢》國際學術研討會」，會中邀請到歐洲紅學會會長吳漠汀（Martin Woesler）、韓國紅學會會長韓惠京、馬來西亞馬來亞大學「紅樓夢研究中心」潘碧華主任、謝依倫副主任、新加坡紅樓夢學會副會長周德成、越南河內國家大學科學教育處處長鄭文定（Trinh Van Dinh）率團、北京曹雪芹學會副會長位靈芝率團、北京紅樓夢學會副會長任曉輝、貴州紅樓夢學會會長張勁松（線上與會）、溫州大學文學院院長孫良好（線上與會），以及紅學家饒道慶（線上與會）等專家學者與會。同時也廣納外籍研究生參與研討。希望能夠通過本場會議的精采對話與討論，以及會後論文集的出版，開啟臺灣紅學界的國際新視野，發展紅學研究議題的多元面向，期待更多跨國合作計劃

的成立,同時促進世界各地紅學會的互動與交流,繼往聖之絕學,為下一個兩百年奠定新的方向與基礎。

目次 CONTENTS

003 | 主編序　紅學兩百年——東華大學國際紅學研究中心「第一屆環太平洋《紅樓夢》國際學術研討會」論文集／朱嘉雯

011 | 主題演講　《紅樓夢》閱讀與三家評點／韓惠京
　　一、引言　011
　　二、《紅樓夢》閱讀教育與其宗旨　013
　　三、《紅樓夢》閱讀與三家評點　018
　　四、結語　029

033 | 北京香山正白旗三十九號牆壁詩〈漁沼秋蓉〉之用「紅」意象考察／位靈芝
　　一、早期調查者對牆壁詩文的辨識有誤　035
　　二、題壁詩〈漁沼秋蓉〉中的「十二紅」考察　041
　　三、牆壁詩與曹雪芹的文史聯想　050
　　四、並非結語　055

057 | 二十世紀上半葉莫里斯・古恒對留法學生的《紅樓夢》論文指導／周哲
　　一、前言　060
　　二、莫里斯・古恒的漢學研究與他所指導的中國學生　066
　　三、古恒對郭麟閣《紅樓夢》研究的指導始末　070
　　四、結語　086

087 《紅樓夢》悲劇論／鄭鐵生

一、《紅樓夢》的悲劇概念　088

二、《紅樓夢》悲劇是一部衰敗史　103

三、《紅樓夢》後四十回悲劇落幕　113

四、結語　123

125 胡天獵、胡適之與青石山莊本《紅樓夢》／徐少知（秀榮）、杜瑞傑

一、前言　127

二、胡天獵的毛遂自薦　130

三、胡適之先生的回音　134

四、青石山莊本是程乙本嗎？　138

五、青石山莊本的出版狀況　140

六、青石山莊底本的去向　141

七、胡天獵另藏《紅樓夢》圖書　143

八、國立臺北科技大學檔案的胡天獵　147

151 《紅樓夢》成書過程三階段／甄道元

一、研究的背景、路徑與突破口　153

二、不同視角下的研究　156

三、成書過程三階段假說　180

四、傳抄中的混抄雜合及後四十回所處的階段　191

五、研究的意義　197

201 ▎個人與中國文化的經驗——紅樓夢及其他中國名著
／Trinh Van Dinh、Nguyen Thi Ninh

一、前言　203

二、作者對於《西遊記》、《三國演義》、《水滸傳》、
　　《紅樓夢》等中國四大名著的認知　204

三、《紅樓夢》與《西遊記》、《三國演義》、《水滸傳》的
　　影響力比較　207

四、參考文獻　210

213 ▎網路林黛玉CP向同人短影片研究
　　——基於「嗶哩嗶哩」網站的考察／顧以諾

一、《紅樓夢》同人文學：從小說到短影片　215

二、林黛玉CP向同人短影片的數量統計與特徵分析　218

三、代表性CP關係分析　226

四、林黛玉CP向同人短影片的指向　235

241 ▎大觀園理想世界說的「主觀體驗性」
　　——以大觀園主僕的用水、保暖和如廁描繪為基點
／謝依倫、陳依欣

一、前言　243

二、理想世界的形成：主觀視角下局部的理想　246

三、理想與現實：被主觀視角隱藏的現實環境　249

四、理想的定義：大觀園的人文與精神屬性　255

五、結語　260

263 | 中國四大名著融入高級班華語教案設計
——以《紅樓夢》為例／阮氏玉映、朱嘉雯

一、前言 265

二、《紅樓夢》第五回「賈寶玉神遊太虛境」之分析 266

三、《紅樓夢》第五回融入華語文教案設計 273

四、結語 283

285 | 《紅樓夢》中林黛玉的愛與孤獨／阮氏玉賢、朱嘉雯

一、選題理由 287

二、前言 288

三、背景與情境 289

四、愛與孤獨表現 291

五、林黛玉的角色分析 298

六、林黛玉愛情的複雜性與孤獨的內在世界 301

七、結語 310

八、參考文獻 313

主題演講
《紅樓夢》閱讀與三家評點

韓惠京

Catholic大學教授，韓國紅樓夢研究會會長

一、引言

　　《紅樓夢》作為中國文學史上的經典之作，一直被譽為中國文學的頂峰之作。《紅樓夢》自朝鮮時代傳入韓國已將近200年了，樂善齋本全譯《紅樓夢》的出現也過了130多年。在這漫長的時間裏《紅樓夢》的知名度不斷提高。中國四大奇書如《三國志》、《水滸傳》、《西遊記》、《金瓶梅》等小說作品中，最受韓國人喜愛的作品是《三國志》和《水滸傳》。雖然與兩部作品相比，《紅樓夢》的知名度相對較低，但其作品的文學性和藝術性得到了充分的認可。這一點我們可以在韓國國立首爾大學指定的必讀圖書目錄中確認到。國立首爾大學的必讀書籍目錄中，《紅樓夢》被列為外國文學的必讀書籍之一，凸顯了其在韓國人文學科領域的地位。

通過統計，首爾大學必讀書籍共100本，其中外國文學31本、韓國文學17本、東方思想14本、西方思想27本、科學技術11本。在國立首爾大學31本必讀的外國文學書籍之中，《紅樓夢》排第二位。但有趣的是，《三國志》和《水滸傳》並沒有被列入必讀書籍目錄。由此可見，韓國人文學界是以何等嚴格的標準來選定古典名作的。

古典作品的重要性不言而喻，但閱讀古典作品通常具有挑戰性。《紅樓夢》作為古典文學的代表作，其價值是毋庸置疑的。社會各個領域都在強調古典的重要性。但廣泛閱讀古典作品的人並不多，能夠輕易讀懂的古典作品也很少。《紅樓夢》作為一部難度極高的名作，對於沒有養成良好讀書習慣的人來說，難上加難。

本講座將從讀書的人類，即所謂Homo Bookus的觀點出發看古典名作《紅樓夢》與三家評點。雖然如今出版市場在日益擴大，但我們卻仍然生活在讀書的貧瘠時代。特別是對《紅樓夢》這樣的經典名作的閱讀現狀，其實並不理想。

近10多年來，韓國各大學都在加強教養教育，並增加了古典閱讀課程。但是把《紅樓夢》作為核心閱讀書籍進行授課的學校並不多。也許是因為《紅樓夢》雖然是中國最傑出的古典小說之一，但與世界其他古典名作一樣，也有令人費解的一面。基於此，我以明確的目標教育意識，多年來一直在「中

國小說與文化」這門課上進行了《紅樓夢》閱讀教育。在課上，我以《紅樓夢》作為主要閱讀材料，對小說情節、人物以及主題等展開深入的探討，以便更好地理解和欣賞這部作品的內涵。在此過程中謹介紹評點，從而分享清代三家評點家對《紅樓夢》的欣賞及批評觀點。如此，這些年來在回顧韓國國內古典閱讀現況的同時，進而摸索形成閱讀古典的讀書風氣的多種方案，其中包括在《紅樓夢》閱讀課程中對三家評點的活用與應用。因此，借今天演講的機會給各位介紹一下這些年來的種種教學體會。

二、《紅樓夢》閱讀教育與其宗旨

《紅樓夢》閱讀課的宗旨體現於三個核心活動：閱讀、思考和寫作，並積極融入培養人文素養的目標。這門課旨在不僅讓學生融入到這部古典文學巨著的情節和人物之中，而且通過深層的閱讀來激發學生的思考，並擴大認知範圍，最終通過寫作來表達和鞏固他們的觀點和見解。

在閱讀階段，我鼓勵學生一字一句地解讀，以探索《紅樓夢》豐富的主題和象徵意義。這不僅是文學欣賞的過程，同時也是對人文精神的探索和體驗。隨後，引導學生進行批判性思考和問題討論，使他們能夠從不同角度審視作品，並與同學

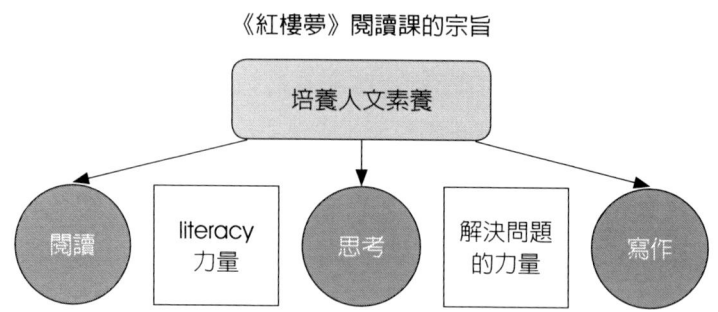

分享自己的見解。這一過程不僅培養了學生的批判性思維,也強化了他們對人文價值的理解和尊重。最後,寫作成為學生表達個人解讀、批評和創造性思考的途徑,同時也是對人文素養的進一步鞏固和展現。

通過這樣的教學方法,學生們不僅能夠更加全面和深入地感受到《紅樓夢》不朽的魅力,也在不斷的閱讀、思考和寫作過程中,逐步建立和提升自己的人文素養。這一過程對於學生的文學之旅和人文素養的培養具有重要意義,為他們的未來學術和人生道路奠定了堅實的基礎。

(一)在正式閱讀《紅樓夢》之前

在踏上閱讀《紅樓夢》這段文學之旅之前,有必要先了解一些關鍵的背景知識,這不僅有助於深入理解作品本身,也能讓學生們更好地欣賞這部古典巨著的藝術魅力。首先,掌握

作家和作品的創作背景是基礎中的基礎。《紅樓夢》的創作背景蘊含了豐富的歷史、文化和社會元素，這些都是理解作品深層意義不可或缺的一部分。

其次，了解《紅樓夢》與紅學的關係同樣重要。紅學是專門研究《紅樓夢》的學問。曾經被一時戲稱的「紅學」一詞後來成為了正式學術領域的名稱。它不僅包括對作品的版本與作者的探索，還涵蓋了對其文本的思想內容、文化背景等方面的深入探討。因此在正式閱讀之前，還介紹了包括評點派，索隱派、考證派、文學批評派、歷史主義批評派在內的整個紅學史。1954年的《紅樓夢》大辯論也詳細地加以介紹。今天的紅學雖然包括研究《紅樓夢》的所有領域，但是紅學爭論剛開始的時候，考證派的周汝昌先生就提出《紅樓夢》的特殊性，還把紅學的範疇限定於曹學、版本學、探佚學、脂學上。不過今天的紅學與剛開始的時候不同，已經發展成為一個包羅萬象的學術領域，它不僅研究《紅樓夢》的文本，還涉及到作品的各個方面，如從文學、歷史、哲學到藝術、心理學乃至社會學。對於即將開始閱讀《紅樓夢》的讀者來說，這些知識不僅能夠豐富他們的閱讀經驗，也能夠幫助他們更全面、深入地理解這部千古流傳的文學瑰寶。

再者，掌握《紅樓夢》的總綱與整體結構對於把握全書的脈絡至關重要。《紅樓夢》以賈、王、薛、史四大家族的興

衰為背景，透過細膩的敘事和豐富的人物描繪，展現了一幅繁複而全面的社會畫卷。瞭解其結構有助於讀者更好地跟隨故事的發展，並理解其深層的主題和思想。

最後，介紹賈府的譜系圖。這是理解《紅樓夢》中人物關係的重要工具。作品中登場的人物眾多，各自有著錯綜複雜的家族和社會關係。通過譜系圖的幫助，讀者可以更清晰地把握這些人物之間的關聯性，從而更深入地理解他們的行為和命運。

除此以外，還有一個注意事項就是，在讀完之前，要求學生最好不要看與《紅樓夢》相關的電影、連續劇、話劇等所有影像作品。我們讀書的時候，應該用我們獨立的想像力來欣賞作品。但是，如果影片圖像被介入，這會對我們的自由欣賞產生負面的影響。即使想儘快瞭解故事情節的發展，但也要暫時忍耐為好。

（二）《紅樓夢》閱讀課的運作方式

《紅樓夢》不僅是中國古典文學的巔峰之作，也是深入探索人性、愛情、家族與社會的寶貴資源。為了讓學生完整地閱讀這部作品，並學會深入分析文學作品的方法，我設計了一個包含三個階段的《紅樓夢》閱讀課程。

在第一階段，我要求學生進行全面而細致的閱讀，並對

每一回的內容進行概括。這一過程不僅幫助學生建立對作品整體構架的理解，還培養了他們從繁複敘述中提煉核心要素的能力。

進入第二階段，學生將根據自己的興趣選擇一個主題進行深入研究。這一階段的開放性鼓勵學生發揮創造力，從自己獨特的視角探索《紅樓夢》。例如，對飲食文化感興趣的學生們，他們可以整理和分析作品中所有與飲食相關的情節，並將其圖表化，包括相關內容、出現的章節、頁數以及出版社等資訊。這不僅讓學生有機會深入探索自己感興趣的領域，還培養了他們的研究和分析能力。

第三階段要求學生對自己的研究成果進行整理，並撰寫一篇讀書筆記或心得報告。這一階段是對前兩階段工作的總結，也是讓學生有機會反思自己從閱讀和研究中獲得的知識和感悟。

這樣的課程設計不僅讓學生能夠完成對《紅樓夢》的全面閱讀，還能從中獲得豐富的收穫。首先，完成對這部龐大作品的閱讀本身就是一項重大成就，能夠給予學生極大的投入感和成就感。其次，通過自選主題的研究過程，學生能夠體驗到發掘知識的樂趣，這種發掘的過程本身就是一種珍貴的學習體驗。此外，通過對《紅樓夢》深層次的探索，學生能夠增進對人性、情感以及社會的理解和共鳴，從而培養出豐富的人文素

養。同時，通過閱讀、分析和撰寫報告，學生的讀寫能力將得到顯著提升。《紅樓夢》中蘊含的豐富內容和主題為學生提供了廣闊的研究領域，激發了他們的學習興趣和創造力。

總之，通過這樣的閱讀課設計，我們不僅希望學生能夠深入理解《紅樓夢》這一文學經典，還希望他們能夠在這一過程中提升自己的綜合素質和能力，為未來的學術探索和人生旅程奠定堅實的基礎。

三、《紅樓夢》閱讀與三家評點

自古以來，對於中國的知識分子來說，讀書可以說是必不可少的一個過程。因為讀書是知識分子獲取知識、提高思維能力的源泉。在沉浸於讀書的過程中誕生的所謂「評點」，正是中國固有的感想性語言乃至批評性語言。如果想深入探討傳統時代中國知識分子以何為生，首先要仔細考察傳統時代中國的知識分子是怎樣讀書的。因為在閱讀過程中生成的評點形式可以說是體現傳統時代知識分子讀書習慣和思維體系的指標。

在由抒情文學進入敘事文學全盛時代的明清時期，評點作為小說欣賞及評判的方式之一而備受矚目。金聖歎和李卓吾的小說評點揭開了評點的新篇章，為中國傳統小說讀者群的擴大做出了極大貢獻。小說評點實際上在讀書界發揮了巨大的影

響力。結果，直到清代具有代表性的人情小說《紅樓夢》，從第八十回本的脂硯齋批語開始，以後陸續出現了一百二十回本的評點本。其中最具大眾性和最有波及力的評本就是《紅樓夢》三家評點。

《紅樓夢》三家評點是指王希廉、張新之、姚燮等三人的《紅樓夢》評點。《紅樓夢》三家評本（全二冊）是《紅樓夢》程甲本系統的一種版本，是19世紀王希廉、姚燮、張新之三家合評本。本書原名《增評補像全圖金玉緣》，集合了清代護花主人王希廉、大某山民姚燮、太平閒人張新之等三家評語。[1]王、張、姚三家是19世紀最具代表性的評點家。當時他們的評點之所以占據優勢，是因為具有不同傾向的評點家們所展現的不同觀點和內容吸引了讀者。

在悠久的紅學史潮中，風靡一時的《紅樓夢》三家評點在100多年後的今天仍然具有充分的研究價值。他們以向導批評的一環，通過評點方式對小說藝術架構、藝術技巧加以探索、分析，發揮作品和讀書者之間的橋梁作用，從而吸引了廣大讀者。

如今大多數讀者都在閱讀一百二十回的《紅樓夢》。曹雪芹創作的八十回《紅樓夢》是未完成本而無法知道結局，因

---

[1] 《紅樓夢》三家評本，（上下二冊）（中華書局・上海古籍出版社，1988）。

此讀者自然而然地選擇閱讀具有結尾的一百二十回本，從而追求小說的趣味性。他們三家則在程、高付梓以後的一百二十回刻上加批的。他們三家雖然都有總評性的文字，如王希廉的〈紅樓夢總評〉、張新之的〈紅樓夢讀法〉、姚燮的〈讀紅樓夢綱領〉等和回末評語，可是除了張新之每回有雙行夾批以外，王、姚二家卻沒有這類評語。總之，他們三家的評語大致集中在一百二十回刻本上的每回末評中。

我在課堂上與學生們一起讀《紅樓夢》時參考三家評點，是因為我認為他們三家的評點各有特色，會給學生們帶來很多啟發。當然，手抄本八十回本和程甲本刻本系統的一百二十回本之間的確存在著大大小小的差異。但參考三家評點的理由，並不是為了對照版本上的「異同」，而是要最大限度地引起學生們的興趣。事實上，通過將三家評點的共同點和不同點加以比較，可以得到很多啟示。由於時間關係，今天僅介紹一部分。

（一）王、張、姚三家如何看《紅樓夢》

《紅樓夢》具有極完整而嚴謹的情節結構。王、張、姚三家都善於把握《紅樓夢》的情節結構上的主要特點，給讀者提供了不少有益的指南。首先，護花主人王希廉將《紅樓夢》分為21大段，每大段又細分為若干小段，以賈寶玉、林黛

玉和薛寶釵三位主要人物來描述賈府的興衰過程。這一分法有助於讀者掌握作品的結構與發展脈絡。通過這種劃分，王希廉試圖揭示《紅樓夢》中的內在邏輯和美學特徵，使讀者更有系統地理解整部作品。

> 將《紅樓夢》分為21大段，大段又分為幾個小段。……各大段落中，尚有小段落，或補續舊事，或埋伏後文，或照應前文，禍福倚伏，吉凶互兆，錯綜變化，如線穿珠，如珠走盤，布板不亂……
> ——〈紅樓夢總評〉

太平閒人張新之的評論特別強調了《紅樓夢》的結構美。他認為第一回至第四回是整部小說的總摹，視之為作品的縮影。通過第一回和第一百二十回的末評，張新之揭示了真假對照、首尾呼應的結構特點，強調了作品的完整性和對稱美。

三大支	回次	內容
第1大支	第6回-第36回	以劉姥姥為主宰，以元春副之，以秦鍾受之，以北靜王證之
第2大支	第40回-第60回	以鴛鴦為主宰，以薛寶琴副之，以尤二姐受之，以尤三姐證之
第3大支	第70回-第113回	以劉姥姥‧鴛鴦合為主宰，以傻大姐副之，以夏金桂受之，以包勇證之

根據太平閒人的分析,全書可以分為三大支,每一支都使用主、副、受、證的方法來說明人物與其主題的關聯。這種分法也有助於我們從不同角度理解《紅樓夢》的人物關係和主題思想。

大某山民姚燮也從整體上把握《紅樓夢》的結構,進而提出前後對照與層次性分章法規律。他通過對第一回和第一百二十回末評的分析指出,《紅樓夢》從士隱出家到寶玉出家,展現了一種從世俗到出世的人生態度,反映了作者對人生和社會的深刻思考。

> 卷首士隱出家,卷末寶玉出家,卻是全部書底面,蓋前後對照。
>
> ——第一回末評

> 甄士隱草庵中一夕話,奧理妙諦,吞吐隱約,結束全部大旨。末段即作自跋,與開卷一氣回還。
>
> ——第一百二十回末評

結構	緣起	第1回～第4回
	大開	第5回
	大合	第116回
	餘波	第117回～第120回

姚燮將第一回至第四回視為緣起，將第五回視為大開，將第一百一十六回視為大合，將第一百一十六至第一百二十回視為餘波。姚燮在評語中分析出《紅樓夢》除了采用了「前後對照」、「一氣回還」的整體結構以外，在微觀結構上還運用了「緣起」、「大開」、「大合」、「餘波」的四大層次。

太平閒人張新之提出了《紅樓夢》一百二十回並不是前八十回和後四十回的簡單拼接，而是一個統一的整體。他指出作品中的結構如同常山蛇陣，首尾相應，每個細節都有其深遠的意義，展現了作者高超的藝術造詣。

> 有謂此書止八十回，其餘四十回乃出另手，吾不能之。
>
> 但觀其中結構，如常山，首尾相應，安根伏線，有牽一髮渾身動搖之妙，且詞句筆氣，前後略無差別，則所謂增之四十回，從中後增入耶？
>
> 抑參差夾雜入耶？覺其難有甚於作書百倍者。雖重以父母命，萬金賜，使閒人增半回，不能也。何以耳為目，隨聲附和者之多？
>
> ——〈太平閒人讀法〉

三家評點都是在《紅樓夢》是一個人完成的作品的前提

下進行的。因此上述太平閒人的主張與其說是張新之一個人的意見,不如說也反映了其餘兩人的意見。[2]

三家評點除了分析《紅樓夢》的結構以外,還就《紅樓夢》中的精彩情節闡述了自己獨到的見解。例如,對於第六十一回中司棋因雞蛋引起的一樁騷動,王希廉、張新之和姚燮分別提出了如下的評語。從中可以推測出這一情節在整個故事中的重要作用和深層意義。

護花主人	司棋若不因雞蛋吵鬧,叫小丫頭亂翻亂摸,則玫瑰露瓶,蓮花兒何由看見?敘司棋吵鬧一層,是此回之根線。(第61回末評)
太平閒人	恩怨刑德,無不包羅。愈瑣碎,愈整齊。篇中總發冤家路仄之意,而一切無非以己害己。(第61回末評)
大某山民	諺曰:「踏沉船,打落水狗」之說,未曾分清皂白,趁勢蹂躪。作者目中看不過,心裏忍不住,爰借柳五兒暢言之。(第61回末評)

「茯苓霜」與「玫瑰露」事件確實成為賈氏家族內部存在的大小矛盾爆發的因子。有關「茯苓霜」與「玫瑰露」事件的評語,毫無保留地揭示了府宅底層身分的人之間的派別和由

---

[2] 劉繼保,〈清代《紅樓夢》評點・對一百二十回的認識〉:「清代評點家的看法主要有三種:陳其泰認為前八十回和後四十回非一人所寫;張新之、王希廉、姚燮、話石主人認為一百二十回渾然一體,為一人所寫;黃小田則認為前四十回是曹雪芹所寫,後八十回為別人續寫。目前,人民文學出版社將《紅樓夢》的作者署名為『曹雪芹著 無名氏續』不失為一種理性做法。」(《紅樓夢學刊》,2013年第4期,103頁)。

此引發的種種矛盾的爆發。

　　三位評論家對林黛玉和薛寶釵之間的競爭也有各自的看法。王希廉認為黛玉過於偏執，而寶釵則兼具德才。（〈紅樓夢總評〉）張新之批判寶釵明明知道寶玉深愛黛玉，卻用奸詐的方法，步步籠絡，因而導致黛玉自殺。（第四十五回末評）姚燮則似乎贊賞寶釵的用意周到，而實際上批判寶釵的陰險。（〈大某山民總評〉）由此可知他們的評語充分展現了這兩位女性形象的個性。他們三家的評語當中還不乏卓見，可惜時間有限，在此不能全部介紹。

　　如上所述，在他們的評語中，向學生介紹的主要是對於整體結構和戲劇性場面或矛盾達到最高潮時的情況以及獨到的見解。因為這些內容同樣也是受到一般讀者廣泛關注的部分。

（二）三家評點對21世紀《紅樓夢》讀者的啟發

　　由於他們的評點是對某一部具體作品的批評、分析、是附著在章句之中的，其理論建樹必須在剖析作品的過程中實現，因而他們的理論不能自成一種獨立的文體形式。儘管如此，我們仍不能忽視他們的評點，是因為他們積極而透徹的讀書態度和堅持不懈的目標意識給我們帶來了很多啟示。他們對於現代知識分子也很難通讀的古典長篇小說可以做到完整的把握，由此樹立了自己的觀點，可謂是難能可貴。作為小說評

點，雖然存在不具備獨立體系的侷限性，但當時對讀者產生了莫大的影響，充分發揮了批評的作用。

1.有助於欣賞作品

　　透過三家評點的分析，我們不僅能夠更深入地感受到《紅樓夢》的藝術魅力，還能從不同角度探討作品的深層意義。這些評點不僅是對《紅樓夢》的解讀，也是對中國古典文學研究方法的重要貢獻。作為中國古典文學的巔峰之作，《紅樓夢》以其深邃的哲理、豐富的人物、錯綜複雜的情節構成，加上精妙絕倫的藝術手法，長久以來一直是文學研究和鑒賞的重要對象。王希廉、張新之、姚燮等三位評點家對《紅樓夢》的深入解讀，不僅為我們打開了一扇理解這部文學巨著的窗口，還為21世紀的讀者提供了獨特的啟示和思考。

　　我之所以高度評價他們的評點，是因為他們都全面精準地把握了紅樓夢。他們都表現出以宏觀的視角進行全面分析的一面。他們都不僅僅停留在字句上，而是將作品視為具有內在關聯性的有機結合體，從而分析了整體結構。

　　三家評點對《紅樓夢》的精細解讀加深了我們對作品藝術價值的理解。他們三家的評點不僅揭示了作品的結構之美和情節發展的邏輯性，還展現了人物性格的複雜性以及作品深層的思想內容。這些評點幫助讀者從多樣的角度欣賞《紅樓

夢》之美，深化了對作品深度的理解，進而提升了個人的文學素養與美學能力。

2.有助於矯正閱讀態度與改善閱讀方式

　　評點可以成為糾正和改善年輕人讀書習慣的指南。強調讀書的必要性和價值的人數不勝數，談到閱讀方法的人也不在少數。但很少有人主張邊讀邊寫的讀書方法。曾經做過一個關於學生讀書習慣和方式的問卷調查。第一，只用眼睛看。第二，邊看邊劃線。第三，劃下劃線，按章節記錄一些感想。第四，讀完後一定要寫下讀後感。調查結果顯示，做讀書筆記或讀完後寫讀後感的學生並不多。我向學生們表示憂慮。在快節奏的現代生活中，人們往往習慣於淺嘗輒止的閱讀方式，缺乏深度和耐心。如果不知道正確的閱讀方法，只會用眼睛大體掃視一下。但人本來就是會遺忘的，無論多麼努力地讀書，過了一段時間就會忘記內容。但是，如果在讀書時概括內容或記錄感想的話，即使過了一段時間，也能回憶起來，從而進一步加深記憶和理解。所以我對學生們一再強調說，書不是珍藏的，而是邊讀邊記錄的。只要有記錄，隨時都可以喚起記憶。可以比較一下過去和今天的觀點。讀書記錄才是自我成長的捷徑。

　　從這個角度來看，評點家們積極記錄的評判方式值得

效仿。三家評點的深入分析教我們如何集中注意力、投入情感、感受文本、掌握重點、分析內容、記錄感悟。這種閱讀方式鼓勵讀者在閱讀過程中更積極地思考和探索，不僅能深入理解《紅樓夢》，也能提升閱讀其他文學作品的literacy能力。通過模仿評點家的閱讀和思考過程，讀者可以學習如何更深入地理解文本，從而提升自己的文學鑒賞能力和批判性思維。

評點的存在意義在於作品的傳播。如果評點家對作品的分析不夠，達不到理論的境界，就無法把作品的意義更好地傳達給讀者。評點家在進行評點的時候，將經歷幾個階段的過程，例如集中、投入、感受、把握、分析、記錄的過程。首先以讀者的心態出發。在集中和投入的階段，可以說是做為讀者認真閱讀的階段。俗話說「夫大牢之享，始於藜羹；千里之行，起於門前，蓋其漸也。」如果不能沉浸在閱讀中的話，就不能延續對閱讀的感受。當你完全投入閱讀時，作品就完全屬於你。這就與傳統時代讀書人的讀書習慣相吻合了。

3.引發對短信文化的新思考

21世紀的讀者生活在資訊爆炸的時代，簡訊文化盛行，人們越來越習慣簡短、快速的資訊交流方式。在閱讀功能方面，小說評點的優點是，對於不能耐心地閱讀長篇內容的現代人來說，可以起到引導者的作用，也可以賦予感性和思想上的

刺激。這難道不是最適合活在今天的現代人的批評方式嗎？從短短的幾句評語中可以得到刺激和靈感，從這種角度來看，評點的確具有豐富的功能。對於追求簡潔和快速的現代人來說，評點也許能展現出新的可能性。除此之外，評點家對作品的深入分析與解讀還提醒我們，在追求資訊快速的同時，不應忽略深度和品質。通過對《紅樓夢》這樣複雜、深刻的文學作品的閱讀和思考，讀者可以重新認識到深度閱讀和深度思考的重要性。這種對簡訊文化的新思考鼓勵讀者在日常生活中尋求平衡，既享受資訊科技帶來的便利，也不放棄對深度文化內容的追求和品味。

總之，王希廉、張新之、姚燮等三家對《紅樓夢》的評點不僅為我們解鎖了這部文學巨著的多重面貌，也為21世紀的讀者提供了寶貴的啟示。通過深入的文學欣賞、改善的閱讀方式和對簡訊文化的新思考，讀者可以更全面地理解和欣賞文學作品，提升自己的文化素養和美學能力。在快速發展的現代社會中，這些啟示會顯得非常寶貴。

四、結語

如果將古典運用到大學教養教育中，使大學生從事各種智力活動和學術活動，這將為人文素養打下堅實的基礎。通過

閱讀、分析、欣賞各種文字，可以瞭解社會、文化和人類。因此古典應該作為以理解語言表現力和美學為目標的教養課程，閱讀《紅樓夢》對促進人文教養教育的正常化做出了不少貢獻。

在21世紀這個訊息爆炸、快節奏的時代背景下，重新審視《紅樓夢》並探討王希廉、張新之、姚燮三位評點家的獨到見解，不僅為我們打開了一扇通往古典文學深處的大門，更為當代讀者提供了寶貴的思考與啟示。這些評點不僅深化了我們對《紅樓夢》這部文學巨著的理解與欣賞，也指引我們如何在快速變化的世界中，維持與傳統文化的聯繫，提升個人的文化素養與美學能力。

通過三家評點的深入分析，我們學會如何更專注、更深入地欣賞文學作品的美，理解其深層的思想與情感。同時，這也教會了我們在現代社會中如何矯正浮躁的閱讀態度，改善我們的閱讀方式，以便更好地理解和吸收文學作品中所蘊含的智慧。此外，三家評點對《紅樓夢》的解讀也引發了我們對當下盛行的簡訊文化的新思考。在追求資訊及快速的同時，我們不應忽視深度閱讀的重要性，應在日常生活中尋找平衡，並保持對深度文化內容的追求和品味。

眾所周知，《紅樓夢》三家評點作為當時引領讀書界的指南，為《紅樓夢》的傳播做出了巨大貢獻。許多關注其價值

的研究者對三家評點進行多方面的深入研究。傳統文學研究的意義在於從現有的文本中發現新的東西，並獲得對未來的洞察力，在此前提下，我們對基於文本的小說評點也可以進行同樣的嘗試。從這一點來看，對於生活在21世紀的我們來說，發掘《紅樓夢》評點的意義和價值的工作應該不斷進行下去。由此，本講座從多個角度考察和分析《紅樓夢》三家評點，以更深入地瞭解在閱讀－思考－寫作過程中生成的評點工作，進而探討評點的未來指向性價值。

總而言之，21世紀重讀《紅樓夢》並參考三家評點，不僅能夠豐富我們的文學體驗，提升我們的思考和分析能力，還能夠幫助我們在快速發展的社會中，找到自己的文化立足點，堅持對美好事物的關注和追求。這種跨越時空的文學對話，展現了《紅樓夢》作為文學經典的不朽魅力，也證明了深度閱讀在任何時代都具有不可取代的價值和意義。

北京香山正白旗三十九號牆壁詩〈漁沼秋蓉〉之用「紅」意象考察

位靈芝[*]

摘要

　　本文以1971年4月9日北京市文物管理處工作人員在北京香山正白旗村三十九號（原為三十八號）旗下老屋西房單間的西牆壁上現場發現的題壁詩〈漁沼秋蓉〉為對象，考察知吳世昌、趙迅對此詩的辨認有誤，本文在重新辨認詩文的基礎上進行分析，認為此詩經抄錄者有意修改，修改目的是為了湊成十二處「紅色風景」，進而聯繫《紅樓夢》中的用「紅」意象、〈芙蓉女兒誄〉的創作背景、黛玉抽到的「木芙蓉」花簽以及題壁詩文內容與圓明園景致的奇特相映，從而推測題壁抄錄者與曹雪芹有很大相關性，進一步豐富正白旗三十九號是曹

---

[*] 北京曹雪芹學會祕書長。

雪芹故居的研究資料。

關鍵字：香山、正白旗、三十九號、牆壁詩、用「紅」意象、曹雪芹故居

北京香山正白旗三十九號牆壁詩〈漁沼秋蓉〉之用「紅」意象考察

一、早期調查者對牆壁詩文的辨識有誤

　　1971年4月4日，正白旗三十八號（後重新編門牌為三十九號，後文均以三十九號指稱這所老屋）屋主、旗人舒成勳的愛人陳燕秀在收拾祖居的單間西小屋時，在搬靠牆的床時，床板上的鐵鉤把西牆的灰皮撞掉了一塊後，突然發現牆皮駁落處還有一層白灰牆，並且牆皮上有墨筆寫的字跡。4月6日，街道主任和派出所的人去現場看望；4月9日，北京市文物管理處派人查看時現場剝牆皮發現了一首詩，即「漁沼秋蓉」。在剝這首詩的過程中，因用力過猛，震動較大，把其上「六橋煙柳」詩的標題和詩的第一句、「偶錄錦帆涇」一詩的前四句也震掉了，所以後來拍的題壁詩照片環壁有缺，並不完整。5月13日，紅學家吳世昌前來調查，並寫有「調查報告」一份。6月9日，在房主人舒成勳不在家的情況下，北京市文物管理處的幾位同志前來揭走了題壁詩[1]。
　　題壁詩牆上有著與1963年紅學專家在香山采風時所得相類的「菱形詩」，這一點引發了學界的廣泛關注。半個多世紀以來，圍繞此處是否為曹雪芹故居的討論很多，肯定者與否定

---

[1] 見舒成勳述、胡德平整理《曹雪芹在西山》，文化藝術出版社1984年版，第69-70頁。

者都主要集中在從清代制度角度考慮曹雪芹有無可能居住於此，而對除「菱形詩」以外的題壁詩文的關注不夠，致使有關曹雪芹的重要文物資料被擱置於研究者的視野之外。本文在重新辨認原牆皮詩文的基礎上，針對〈漁沼秋蓉〉一詩進行分析考察。我們先看早期目擊原牆壁詩者的記錄。

（一）紅學家吳世昌的報告

吳世昌就5月13日的調查寫了〈調查香山健銳營正白旗老屋題詩報告〉[2]，他在報告中記錄了牆壁上九組可以辨認的題詩，並說明「除（六）外也照原形，有的字不可辨認則照描，誤字亦照錄。」「□」為未能辨認的字。

其中第（四）組為：

> 漁沼秋蓉
> 放生池畔摘湖船，夾岸芙蓉照眼鮮。旭日烘開鸞綺障，紅雲裏作鳳雛纏。低枝亞水翻秋月，從□含霜弄晚煙。更□赤欄橋上望，文鱗花低織清漣。

---

[2] 吳世昌：〈調查香山健銳營正白旗老屋題壁詩報告〉，見紅樓夢研究集刊編委會編《紅樓夢研究集刊》第一輯，上海古籍出版社1979年版，第433-439頁。

吳世昌在報告中指出：「題詩者並不署名，只寫『偶錄』『學書』『學題』，可知是抄錄他人的詩。從其抄錯的字，可知他並不懂得作詩的技巧——平仄（例如『底』誤寫為『低』），他本人文理亦不甚通順，他所欣賞選錄的『詩』都很低劣。他的書法是當時流行的所謂『台閣體』，軟媚無力，俗氣可掬。錄者大概是一個不得意的旗人。」

　　很明顯，吳世昌先生認為該牆壁詩是一個不得意的旗人所為，與曹雪芹並無關係，所以沒有進一步考證這些詩的來源。他的判斷極大影響了後來研究者對牆壁詩的看法[3]。殊不知，吳世昌先生所記錄的牆壁詩存在著兩個問題：一是題壁詩中有些字當時並未辨認出來，逕以空格代替；二是一些字辨認錯誤。比如將「漁沼秋蓉」認為應該是「漁沼秋容」、「鳳羅」認作「鳳雛」。

---

[3] 如俞平伯先生在讀了吳世昌先生的報告後就附書曰：「我沒有能去西山實地考察，讀了吳世昌同志的報告，非常清楚。壁上的詩肯定與曹雪芹無關。雖是『旗下』老屋，亦不能證明曹氏曾經住過。吳的結論，我完全同意。如另有字跡發現，用攝影保存，無礙於拆建。」見吳世昌《調查香山健銳營正白旗老屋題壁詩報告》文末。此外，如吳恩裕、胡文彬等先生都以吳世昌先生對牆壁詩的紀錄和意見作為前提，展開對正白旗三十九號的討論。

（二）趙迅對題壁詩的紀錄與考察[4]

趙迅先生曾任北京市文物局古建處副處長，文物工作隊主任。1971年4月9日，北京市文管處去調查題壁詩的即是趙迅。6月9日，趙迅和幾位同事再到正白旗老屋，把帶有題壁詩的牆皮從牆上揭下來帶回了文物局。八年之後，趙先生經過研究，發表了〈「曹雪芹故居」題壁詩的來源〉一文，趙文認為要想弄清楚究竟是不是「曹雪芹故居」，首先要弄清楚題壁詩的作者是不是曹雪芹或者是不是和曹雪芹有關係的人，所以，他把「題壁詩（能看清或大部能看清的）全部照錄」，並注明出自何書，同時將舊籍中的詩句原文抄出，與題壁詩文並列對照。趙迅先生記錄的「漁沼秋蓉」一詩為：

---

[4] 趙迅：〈「曹雪芹故居」題壁詩的來源〉，見紅樓夢研究集刊編委會編《紅樓夢研究集刊》第一輯，第441-447頁。為了便於讀者概覽牆壁詩內容與出處，特將趙先生爬梳的詩題和出處列舉如下：1.〈六橋煙柳〉，見《西湖志》卷三，明淩雲翰詩；2.〈漁沼秋蓉〉，見《西湖志》卷四，陸秋詩；3.〈平湖秋月〉，見《西湖志》卷三，明轟大年詩；4.〈柳浪聞鶯〉，見《西湖志》卷三，明萬達甫和宋王洧詩；5.「有花無月恨茫茫……」（共八句），見明唐寅《六如居士全集》卷二；6.「困龍也有上天時，甘羅發早子牙遲」，見《水滸傳》第六十一回；7.「吳王在日百花開……偶錄錦汎涇」，見《東周列國志》第八十一回；8.「富貴途人骨肉親……舉目親人盡不親」，見《東周列國志》第九十回；9.「遠富近貧以禮相交天下少，疏親慢友因財而散世間多。真不錯」，流傳於北京香山的聯語，傳說是鄂比送給曹雪芹的對聯；10.「蒙挑外差實可怕……學題拙筆」，這一首詩趙先生記錄傳說是子弟書《書班自歎》中的一段，但並未查到原書。

漁沼秋蓉

放生池畔摘湖船，夾岸芙蓉照眼鮮。旭日烘開鶯綺幛，
紅雲裏作鳳雛纏。低枝亞水翻秋月，叢曇含霜弄晚煙。
更愛赤欄橋上望，文鱗花低織清漣。

有下劃線處為趙先生辨認的題壁詩與原詩不同處。要說明的是，第三句中的後三字趙先生辨認的「鶯綺幛」並不正確，原題壁詩很清楚顯示為「鶯綺障」，吳世昌先生的辨認結果也是「鶯綺障」。

趙先生根據以上查詢結果，得出的結論是：這些詩的作者確實不是曹雪芹，而且隨處改動、抄錄水準很低，甚至有改後不合詩律、平仄失調的情況，有些詞句的思想情感不應該是偉大作家曹雪芹應該有的，所以抄詩的人也不會是曹雪芹。既然如此，這裡就不應該是「曹雪芹故居」。在文章最後，趙先生還特意摘錄了舒成勳為題壁詩所寫的「簡略說明」，以證明其說的牽強附會、荒誕離奇。其中第二條為：「漁沼秋蓉一詩寫的是金陵秦淮河畔赤欄橋，八句詩每句都含有紅字，共十二紅，符合金陵十二釵之意。」

（三）專家辨認結果有誤

根據歷史情況，舒成勳、趙迅、吳世昌是題壁詩牆原始

資訊的見證者與記錄者。1971年6月9日牆皮被文物管理處剝下帶走後，就沒人能夠看到牆壁詩的原貌了，後來的討論只能以吳世昌和趙迅對牆壁詩的紀錄為基礎。甚至舒成勳先生後來複製牆壁詩時，也不得不參考了吳世昌先生的紀錄，這就導致了後來研究者的以訛傳訛。

2016年9月，北京曹雪芹學會與貴州省博物館主辦「《種芹人曹霑畫冊》品鑒會」時，曹雪芹紀念館將已從北京市文物管理處要回的題壁詩原牆皮在曹雪芹文化中心展出，筆者有幸看到這些已經被妥善修復的原牆皮，它們以每首詩為單位托在硬板上，並用透明玻璃罩住。在將原題壁詩與吳世昌抄錄、趙迅辨認的題壁詩比對的過程中，筆者發現吳先生和趙先生的抄錄中均有不符合牆壁詩之處。題壁詩確實並不完全合於原詩，但是吳先生、趙先生的抄錄則又謬於牆壁詩，這就直接影響了後來研究者對題壁詩資訊價值的判斷。是抄錄者文學素養過低還是有意為之？這恐怕是一件值得認真辨析的工作。正白旗三十九號原屋主舒成勳先生對於這種改動的解讀是否有一定道理，今天看來也值得重新審視。

二、題壁詩〈漁沼秋蓉〉中的「十二紅」考察

（一）西湖「漁沼秋蓉」之景

　　〈漁沼秋蓉〉原詩見於《西湖志》卷四。《西湖志》號稱「西湖第一書」，由浙江總督李衛等修，翰林院編修傅王露等十九人纂，其中包括厲鶚、杭世駿、沈德潛等名儒。在明代田汝成《西湖志》的基礎上，增刪材料、搜羅文獻，刊成於雍正十三年。全書共四十八卷，附有大量插圖，目錄列水利、名勝、山水、堤塘、橋樑、園亭、寺觀、祠宇、古跡、名賢、方外、物產、塚墓、碑碣、撰述、書畫、藝文、詩話、志餘、外紀等二十門，其中山水、堤塘、橋樑、寺觀、祠宇之屬，還特別分為孤山、南山、北山、吳山、西溪五路。

　　「漁沼秋蓉」一條見於該書的「名勝二」：

> 水心保寧寺在湖中，久廢。明弘治間因三潭舊址，繞潭作埂，為湖中之湖，專為放生之所，曰放生池，重建德生堂，以復宋人舊跡，後毀。國朝雍正五年更建為寺，前接禦書三潭印月亭，亭後為曲橋，翼以朱欄，互於漁沼之上，三折而入，為軒三楹，又接平橋，為敞堂，俯

臨池而左右夾以修廊，軒窗洞達，更進為層樓。環池臨水，栽木芙蓉，花開四面，五色繽紛，堤上之花與水中花影相映，如綺霞繒幔，周遭圍繞。楊萬里詩「誰知雲水鄉，化作錦繡谷」，殆謂是歟？張雲錦漁沼秋蓉詩：百頃玻璃似鏡平，夾堤紅艷白盈盈。遊鱗密藻翻秋渚，靧面新妝炫晚晴。乍覺影浮濠濮境，只疑人住錦官城。月明花近三潭發，綽約仙姿下玉京。陸秩漁沼秋蓉詩：放生池畔摘湖船，夾岸芙蓉照眼鮮。麗日烘開鷺綺障，紅雲裏作鳳羅纏。低枝亞水翻秋月，叢萼含霜弄曉煙。更愛赤欄橋上望，文鱗花底織清漣。[5]

　　雍正三年（1725），李衛（1688-1738）任浙江巡撫時，整理鹽政、修築江浙海塘，在杭州打理西湖，各處修繕祠宇、重建射亭。雍正五年，李衛組織重建「三潭印月」景觀，在三潭印月島上種下了一大片木芙蓉，增建亭、橋、朱欄於漁沼之上，從此「漁沼秋蓉」即被列為西湖十八之景之一。清翟灝、翟瀚合著的杭州名勝導覽書《湖山便覽》卷一記載：「雍正間，總督李衛浚治兩湖，繕修勝跡，復增西湖一

---

[5] [清]李衛等修，[清]傅王露等纂：《西湖志》卷四《名勝二》，見《中國方志叢書‧華中地方》第五四三號，（臺北）成文出版社有限公司1984年版，第354-355頁。該本據清雍正十三年刊本影印。

十八景。」[6]根據《西湖志》上所選詩的狀物描寫，可以看到「漁沼秋蓉」命名的三個主要特徵都反映在了題目上，一為漁沼、二為秋色、三為木芙蓉。而最大的視覺感受是「環池植木芙蓉，花時爛若錦繡」。

《西湖志》中「漁沼秋蓉」裡分別錄有楊萬里、張雲錦、陸秩三人所寫之詩。「誰知雲水鄉，化作錦繡谷」兩句出自楊萬里〈看劉寺芙蓉〉：「初約山寺遊，端為怪奇石。那知雲水鄉，化作錦繡國。入門徑深深，過眼秋寂寂。隔竹小亭明，稠紅漏疏碧。……三步綺為障，十步霞作壁。爛如屏四圍，搭以皴五色。滿山盡芙蓉，山僧所手植……」[7]之所以摘選楊萬里的這兩句詩，可能是因為這首詩雖然寫的並非西湖之景，卻是描寫芙蓉花盛開，五色似綺霞的佳句。有趣的是，《西湖志》在收錄楊萬里詩句時，也做了改字。「那知」改為了「誰知」，「錦繡國」改成「錦繡谷」。

張雲錦為浙江平湖人，《歷代人物室名別號通檢》有記字型大小：紅蘭閣、蘭玉堂，與《西湖志》編纂者之一、著名學者厲鶚有詩文唱和，餘者不詳；據《中國歷代書畫篆刻家字型大小索引上》和《中國美術家人名辭典補遺一編》可知：陸

---

[6] [清]翟灝、[清]翟瀚輯，[清]王維翰重訂：《湖山便覽》卷一，清光緒元年槐蔭堂刻本，頁二十五、二十六。

[7] [宋]楊萬里撰，辛更儒箋校：《楊萬里集箋校》卷二十三，中華書局2007年版，第1181頁。

秩，浙江杭縣人，字賓之，號抑齋。善書不肯貌襲古人，亦不刻意一家，興到筆隨動，有奇氣。《兩浙輶軒錄》卷二十五記載：乾隆四年進士，官工科給事中[8]。又據《清宮造辦處活計檔・雜記》所記：（乾隆十八年）五月二十五日旨傳禦史陸秩於二十六日早赴圓明園來。欽此[9]。

目前沒有查到陸秩的生卒年，但是根據以上材料可知，陸秩於雍正十三年之前已寫有〈漁沼秋蓉〉詩，相比起楊萬里的另有所詠，陸秩詩應該是對於「漁沼秋蓉」的寫實之作；再者，陸秩於乾隆四年考中進士，乾隆十八年還曾經被詔來過圓明園。

（二）牆壁詩改字湊成「十二紅」風景

題壁詩對陸秩詩的修改共有四處。分別為：第三句「麗日」改為「旭日」；第四句吳世昌和趙迅都認為「鳳羅纏」改為了「鳳雛纏」，經過仔細比對，發現題壁詩並無此改，仍為「鳳羅纏」；第六句「從萼」改為「從蕚」，「弄曉煙」改為「弄晚煙」；第八句「文鱗花底」改為「文鱗花低」。那麼，這些改字對原詩文的景色意象有無改變呢？以下逐句分析

---

[8] [清]阮元輯：《兩浙輶軒錄》卷二十五，清光緒十六至十七年浙江書局刻本，頁一。
[9] 中國第一歷史檔案館、香港中文大學文物館合編：《清宮內務府造辦處檔案總匯》第19冊，人民出版社2005年版，第807頁。

全詩。

第一句：放生池畔摘湖船。

「放生池」是寺廟中的一個設施，供香客信徒將魚、龜放養於此，以體現佛家「慈悲為懷，體念眾生」的教義。《大智度論》卷十三：諸餘罪中，殺業最重；諸功德中，不殺第一[10]。歷史上最早的放生池見於南北朝時期建康（今南京）報恩寺。放生池的意義不僅是讓人去買來被囚禁的活物放生，還能激發人的善心，體會眾生平等。一般的放生池放生魚以金魚、紅色鯉魚為多，也有烏龜或其他能一起生活的魚類，所以俯看放生池，滿眼紅色。此為詩中第一紅。

湖船指在湖上活動的船隻。《點石齋畫報》就曾登載有繪畫《西湖放生記》，表現了春天時錢塘士女在西湖乘坐各式船隻放生的場景。這種西湖遊船的船底和船沿都被刷成紅色，這不僅是為了好看，更重要的是為了安全，以前的船體大多是木質的，紅色油漆一方面可以防止船被水很快腐蝕，還能防止水中的生物附著在船底搞破壞。所以前來放生的人們坐的遊船也是紅色的。此為詩中第二紅。

---

[10] [後秦]鳩摩羅什譯：《大智度論》，民國二十四年影印南宋理宗紹定二年至元英宗至治二年平江府陳湖磧砂延聖院刻大藏經本，頁二十八。

第二句：夾岸芙蓉照眼鮮。

秋天的芙蓉盛開時有如牡丹，花朵嬌美碩大，朝開暮謝。木芙蓉的特點是「花開一日，花色三弄」，清晨初開時為潔白或淡紅色，午後轉為粉紅色，到傍晚時分花朵將閉時已變成深紅色。蘇軾〈和陳述古拒霜花〉：「千株掃作一番黃，只有芙蓉獨自芳。喚作拒霜知未稱，細思卻是最宜霜。」[11]此為詩中第三紅。

第三句：旭日烘開鸑綺帳。

這句改了兩處，將「麗日」改成了「旭日」，麗日意為明亮的太陽[12]，而旭日是指剛升起的太陽[13]，紅日躍出，映照得此時的天空紅霞燦爛，所以旭日東昇給人的視覺感是紅色的。因此將「麗日」改成「旭日」明顯是為詩中景象增加了第四紅。

鸑是傳說中鳳凰一類的鳥，綺的本義為細綾，有花紋的絲織品。鸑綺應能理解為繡有鳳凰花紋的絲織品。繡有鳳凰的

---

[11] 蘇軾：〈和陳述古拒霜花〉，見[宋]蘇軾著，[清]馮應榴輯注，黃仁軻、朱懷春校點《蘇軾詩集合注》，上海古籍出版社2001年版，第358頁。
[12] 中國社會科學院語言研究所詞典編輯室編：《現代漢語詞典》（第7版），商務印書館2018年版，第804頁。
[13] 中國社會科學院語言研究所詞典編輯室編：《現代漢語詞典》（第7版），第1539頁。

華美帳幔，在紅日映照下，豈不又是一紅？此為第五紅。

第四句：紅雲裏作鳳羅纏。

這句詩吳世昌和趙迅辨識有誤，抄錄者並沒將「鳳羅纏」改成「鳳雛纏」。詩中的紅雲自然是紅色的了，為第六紅。而「鳳羅」是指有彩鳳圖案的絲織品，在神話中，鳳凰有五種顏色，紅色、黃色、青色、紫色和白色，隨著時間推移，民間圖像中鳳凰多以紅色和黃色出現，而又以紅色鳳凰最為尊貴。所以這裡「鳳羅」的視覺感應該是紅色。此為第七紅。

第五句：低枝亞水翻秋月。

這句點出秋月倒映在花枝旁的水面上。

第六句：叢疊含霜弄晚煙。

「叢萼」改為「叢疊」，這樣改的用意是否可以理解為，一是上句已經是有了秋月，自然是晚上之景，而疊花的花期一般在七月到十月，恰恰屬於秋天晚間開放的花，這樣一來自然只能「弄晚煙」而與早晨的「曉煙」無涉了。筆者查看了疊花開放的影片資料，發現疊花開放時如白色蓮花，但其外緣花托、花頸均為紅色。如果是疊花叢聚，是不是又是一道紅色的風景呢？另外，「晚煙」與晚霞都有紅色的意象，如梅堯臣

「千龕晚煙寂,雙壁紅樹秋」[14],暮色蒼茫中,透過「晚煙」的紅色芙蓉,難道不是一抹紅嗎?所以此應為第八紅。

第七句:更愛赤欄橋上望。

「赤欄橋」,為紅色欄杆之橋,此為第九紅。

第八句:文鱗花低織清漣。

「文鱗」為魚的代稱,如柳宗元「浮暉翻高禽,沉景照文鱗」[15]。前面說過,放生池中以紅色鯉魚為多,所以此處當為第十紅。原詩「花底」被改為「花低」,筆者的理解是,「花底」在詩中所指為水,因為木芙蓉多植於水邊,喜歡朝著水面斜生,而「花低」強調者為芙蓉花。改過之後這句詩可以理解為:錦鯉碰到低垂的芙蓉花枝,在水面上蕩起了細小的漣漪。這裡的「花低」之花又是紅色,即第十一紅。

八句詩中有兩處表現魚和魚池,兩處表現秋天,而卻有十一處表現了「紅」色的景象。特別是「旭日」、「叢曇」、「晚煙」的修改增加了紅色風景,也強化了整首詩的紅

---

[14] [宋]梅堯臣:〈秋日同希深昆仲遊龍門香山晚泛伊川觴詠久之席上各賦古詩以極一時之娛〉,見[宋]梅堯臣著、朱東潤編年校注《梅堯臣寄編年校注》卷一,上海古籍出版社2006年版,第11頁。
[15] [唐]柳宗元:〈登蒲州石磯望橫江口潭島深迴斜對香零山〉,見《柳宗元集》卷四十三,中華書局1979年版,第1191頁。

色意象。那麼第十二紅在哪裡呢？筆者認為，恰恰就是本詩的題目「漁沼秋蓉」，「漁沼秋蓉」景觀即是秋天木芙蓉盛開在放生池畔的風景，放眼望去，紅豔滿目，極為絢爛。木芙蓉因花開深秋，古人又愛稱之為拒霜花，盛放之際，波光花影，相映生輝，又得別名叫「照水芙蓉」。南宋詞人吳文英有〈惜秋華‧木芙蓉〉的詞：「路遠仙城，自玉郎去後，芳卿憔悴。錦段鏡空，重鋪步障新綺。凡花瘦不禁秋，幻膩玉、腴紅鮮麗。相攜。試新妝乍畢，交扶輕醉。長記斷橋外。騌玉驄過處，千嬌凝睇。昨夢頓醒，依約舊時眉翠。愁邊暮合碧雲，倩唱入、六麼聲裡。風起。舞斜陽、闌干十二。」[16]詞中重點指出了木芙蓉「腴紅鮮麗」的鮮明特徵。

「漁沼秋蓉」是以「紅」為意象的西湖秋景，在西風漸起、綠葉轉黃紅的秋天裡，盛開的木芙蓉倒映在水清魚躍的放生池中，確實是蕭颯世界中的靚麗風景。此為題壁詩「漁沼秋蓉」的第十二紅。

古人在抄錄前人詩句時，應時而改、為己所用是很自然的事情，並無嚴格的智慧財產權意識。曹雪芹在《紅樓夢》中改字也並不少見，如改陸遊的「花氣襲人知驟暖」為「花氣襲人知晝暖」；改范成大的「縱有千年鐵門限，終須一個土

---

[16] [宋]吳文英：〈惜秋華〉，見朱德才主編《增訂注釋吳文英詞》，文化藝術出版社1999年版，第186頁。

饅頭」為「縱有千年鐵門檻，終須一個土饅頭」；改李商隱「留得枯荷聽雨聲」為「留得殘荷聽雨聲」。現在我們應認可這些改字之處並非曹雪芹抄錄錯誤，而是根據創作需要有意改動，是巧用改字實現藝術轉化的匠心獨運。那麼，綜合以上詩文分析，筆者認為，題壁詩異於陸秩原詩之處也並非題壁者錯錄，而是有意改筆，因為改字之後的詩文增加了紅色之景，所形成的「十二紅」意象與悼紅軒中的曹雪芹先生是否有某種聯繫，令人深思。

三、牆壁詩與曹雪芹的文史聯想

（一）抄錄者借西湖景反映「圓明園」之景

胡德平先生在《臥遊終日似家山》中指出：始建於乾隆十五年的清漪園中的昆明湖，在建設之前就久被稱作西湖。西湖不遠處又是自康熙末年以來一直在建設中的圓明園。這時的圓明園，經過雍正和乾隆兩位皇帝二十多年的經營建造，不僅很大程度上複現了杭州的「西湖十景」，乾隆皇帝還移天縮地、模山范水，擴大營造了圓明園四十景。乾隆九年，由沈源、唐岱繪畫，乾隆皇帝題詠的《圓明園四十景圖詠》[17]

---

[17] 現藏法國國家圖書館。

完成,寫實地描繪了四十個景點在不同季節的風貌。有研究表明,在此四十景中,雍正時期就已經建成了其中的三十一景。其中就包括了蘇堤春曉、曲院風荷、平湖秋月、坦坦蕩蕩(仿杭州的清漣寺玉泉魚躍)等景點[18]。巧合的是,《圓明園四十景圖》正是在乾隆十一年四月十四日(丙寅年清和月)裝裱完成。「十四日七品首領薩木哈將表(裱)得四十景冊頁二冊持進,交太監胡世傑呈覽。奉旨:著送往圓明園安在奉三無私伺候呈覽。欽此。於本日司庫白世秀來說,太監胡世傑傳旨:將四十景冊頁二冊配楠木插蓋匣盛裝,得時安在奉三無私伺侯呈覽。欽此。」[19]抄錄者恰在乾隆丙寅年清和月下旬選擇了五首西湖詩,抄在牆壁上,這除了反映抄錄者對西湖風景有特別偏愛外,也許就與近處存在與杭州西湖相類的風景有關。

　　題壁詩牆上存在的「遠富近貧以禮相交天下少,疏親慢友因財而散世間多」的對聯與傳說中曹雪芹友人所贈對聯文字基本一致;牆壁上的「拙筆學書」又與曹雪芹書箱上的「拙筆寫蘭」存在同一個「拙筆」;《紅樓夢》中大觀園裡景觀與圓明園景觀的相似性[20],都不能不讓人將抄錄者與曹雪芹聯繫

---

[18] 見朱強等著《今日宜逛園:圖解皇家園林美學與生活》,中國林業出版社2019年版,第50-75頁。
[19] 張榮選編:《養心殿造辦處史料輯覽　第三輯　乾隆朝》,故宮出版社2012年版,第249頁。
[20] 見周蘊涵《從「賈政遊園路線」談《紅樓夢》大觀園與圓明園之關係》,西北農林科技大學2021年碩士論文;樊志斌《《圓明園四十景

起來。皇家造辦處的最新動態資訊並不是外人所能及時瞭解到，除了經辦官員外，有機會掌握資訊的也只有內務府造辦處的當差人，曹雪芹身為內務府包衣，供職於造辦處，出入圓明園和宮廷，為皇帝服務當差，是很有可能的情形。

（二）抄錄者借〈漁沼秋蓉〉大書「芙蓉花」

《紅樓夢》第六十三回「壽怡紅群芳開夜宴」中，黛玉所掣之籤，上面畫著一枝芙蓉，題著「風露清愁」四字，另一面還有一句詩：「莫怨東風當自嗟」。蘇軾「千株掃作一番黃，只有芙蓉獨自芳」，朱熹〈木芙蓉〉：「紅芳曉露濃，綠樹秋風冷」，都吟出了木芙蓉秋天的拒霜清高之氣，而宋祁的〈木芙蓉〉：「寒圃蕭蕭雨氣收，斂房障葉似凝愁。情知邊地霜風惡，不肯將花剩占秋」一詩，又點出了木芙蓉面對寒秋惡霜的愁緒，曹雪芹為林黛玉的性格設以「芙蓉花」為寫照，可謂花解人。

《紅樓夢》第七十八回，晴雯被逐出大觀園後死去，寶玉一心悽楚，因看到八月節大觀園中芙蓉正開，又有小丫鬟告訴他晴雯去做了管芙蓉花的神，寶玉就到芙蓉花前祭拜晴雯，並撰了一篇長文〈芙蓉女兒誄〉，前序後歌，又備晴雯所喜之

圖》與大觀園的構建》，《收藏家》2022年第12期。

物,於是月夜下,命小丫頭捧至芙蓉花之前,將誄文掛於芙蓉枝上,泣涕而唸。文中寫及「蓉帳香殘」、「紅綃帳裏」,因黛玉聽到後覺得「紅綃帳裏」未免熟濫,就改成了「茜紗窗下」。由此引出了寶玉和黛玉有著讖語意味的對話。

寶玉說不敢居黛玉之「茜紗窗」,黛玉卻說:

「何妨。我的窗即可為你之窗,何必分晰的如此生疏。」……寶玉笑道:「論交之道,不在肥馬輕裘,即黃金白璧,亦不當錙銖較量。倒是這唐突閨閣,萬萬使不得的。如今我索性將『公子』『女兒』改去,竟算是你誄他的倒妙。況且素日你又待他甚厚,故今寧可棄此一篇大文,萬不可棄此『茜紗』新句。竟莫若改作『茜紗窗下,小姐多情;黃土壟中,丫鬟薄命』。如今一改,雖於我無涉,我也是愜懷的。」黛玉笑道:「他又不是我的丫頭,何用作此語。況且『小姐』『丫頭』亦不典雅……」

於是,寶玉道:

「我又有了,這一改可極妥當了。莫若說:『茜紗窗下,我本無緣;黃土隴中,卿何薄命。』」黛玉聽了,

怵然變色,心中雖有無限狐疑亂擬,外面卻不肯露出,反連忙含笑點頭稱妙。

這一情節常被視為〈芙蓉女兒誄〉實為寶玉為黛玉之作,庚辰本夾批:「但試問當面用『爾』『我』字樣,究竟不知是為誰之讖,一笑一歎。」、「一篇誄文總因此二句而有,又當知雖誄晴雯而又實誄黛玉也。」[21]

〈漁沼秋蓉〉詩中的紅色是美好和浪漫的,但又處於將被寒意與夜晚吞噬淹沒的時空中,這種意象包含著莫名的哀悼之情,堪與曹公在悼紅軒中披閱增刪《紅樓夢》的情感相對看。

曹雪芹在《紅樓夢》中所特別寄託的「紅」,並不是「花落水流紅,閒愁萬種」之紅,而是「為千紅一哭、與萬豔同悲」之紅。紅色是生命力最強烈的象徵。「誰言一點紅,解寄無邊春。」[22]牆壁詩〈漁沼秋蓉〉中的「十二紅」之景,雖然看似以木芙蓉為主角、以紅色為主視覺的秋日暮色風景的呈現,卻令人感受到相似的情感共鳴。以花喻人、以景涉事,也正是曹雪芹最擅長之筆墨。

---

[21] [清]曹雪芹著,吳銘恩匯校:《紅樓夢脂評匯校本》(下),清華大學出版社2019年版,第1042-1043頁。
[22] 蘇軾:〈書鄢陵王主簿所畫折枝二首其一〉,見[宋]蘇軾著,[清]馮應榴輯注,黃仁軻、朱懷春校點《蘇軾詩集合注》,第1437頁。

雖然我們無法判斷以上故事曹雪芹寫成於何時，但是乾隆十一年四月，已經是他動筆寫《紅樓夢》（雖然此時未必定名）的第三個年頭了。題壁詩〈漁沼秋蓉〉如此顯著地以芙蓉秋景來大書「紅」意，況這「紅」的主角又是「芙蓉」，是林黛玉的花語。抄錄者的意圖與曹雪芹，如果不是同一人的話，難有如此巧合的相同。

四、並非結語

臺灣的高陽先生認為：「正白旗三十八號為健銳營營房中的一間招待所，專供各處公差官兵下榻。」[23]今天看來，高先生僅憑隻言片語所下的判斷未免草率，且不說旗營營房中並沒有軍營招待所這樣的設施，而且即便是流動人口往來比較頻繁的居所，也不大可能有此故意保護之舉，須知在管理相對嚴密的軍營裡，題詩、貼紙保護、以泥粉牆都需要相當的工程，怎麼可能是一個臨時歇腳的行人匆匆所為呢？特別是，我們看到抄錄者還頗費心思地修改原詩，以寄託更加深沉的情感呢！

以上是另外的話題，留待以後細論。這裡希望表達的是：香山正白旗三十九號旗下老屋題壁詩牆承載著豐厚的歷史

---

[23] 高陽：《高陽說曹雪芹》，北京時代華文書局2021年版，第20頁。

文物資訊，自1984年4月22日曹雪芹紀念館開館，四十年過去了，這裡已經成為海內外《紅樓夢》愛好者嚮往的地方，十多年來，北京曹雪芹學會沒有停止推動「北京曹雪芹西山故里」的建設。作為《紅樓夢》開始的地方，還需要更多的研究者能夠將目光投向這裡，做更加深入的研究。

二十世紀上半葉莫里斯・古恒對留法學生的《紅樓夢》論文指導

The studies on *Hongloumeng* directed by Maurice Courant around the first half of the 20th centrury in France

周哲[*]

摘要

紅學，是一門國際性的顯學。一個多世紀以來，外國人在華研究《紅樓夢》者有之，國人在外洋研究《紅樓夢》者亦有之，源流極為深遠。百年前的中國學者在海外高等教育體系內研究《紅樓夢》這部經典小說的經歷，可以視作國內新紅學興起時期的域外映照。這些早期紅學著述，無論是其採取的研究視角，還是具體分析方法、文本寫作策略等方面，都值得後世紅學研究者給予足夠的重視。

---

[*] 北京曹雪芹學會《曹雪芹研究》編輯。

1928年秋，二十六歲的黃偉惠獲得了法國里昂大學文學學位，開始準備她的博士論文，計畫以《紅樓夢》作為研究對象。黃偉惠的導師是里昂大學中文系教授莫里斯‧古恒（Maurice Courant），漢學功底深厚，曾被法國外交部派駐北京擔任翻譯祕書等職，在遠東古文獻的整理與研究方面著述頗豐。1921至1934年間，古恒幾乎參與指導了里昂大學所有與中國相關的文科博士論文，並幫助校內的中國留學生審校法文論文。

　　由於種種原因，黃偉惠最終沒有完成她的博士論文，但留法中國學者探究《紅樓夢》、向西方世界介紹這一重要的中國文學遺產的熱情已經蓄勢而發。1930年的秋天，同樣在古恒的指導下，就讀於里昂大學文學院的郭麟閣開始動筆寫作以《紅樓夢》為主題的博士論文初稿。

　　難能可貴的是，古恒對黃偉惠、郭麟閣的研究指導過程，如參考文獻的選擇、論文大綱的規劃、分析文本的方法等，都在里昂中法大學的學生檔案中留下了記錄。本文利用此二位學生的檔案資料，尤其是黃偉惠的論文構想、郭麟閣的論文大綱與終稿，以及古恒在其研究過程中所展現的指導思路，挖掘二十世紀初留法學者在紅學領域探索過程中受到的指導與啟發，解讀他們用異國語言研究本國文學經典時的寫作思路與翻譯策略，豐富二十世紀上半葉國內「新紅學」興起時期的海外支流，為《紅樓夢》研究史補充一段珍貴的域外史

料。此外，本文也希望呈現古恒在海外漢學與紅學研究史中扮演的重要角色，他的貢獻尚未得到學界的足夠關注。

關鍵字：紅樓夢、二十世紀上半葉、留學法國、海外紅學、文學譯介Hongloumeng, first half of the 20th centruy, Chinese students in France, Redology abroad, Chinese Literature's translation and introduction

一、前言

　　1928年秋，二十六歲的黃偉惠獲得了法國里昂大學文學學位，開始準備她的博士論文。最初，她有一個宏大的計畫，想要做一篇關於中國小說史的研究。這個在如今看來過於雄心壯志的主題，並不會令一百年前的中國知識青年知難而退。但是黃偉惠的指導教授莫里斯・古恆卻建議她放棄這個過於龐大的論文計畫，而是從一部或兩三部中國小說著手，進行深入的文學分析。

> 關於您的論文大綱，我認為完成整個「中國小說史」是一個工作量過大乃至危險的寫作任務。在我看來，您最好挑選兩三篇最感興趣的小說，對其進行細緻嚴謹的分析（即可）。如涉及史實線索與時代風俗的痕跡，更可進行深入的研究對照，盡力梳理出作者的寫作意圖和性格特點。[1]

---

[1] 1928年12月28日古恆致黃偉惠信，見里昂中法大學學生檔案No.3黃偉惠，編號No.3-59。本文所參考的里昂中法大學學生檔案資訊，均來自法國里昂市立圖書館（Bibliothèque Municipale de Lyon）中文部所存檔案，存檔者為里昂第三大學（Université Jean Moulin Lyon 3），特此感謝里昂市立圖書館中文部主任雷橄欖先生（Olivier Bialais）的協助與支持。另，本文引用的法文檔案內容均由作者自譯，下不另注。

二十世紀上半葉莫里斯·古恒對留法學生的《紅樓夢》論文指導

黃偉惠聽從了古恒的建議，她選擇《紅樓夢》作為博士論文的研究主題。現有的資料顯示，她是法國第一位計畫對《紅樓夢》展開學術研究的中國留學生。黃偉惠的法語水準很高，聽說讀寫能力在同時期留法的中國同學中名列前茅。她是里昂中法大學唯一一位在課外私立學校（Ecole des Heures）修習法語朗誦的學生，也是二十世紀最早獲得法國文學學士文憑的中國留學生之一。

在古恒對黃偉惠的論文指導信件中，我們發現優秀的語言水準只是學術研究的基礎，更重要的是清晰的思維路徑與明確的分析方法。在古恒對黃偉惠提交的一段論文初稿的回信中，他指出了三個關鍵點。一是論文寫作時的準確表達。他首先提問：這是一段人物分析還是篇章分析？如果是人物分析，還不夠深入，比如黃偉惠指出寶玉是個敏感的少年，但是他的性格中還有其他特點，哪個特點是最根本的源頭，需要辨析挖掘。如果是篇章分析，則又是另一種寫作思路方法。下筆時需要有意識地進行區分和推演。

> 這篇初稿是在作角色分析？您告訴我們，寶玉是一個聰慧、敏感、眾星捧月、心血來潮、不思進取的少年。請給出具體例子說明。
>
> 通過這幾項性格特點，請指出最深層的那一項，其

> 他特點皆由此萌。接下來，請對此進行概括總結——在您看來，寶玉的角色表現出這樣、那樣的特點。
> 或者這是一篇小說分析？
> 那麼您首先應該用半頁紙的篇幅做一個小說敘事主線和重要情節的概述。然後您再逐一分析每個部分中的細節如何對應您開頭所提出的論點。[2]

二是建議黃偉惠參考法國經典文學作品的人物分析和文學分析作為寫作範本。可以從《伊索寓言》入手，再由淺入深至拉辛的戲劇討論。

> 如果您需要練手的話，建議以這種思路分析《磨坊主、兒子和驢子》《雲雀和它的孩子》或《鼠疫中的動物》這幾篇寓言故事。您可以參考拉辛（Jean Racine）為Britannicus（《不列顛／英國人》）所作的兩篇序言（1669、1676）中所使用的分析方法。[3]

三是對現有文獻和學術成果的瞭解和梳理。身為漢學家

---

[2] 古恒致黃偉惠信，未注明日期，推測為1928年底至1929年初，見里昂中法大學學生檔案No.3黃偉惠，編號No.3-62。
[3] 古恒致黃偉惠信，未注明日期，推測為1928年底至1929年初，見里昂中法大學學生檔案No.3黃偉惠，編號No.3-62。

的古恒始終關注關於中國學界的各方面資訊，他指點黃偉惠前往學校圖書館查閱和《紅樓夢》以及中國文化有關的中外文獻資料，包括Abel Rémusart（雷慕沙）、Antoine Bazin（巴贊）、Stanislas Julien（儒蓮）、Alexander Wylie（偉烈亞力）、Père Wieger（戴遂良）、H. A. Giles（翟理思）、Soulié de Morant（莫朗）、Théophile Piry（帛黎）、Théodore Pavie（帕維）等西方漢學家的著述，以及國內蔡元培、胡適等人的研究作品。另外，古恒不僅標注了相關作者作品的出版資訊，還為她出具了介紹信，以獲得圖書館員的同意與協助。

為了完善您論文所需的文獻資料，您還可以查閱《國家圖書館書目》（Catalogue de la Bibliotheque Nationale）第一冊中的「小說」和「戲劇」章節，這兩個主題相互之間很可能有所關聯。您還可以向里昂大學圖書館的管理員尋求幫助，查閱近年博士論文目錄，這樣您就能瞭解是否有您的同胞已經做了類似的主題研究，既能避免重複前人工作，又能在前人成果的基礎上擴展深入您的研究。

我想您還可以參閱P. Wieger的《中國宗教信仰與哲學觀通史》（Histoire des opinions et croyance，第731頁），Alexander Wylie的《中國文學》（Chinese Literature，第161

頁）。[4]

另外，您還應該瞭解研究對象的相關資料，例如Alexander Wylie、Henri Cordier（考狄）的《漢學書目》（*Bibliotheca Sinica,* col. 1771），蔡元培和胡適先生關於《紅樓夢》作者的著作。

這是一部自傳性的小說還是一部真人真事小說？[5]

我們無法得知黃偉惠是否將古恒的指導一一付諸實施，在她的學生檔案中，既沒有保留她呈交給古恒的第一部分文稿，也沒有針對古恒指導信件的回信。但我們仍可以通過古恒給她的回信略略得知，黃偉惠對這篇論文的最初構想包括對寶玉的角色分析，對小說的篇章評論，介紹《紅樓夢》寫作時期的社會環境、文學背景，以及作者曹雪芹及其家族的情況，並且考慮到了二十世紀初期國內學者如蔡元培、胡適等人對《紅樓夢》的索隱考證。古恒特意在信的最後提醒她注意《紅樓夢》的寫作性質問題，「自傳性的小說（roman autobiographique）」還是「真人真事小說（roman à clé）」？

根據檔案的記載，在收到這封信後，黃偉惠不僅前往

---

[4] 1928年12月28日古恒致黃偉惠信，見里昂中法大學學生檔案No.3黃偉惠，編號No.3-59。
[5] 1928年12月28日古恒致黃偉惠信，見里昂中法大學學生檔案No.3黃偉惠，編號No.3-59。

圖書館查閱了古恒指點的參考書目，還向古恒提到過《金瓶梅》（檔案中存有英文版Clement Egerton譯《金瓶梅》的封面和一張內頁）[6]，這意味著黃偉惠或許曾動念將《紅樓夢》與《金瓶梅》進行比較研究，就像古恒曾提出可將兩三部中國小說進行比較的建議。如今這兩部文學作品的比較研究成果已經汗牛充棟，但在百年前黃偉惠如能由此構想，可謂是相當超前的學術探索。

遺憾的是，黃偉惠最終沒有完成她的博士論文。她已經在法國度過了十年的時光（1921-1931），在家人的殷切期盼中，她與姐姐黃明敏、弟弟黃國佑一同回國。之後，黃偉惠曾在清華大學擔任法語老師[7]，不知她是否還惦念著那篇未完成的《紅樓夢》論文。

雖然黃偉惠未能完成她的博士學業，但留法中國學者探究《紅樓夢》、向西方世界介紹這一重要的中國文學遺產的熱情已經蓄勢而發。1930年前後，古恒指導的另一位文學博士徐頌年（徐仲年），正在籌備他的《中國故事集》（*Anthologie de la Littérature Chinoise*）[8]在法國的出版事項。在這本面向法國讀

---

[6] 見里昂中法大學學生檔案No.3黃偉惠，編號No.3-63、64。

[7] 1934年4月12日黃偉惠的姐姐黃明敏回國後寫給古恒的信中提及。見里昂中法大學學生檔案No.2黃明敏，編號No.2-70。

[8] Sung-Nien Hsu, *Anthologie de la Littérature Chinoise, des origines à nos jours*. Paris: Librairie Delagrave, 1933. 此書中關於《紅樓夢》的詳情可參見張粲《20世紀30年代旅法中國留學生對《紅樓夢》的翻譯與研究》，《明清小

者系統介紹中國文學史的譯介著作中，徐頌年不吝篇幅介紹了《紅樓夢》這部中國小說，並翻譯了寶黛愛情相關章節。1930年的秋天，同樣在古恒的指導下，就讀於里昂大學文學院的郭麟閣開始動筆寫作以《紅樓夢》為主題的博士論文初稿。

二、莫里斯・古恒的漢學研究與他所指導的中國學生

　　黃偉惠、徐頌年、郭麟閣的論文導師是何許人也？莫里斯・古恒，是里昂中法大學（1921-1951，下文簡稱「里大」）的創始人之一。自籌辦里大至之後的十五年間，身為中法大學協會（Association Universitaire Franco-Chinoise）祕書長的古恒承擔著里大行政校務的實際管理工作。與此同時，古恒還在里昂大學中文系擔任教授和系主任，他在1921至1934年間幾乎指導了里昂中法大學所有文科類博士生關於中國各方面的論文大綱，並幫忙審校了多篇論文。

　　古恒不僅僅是一個校務領導，他有著深厚的漢學功底。根據Daniel Bouchez於1983年發表的關於古恒學術生平的研究論文，我們瞭解到古恒在二十世紀初的法國漢學界占有重要

說研究》2020年第2期。

的地位[9]。然而中文世界對他學術事業的瞭解遠不及與他同時代的其他法國漢學家，如沙畹（Edouard Chavannes）、葛蘭言（Marcel Granet）、馬伯樂（Henri Maspero）、謝閣蘭（Victor Ségalen）等，而關於里大的相關文獻中提到古恒的字句也不過寥寥數語。事實上，古恒在里大任職期間，不僅在有限物質條件下竭盡所能地維持學校的行政運作，更事無鉅細地關注學生們的學業進度。這樣全身心的投入反而將他置於略顯尷尬的境地——中方校領導疑其動機不純，法方校領導厭其辦事不力，學生們怨其插手校務過多、待遇分配不公[10]，這或許也能是古恒於後世鮮為人知的一部分原因。在此，我們很有必要對他的漢學研究和外交經歷做一簡要瞭解，這將有助於後續分析古恒指導中國學生進行文學研究所基於的學術基礎與論證視野。

1865年，莫里斯・古恒生於巴黎，18歲時進入巴黎大學法學院（Université de Paris）。自1885年起，他在東方語言學院（Ecole des langues orientales vivantes）兼修中文和日語。繼1886年從法學院獲得學士學位後，他於1888年獲得東方語言學院的中文和日語文憑。同年九月，古恒便被派往法國駐北京公使館擔

---

[9] Daniel Bouchez. "Un défricheur méconnu des études Extrême-Orient: Maurice Courant (1865-1935)", *Journal Asiatique*, No.1-2, Leuven: Peeters Publishers, 1983, pp. 43-150.

[10] 具體可參見拙文"Les hôtes du Fort St-Irénée: Les étudiants chinois de l'Institut franco-chinois de Lyon 1921-1950"（《伊雷內堡的住客：里昂中法大學的中國留學生 1921-1950）》），法國高等社會科學院2021年博士論文。

任學徒翻譯一職（élève interprète），後升任一等翻譯。他在北京工作了二十一個月，期間著有《北京朝廷》（*La Cour de Péking*）一書，獲得1891年外交部翻譯大獎之後，於1901年出版《在中國：風俗習慣與制度，人和事》（*En Chine: mœurs et institutions, hommes et faits*）。1890年5月，古恒從北京被調派至朝鮮王京（今韓國首爾），任主事翻譯，並在其直屬領導Collin de Plancy的鼓勵下編撰了《朝鮮書志》（*Bibliographie coréenne*），這部彙編不僅向法國讀者系統介紹了朝鮮時期文學史與作家作品，還對朝鮮時期各大圖書館所藏的漢語著作進行了全面的匯總。

正因為古恒深厚的漢學功底與豐富的外交經驗，法國國家圖書館於1897年邀請他編纂一部關於中國文學的書目彙編。同時，自1897至1899年，古恒接任因病退休的漢學家沙畹，在法蘭西公學院（Collège de France）做漢學講座。法蘭西公學院是法國歷史悠久的頂級學府，在這裏任教意味著整個學界對其學術水準的認可。他於1908至1912年先後發表了兩篇關於遠東國家音樂史的博士論文，其中〈論中國音樂史〉（"Essai historique sur la musique des Chinois"）得到了答辯評審組主席沙畹的高度讚揚，稱其研究的系統性與科學性堪為當時法國學界關於中國音樂所作研究中最深刻者。

1900年，古恒接受了里昂大學文學院的邀請，擔任中文系講師一職，後升為教授和中文系主任。此後，他於1913年

出版《中文口語：北方官話語法》（*La langue chinoise parlée: grammaire du Kwan Hwa septentrional*），1925年為方便中文法文互譯轉寫作《中法文對照手冊》（*Système de transcription française des mots chinois*），足以證明其深厚的漢語功底。

古恒在里昂大學工作了三十五年，直至七十歲病逝。相比巴黎東方語言學院的教學規模，里昂大學的招生資源僅能讓古恒講授相對基礎的漢語課，或許這能部分解釋他為何沒能像同時代在巴黎的漢學家同行那樣教導出漢學新秀。另外由於1910年右手意外受傷，古恒只好換左手寫字（這也是里昂中法大學的檔案中古恒的手寫信件筆記等檔較難辨認的原因），此後再無重要作品問世。然而他在里大所參與指導的中國留學生撰寫的中國文學論文，如徐頌年（徐仲年）的〈李太白的時代、生平和著作〉（"LiThai-po, son temps, sa vie et son œuvre", 1935）、楊堃的〈中國家族中的祖先崇拜〉（"Recherche sur le culte des ancêtres comme principe ordonnateur de la famille chinoise: la succession au culte; la succession au patrimoine", 1934）、羅振英的〈一個史學世家及其著作：中國史學的程式和方法〉（"Les formes et les méthodes historiques en Chine-une famille d'historiens P'an Ku et son oeuvre", 1931）、袁擢英的〈孟子的道德政治哲學〉（"La philosophie morale et politique de Mencius", 1927），在某種程度可以上彌補這一遺憾，也讓我們得以管窺他的漢學學

術素養。尤其是他對郭麟閣〈論18世紀著名的中國小說《紅樓夢》〉("Essai sur le *Hong Leou Mong* (*Le Rêve dans le Pavillon Rouge*), célèbre roman chinois du XVIIIe siècle", 1935）的指導更加引起我們的注意。

三、古恒對郭麟閣《紅樓夢》研究的指導始末

（一）確定研究選題

郭麟閣1928年畢業於北京中法大學服爾德學院（文學院），因為成績優秀，他以獎學金生的身分被選送里昂中法大學深造，攻讀博士學位。《紅樓夢》並非是郭麟閣博士學業伊始便選定的研究對象，自1928至1930年，他先後選擇兩個法國文學方向的論文選題，但都沒有成功完成。1929年1月，他在里昂大學文學院的論文導師Daniel Delafarge教授在給古恒的信中談到郭麟閣上交的一篇論文習作，他認為雖然郭麟閣的研究和寫作能力還有待優化和改正，但足以完成一篇博士論文，前提是選擇一個合適的研究主題，並且在寫作過程中必須非常注意文章的結構和文字[11]。

---

[11] 1929年1月17日Delafarge教授致古恒信。見里昂中法大學學生檔案No.249郭麟閣，編號249-3。

二十世紀上半葉莫里斯・古恒對留法學生的《紅樓夢》論文指導

　　1930年3月，郭麟閣在給古恒信中，報告其兩年來一直在Delafarge教授的指導下圍繞「文學發展的理論」展開研究，預計兩個月後上交論文手稿[12]。然而郭麟閣的這篇論文並沒有得到里昂大學校方的認可，文學院院長Auguste Ehrhard指出，無論從研究深度還是格式體例上，該論文都沒有達到一篇博士論文的要求[13]。之後，郭麟閣又向Delafarge教授提出做一篇關於阿納托爾・法朗士（Anatole France）的博士論文，但Delafarge教授認為從文學理論的角度研究一位現代法國作家對這位中國學生來說仍然太過複雜困難，他建議郭麟閣在中國文學史領域選擇研究主題。同時，他寫信請里昂大學的中文系主任古恒施以援手：「我認為讓郭麟閣直接向您尋求建議是個明智的選擇。他在中國文學方面表現出來的得心應手和敏銳度，更適合他現在的能力與學養。」[14]三年來連續兩篇論文失利，令郭麟閣感到極為焦慮，而來自古恒的支持讓他重新燃起了希望[15]。

　　郭麟閣向古恒表示，《紅樓夢》一直是他所鍾情的中國

---

[12] 1930年3月25日郭麟閣致古恒信。見里昂中法大學學生檔案No.249郭麟閣，編號249-4。

[13] 1930年7月7日里昂大學文學院院長Auguste Ehrhard評語。見里昂中法大學學生檔案No.249郭麟閣，編號249-5。

[14] 1930年11月8日Delafarge教授致古恒信。見里昂中法大學學生檔案No.249郭麟閣，編號249-6。

[15] 1931年4月19日郭麟閣致古恒信。見里昂中法大學學生檔案No.249郭麟閣，編號249-10。

小說。在北京中法大學讀書的時候,他就已經醞釀了關於這部小說的思考與解讀[16]。1930年11月,郭麟閣埋頭研究《紅樓夢》,在宿舍寫作近六個月。對於此篇初稿,郭麟閣頗有信心,他在1931年4月19日呈交給古恒的信中這樣寫道:「此篇論文乃一氣呵成之作,我沒有對其做塗改刪節,唯恐失去創作時閃現的靈感之光。我相信,經過您的修改,一定會讓我的文章更加明晰……懇請您不吝賜教。」[17]自此,古恒對郭麟閣《紅樓夢》論文的指導正式開始。

(二)論文寫作過程概況

1931年7月15日,古恒對郭麟閣的論文初稿(前三章)和大綱提出了第一次意見和建議[18]。郭進行修改調整後,於1931年9月提交了新一版的論文稿件,古恒再次給出了具體的書面意見,並約郭麟閣於12月7日在學校辦公室面談[19]。1932年1月16日,古恒再次約見郭來校面談,討論論文前言(avant-

---

[16] 1931年4月13日郭麟閣致古恒信。見里昂中法大學學生檔案No.249郭麟閣,編號249-8、9。

[17] 1931年4月19日郭麟閣致古恒信。見里昂中法大學學生檔案No.249郭麟閣,編號249-10。

[18] 1931年7月15日古恒致郭麟閣信。見里昂中法大學學生檔案No.249郭麟閣,編號249-18,19。

[19] 1931年12月3日古恒致郭麟閣信。見里昂中法大學學生檔案No.249郭麟閣,編號249-22~24。

propos）[20]。1932年2月3日，郭提交了論文前言，同年4月4日，郭麟閣重新提交了論文的前半部分和論文大綱，並於6月1日補充了小說摘譯內容[21]。4月29日，古恒對論文中篇章分析部分的譯文提出若干問題，指出論文前言的不足之處，並基於郭文撰寫了一篇新的前言，以啟發其寫作[22]。郭麟閣在5月22日的回信中對古恒撰寫的論文前言大為讚歎[23]，事實上，這篇前言被原封不動地保留到郭麟閣1935年答辯發表的論文終稿中。同時，針對古恒提出論文的譯文中存在用詞不當、語法錯誤等問題，郭麟閣請求導師用雙色筆標出不妥之處，以便他在法國同學的幫助下核對改正。1932年10月11日，古恒約見郭麟閣一同討論其博士論文[24]，這是檔案中保存的最後一封關於二人討論論文寫作的信件。

郭麟閣致古恒的下一封信的日期已是1933年10月7日，他在信中請求古恒不要放棄指導他的論文[25]。他還不知道，古恒

---

[20] 1932年1月16日古恒致郭麟閣信。見里昂中法大學學生檔案No.249郭麟閣，編號249-25。

[21] 1932年2月至6月郭麟閣與古恒往來信件。見里昂中法大學學生檔案No.249郭麟閣，編號249-28~31。

[22] 1932年4月29日（5月21日發出）古恒致郭麟閣信。見里昂中法大學學生檔案No.249郭麟閣，編號249-32。

[23] 1932年5月22日郭麟閣致古恒信。見里昂中法大學學生檔案No.249郭麟閣，編號249-36。

[24] 1932年10月11日古恒致郭麟閣信。見里昂中法大學學生檔案No.249郭麟閣，編號249-37。

[25] 1933年10月7日郭麟閣致古恒信。見里昂中法大學學生檔案No.249郭麟

是因為身體虛弱到無法工作才不得已中斷對他的指導。此時郭麟閣的論文已大體完成，但由於古恒的缺席以及里昂大學行政系統遲緩，他一直到1934年年底都沒能進入答辯程式。所幸古恒於1934年12月7日勉力提筆，為郭致信里昂大學文學院院長Arthur Kleinclausz[26]。在這封推薦信中，古恒介紹了郭麟閣的論文情況，認為他可以參加答辯，才推動校方積極為安排文學院的Jean-Marie Carré教授擔任郭麟閣新的論文導師[27]。最終郭麟閣於1935年6月順利通過論文答辯，同年7月16日，他自馬賽乘船回國[28]。一個月後的8月18日，古恒離世。

綜上所述，郭麟閣自1930年11月開始寫作關於《紅樓夢》的論文初稿，至1933年10月前大體完成，最終於1935年6月論文答辯。而古恒對其論文寫作的指導集中在1931年7月至1932

閣，編號249-38。

[26] 1934年12月7日古恒致里昂大學文學院院長Kleinclausz的推薦信。見里昂中法大學學生檔案No.249郭麟閣，編號249-43。

[27] 1935年1月14日，中法大學協會代理秘書Cheynet小姐致信Carré教授，提到郭麟閣的論文在兩年前即已接近完成，這位學生正在焦急地等待答辯完成後回國。里昂中法大學學生檔案No.249郭麟閣，編號249-44。另，管汝勝先生在〈法文版《紅樓夢》最早的譯者——郭麟閣教授〉一文中提到郭麟閣的博士論文指導老師為「卡哀‧古昂」，或是將Carré（卡哀）和古恒（古昂）兩位教授的中文譯名誤合為一人，更合情理，見管汝勝〈法文版《紅樓夢》最早的譯者——郭麟閣教授〉，《紅樓夢學刊》1986年第3輯。

[28] 1935年7月16日郭麟閣於馬賽致中法大學協會代理秘書Cheynet小姐信。見里昂中法大學學生檔案No.249郭麟閣，編號249-47。

年底，他從方法學、參考文獻、思維邏輯、法語寫作等各方面都對郭麟閣給出了詳細的意見與建議。通過對現有文獻的梳理分析，我們試圖還原郭麟閣的《論紅樓夢》從大綱、草稿一步步成為一篇合格的博士論文的具體過程。

（三）古恒對郭麟閣博士論文的具體指導過程

首先，我們有必要瞭解里大檔案中所保留的關於郭麟閣《紅樓夢》研究論文寫作的資料情況。學生檔案中保存的資訊大多為古恒與郭麟閣關於論文大綱與各類問題的討論信件，除了一份二十二頁的論文引言草稿，以及古恒在此基礎上重新撰寫的引言列印稿，論文手稿最終都退回至郭麟閣處自行保存。但我們仍然可以從二人的信件往來中瞭解到古恒對郭麟閣的《紅樓夢》研究論文的指導過程。

一篇論文的大綱是其展開論述的基本骨架，決定了論文的邏輯架構與內容定位，梳理郭麟閣的論文大綱在古恒的指點下逐漸成型的過程，能夠清晰地反映出寫作一篇學術論文中所應注意的關鍵問題和解決方法，時至今日仍具有很大的啟發意義。

表1｜郭麟閣博士論文的大綱目錄

1931年7月 大綱所擬目錄[29]	1932年2月3日 提交大綱所擬目錄[30]	1935年 論文終稿目錄[31]
第一章 小說分析 （篇章選摘節譯）p. 1-71 第二章 p.72-164 第一部分 各家評點流派 p. 72-87 1. 王夢阮一派（注明時間）孟蓴孫（孟森） 2. 蔡元培一派 3. 納蘭（成德）性德（注明引文時間） 第二部分 關於曹雪芹 p. 88-118 袁枚的文章─曹寅其人─曹宣─曹寅─曹家─楝亭詩集─關於曹寅的結語─曹雪芹與曹寅的關係─曹雪芹的朋友敦誠敦敏兄弟生活的時代背景─曹雪芹生卒年（約1720-1765） 第三部分 自傳體小說 p. 119-149	前言 第一章 小說分析 1. 石頭的故事（L'histoire de la pierre）p. 1-8 2. 有情人初遇（L'entrevue de deux jeunes amoureux）p. 8-16 3. 夢遊幻境（Voyage au néant imaginaire）p. 16-24 4. 金鎖的故事（La serrure d'or）p. 24-26 5. 大觀園（Le jardin de grande perspective）p. 27-33 6. 葬花（L'ensevelissement des fleurs）p. 33-39 7. 痛苦的婚禮（Les noces douleureuses）p. 40-48 8. 林黛玉哀逝（L'agonie de Lin-Tai-yu）p. 48-52 9. 寶玉離塵（Le renoncement au monde）p. 52-71 第二章 解讀《紅樓夢》	前言 p. 7-12 第一章 作者問題 1. 曹雪芹，《紅樓夢》前八十回的作者 p. 13-15 2. 曹雪芹生平 p. 15-28 3. 高鶚，曹雪芹的接續者 p. 28-32 第二章 小說分析 一、小說梗概 p. 33-35 二、小說章節內容 1. 石頭的故事（L'histoire de la pierre）p. 35-38 2. 有情人初遇（L'entrevue de deux jeunes amoureux）p. 38-42 3. 夢遊幻境（Voyage au pays fantastique du Grand Vide）p. 42-46 4. 金鎖項圈的故事（Le collier à cadenas d'or）p. 46-47 5. 大觀園（Le Parc aux vues grandioses）p. 47-51 6. 葬花（L'ensevelissement des fleurs）p. 51-53 7. 共讀西廂（La passion des deux jeunes amoureux pour les pièces de théâtre sentimentales）p.53-56

---

[29] 1931年7月15日古恒致郭麟閣信。見里昂中法大學學生檔案No.249郭麟閣，編號249-18、19。

[30] 1932年2月3日郭麟閣與古恒往來信件。見里昂中法大學學生檔案No.249郭麟閣，編號249-30。

[31] Guo Linge, "Essai sur le Hong Leou Mong (Le Rêve dans le pavillon rouge), célèbre roman chinois du XVIIIe siècle", Lyon: Bosc Frères & Riou, 1935.

二十世紀上半葉莫里斯・古恒對留法學生的《紅樓夢》論文指導

1931年7月 大綱所擬目錄[29]	1932年2月3日 提交大綱所擬目錄[30]	1935年 論文終稿目錄[31]
蒙田、左拉等人（置於他處）—曹雪芹生平，家族—袁枚的記錄—小說中的家族印記—結語 第四部分 關於八十回與一百二十回的版本問題 p. 149-153 第五部分 第八十一回至第一〇一回：高鶚 p. 154-164	的不同流派 p. 71-164	8. 林黛玉教詩（Lin Tai Yu, maîtresse de poésie）p. 56-66 9. 賈政督任糧草（Kya Tcheng, Intedant des grains）p. 66-72 10. 痛苦的婚禮（Les noces douleureuses）p. 72-76 11. 黛玉哀逝（L'agonie de Lin-Tai-yu）p. 76-79 12. 寶玉離塵（Le renoncement au monde）p. 79-90 第三章 解讀《紅樓夢》的不同流派 p. 91-112 1. 四家流派 p. 91-99 2. 胡適的觀點 p. 99-110 3. 《紅樓夢》的出版與版本 p. 110-112
第三章 曹雪芹的思想 p.165-238 1. 哲學思想 p.165-177 ● 陰和陽 ● 生命觀：夢境，幻象 在賈家與作者家庭中的體現（以上這部分應當被用來當作背景畫布，而不是平擺浮擱地放在這裏） ● 鮮花凋謝 ● 時光逝去 2. 政治思想 p.178-194	第三章 《紅樓夢》中的曹雪芹思想 p.165-286 1. 曹雪芹的哲學思想 p. 165-178 2. 曹雪芹的政治思想 p. 178-194 3. 曹雪芹的社會思想 p. 195-229 4. 曹雪芹的文學思想 p. 229-281 第四章 小說的藝術分析 p. 287-384 1. 《紅樓夢》的結構 p. 288-314 2. 《紅樓夢》的人物角色 p. 314-352 3. 《紅樓夢》中的現實主	第四章 小說的底蘊——《紅樓夢》的世界 p. 113-136 第五章 曹雪芹的哲學思想 p. 136-142 1. 形而上學——陰陽《易經》 2. 生命觀 3. 道德的解脫 第六章 小說的藝術分析 1. 寫作結構 p. 145-151 2. 人物角色 p. 151-157 3. 寫作風格 p. 157-162 4. 《紅樓夢》中的環境描寫與詩詞創作 p. 162-167

1931年7月 大綱所擬目錄[29]	1932年2月3日 提交大綱所擬目錄[30]	1935年 論文終稿目錄[31]
行政體系的失序（這裏說的不是政治問題，而是社會的失序） 3. 社會思想 p.195-220 （您認為社會指的是什麼？） ● 家庭組織概況（無價值） ● 關於婚姻（含糊） 4. 文學思想 p.229-238 中國十八、十九世紀文學（無價值）	義 p. 353-358 4.《紅樓夢》中的愛情圖景 p. 358-373 5.《紅樓夢》的寫作風格 p. 374-384	
第四章—第六章 不詳，未留下記錄	第五章 《紅樓夢》的心理描寫 第六章 《紅樓夢》與中國文學的演進	結語 p. 167-170 參考文獻 p. 171-174

注1：表中括弧內楷體字為古恒的批註。
注2：為展示行文布局，本表格保留各版大綱目錄頁碼。但前兩版目錄頁碼為手寫稿頁碼，終版目錄為列印稿頁碼，故前者頁碼遠超過後者。

通過表1可以看出，郭麟閣的論文由始至終都由六個章節組成，但前後結構發生了明顯的變化和調整。1931年首次提交的目錄大綱將《紅樓夢》節譯章節放置於第一章；在第二章介紹《紅樓夢》作者家世以及成書過程，包括對二十世紀初國內各家紅學觀點的梳理；第三章試圖從哲學、政治、社會、文學的角度闡述曹雪芹的思想；第四至第六章雖然沒有留下記錄，但根據第二版大綱的內容，我們可以推測應該是對《紅

樓夢》的小說藝術手法和心理描寫的分析，以及論述《紅樓夢》與中國文學的演進。

近一年過去，1932年2月郭麟閣提交了第二版目錄大綱，與第一版差別不大，但在第一章小說節選譯文之前，添加了論文的引言。另外，第一章譯文列出了具體章節（共九節）。第四章對小說的藝術手法進行了細化（小說結構、人物角色、現實主義、愛情圖景、寫作風格）。其他部分未見變化。

在1935年最終的印刷版論文中，我們看到原在第二章討論的小說作者問題被單獨提前，成為第一章；原第二章中各家紅學流派的介紹則被順延至第三章；原第一章的小說片段選譯被放置在第二章，並在正文譯文之前，加上了一個「小說梗概」，方便讀者先對《紅樓夢》有一個整體的認識，又將譯文增加了三個片段（共十二節）；原第三章「曹雪芹的思想」中關於政治、社會的討論被移至第四章「小說的底蘊——《紅樓夢》的世界」，「曹雪芹的哲學思想」獨立成章，順延至第五章；原第四章「小說的藝術手法」則成為第六章（小說結構、人物角色、寫作風格、環境與詩詞），刪去「現實主義、愛情圖景」的內容；原第五和第六章則被取消；論文的最後加上了結語和參考文獻部分。

本文之所以將這三版目錄大綱詳細列出，並且不厭其煩地對比三者之間的變化，是為了將其與古恒給出的指導意見進

行對照,從而分析古恒在郭麟閣的《紅樓夢》研究中提出了哪些切中肯綮的要點。

首先,正如上文中郭麟閣的第一任導師Delafarge所指出的那樣,論文結構與文字表達始終是他繞不過去的問題,前者涉及研究的方法、視野與邏輯,後者則是非母語者需要攻克的語言關。

古恒同樣關注到了這些問題。在1931年7月15日寫給郭麟閣的信中,他結合論文前半部分初稿,明確指出:「您必須列出一個明晰的提綱,在文章中將材料嚴格按一定順序排布,並且給出合理的分析解釋。我在讀這一章(第二章)的時候必須提筆記錄才能讀明白。」為了捋順論文的結構,古恒建議或刪節或合併部分章節:

> 您的論文第三章談到了中國哲學、社會、文學思想情況,這太過偏題了(該章節題目為「曹雪芹的哲學思想」)。同時還有一些段落可以刪節,併入第一章、第二章的正文或注釋中。同理,您也可以從第四章、第六章摘出一些未展開的材料放入第一章和第二章。至於第五章(心理描寫),我在裏面看到另一個研究主題。[32]

---

[32] 1931年7月15日古恒致郭麟閣信。括弧內文字為本文自注。見里昂中法大學學生檔案No.249郭麟閣,編號249-18、19。

古恒提到的這份隨手批註的筆記仍然保存在郭麟閣的檔案中，上面逐條抄錄了郭論文的目錄大綱，寫有古恒細緻的批註意見。不難推測，郭麟閣首次提交的論文初稿源於他多年來對《紅樓夢》的關注，也許正是因為太過熟悉，才將自己瞭解的內容一股腦地付諸於紙上，無暇顧及文章的邏輯結構。而古恒所做的正是將他拉回至規範論文的寫作框架之下。

　　接下來，古恒提醒郭麟閣，寫論文下筆時要注意文字準確、立論得當，前者要求行文準確，後者則需要有一個對文章的大體把握，寫一篇暫定的「引言」可以有助於理清思路：

> 第一章和第二章的手稿有164頁，列印出來大概有80頁。您不必追求過大的篇幅，而是要確保文字乾淨整齊、站得住腳。所以您要先寫一個「《紅樓夢》研究引言」，但是一定要謹慎行文，避免不清晰的冗長內容。[33]

　　另外，古恒注意到「文不對題」是當時很多中國學生在論文寫作中容易出現的問題，一方面是礙於法語理解上的誤會，另一方面則是對論文本身的內容還沒有控制力。郭麟閣

---

[33] 1931年7月15日古恒致郭麟閣信。文中有下劃線的文字為古恒所劃，表示強調。見里昂中法大學學生檔案No.249郭麟閣，編號249-18、19。

的論文初稿中就存在這樣的疏漏，比如第一章題為「小說分析」，但內容卻是9個小說片段的譯文，古恆直接提出質疑：「這9個小節是在分析小說嗎？難道不是小說選段？」在「曹雪芹的思想」一章，古恆不算客氣地指出，文章混淆了「政治體系」與「社會體系」的概念；在「社會思想」部分關於中國家庭和婚姻制度的敘述模糊不清，無法對應主標題「曹雪芹的思想」[34]。

古恆還建議，第一章首先應該告訴讀者，本章主要討論的內容是什麼；或者在正文開始前，先放一段簡短的引言，做一個簡練的文獻綜述。他隨即給出了戴遂良等漢學家關於中國社會與宗教信仰的著述。

> 在這段文字中，通過對比一些奇幻小說，闡明這些作品影射的對象。在文章一開始，指出本章將要討論的內容，也許可以先寫一個短小的引言，加上一些文獻綜述：戴遂良（P. Léon Wieger）的《現代中國民間故事集》（*Folk-lore chinois moderne*），《中國宗教信仰與哲學觀通史》（*Histoire des croyances religieuses et des opinions*

---

[34] 1931年7月15日古恆致郭麟閣信。見里昂中法大學學生檔案No.249郭麟閣，編號249-18、19。

philosophiques en Chine depuis l'origine jusqu'à nos jours）、《中國通史》（*La Chine à travers les âges*）。[35]

由此我們可以看出，古恒其實是在手把手地指點郭麟閣最基本的現代論文寫作技巧，他甚至事無鉅細地批註要注明引用文獻的發表日期。一篇博士論文的寫作需要如此基礎的教學指導，在今天看來或許有些不可思議。然而當時中法兩國的教育體系尚未接軌，郭麟閣並不是里昂中法大學唯一一個缺乏學術寫作訓練的博士生，也算情有可原。但是古恒嚴謹的治學態度和善意的耐心，已經超出了一位博士生導師的本分責任，著實令人感佩。

（四）學生的反思

老師教得盡心，學生學得也很認真。郭麟閣非常勤奮，依照古恒的建議，一步步對論文進行調整，在此過程中，他也體悟到了一些古恒沒有言明的問題。

郭麟閣遵從古恒的建議閱讀了戴遂良的著作《歷代中國》（*La Chine à travers les âges*，1920），令他大呼過癮：

---

[35] 1931年7月15日古恒致郭麟閣信。見里昂中法大學學生檔案No.249郭麟閣，編號249-18、19。

> 令我震撼的是，這部作品中的批判精神以及科學方法，作者將如此巨量的史料素材以科學系統的方式進行梳理，這正是我們中國當下需要的史家筆法。實際上，中國有大量的史書和歷史年鑒，但是大多都缺少精確的視野和細緻的文獻收集工作。那些史家有的將皇帝們的戰役匯總成冊，有的醉心於講述那些無意義的奇聞異事，還有的注重寫作風格而不是歷史真相……[36]

然而，也許是因為郭麟閣太過欣賞這部著作的論述風格，當他在撰寫論文前言時，為了鋪墊《紅樓夢》的時代背景，他忍不住洋洋灑灑地從中國儒釋道三教的起源論述到《三國演義》《西廂記》和《聊齋志異》，寫了28頁稿紙後，最後兩頁才轉《紅樓夢》上來[37]。古恒基於郭麟閣的原稿重新撰寫了一個範本式的前言，並在回信中耐心指出了郭氏前言的問題以及論文前言的作用：

> 在我看來，您的前言太過雄心壯志了，而且太過冗長，內容過於豐富。這幾頁紙的作用應該是讓您的讀者

---

[36] 1932年1月20日，郭麟閣致古恒信。見里昂中法大學學生檔案No.249郭麟閣，編號249-26。

[37] 郭麟閣的前言（avant-propos）草稿。見里昂中法大學學生檔案No.249郭麟閣，編號249-51~79。

瞭解普通中國人的精神世界,而不是對其進行徹底的解讀。能夠讓讀者通過前言感受到中國小說的某些特點,足矣。您從孔子、老子、佛祖開始講起(其實透過您的文字可以看出您在這方面的瞭解也不深入),然而我們不可能每翻開一本書,都從世界的起源開始讀。請多少對受過教育的法國人有點信心,他們對於這幾位重要的古人還是有些瞭解的。

我寫的這一段前言並不能稱作範文,但是希望能夠給你作寫作參考。我們應該在前言中為論文主要論述的主題做好鋪墊,絕不是在前言中就進入正題了。我對於您論文的體例格式沒有任何要求,只要您能達成鋪墊正文這一主要目的,您可以隨意修改這篇前言。[38]

然而,1935年6月,當郭麟閣的論文交付排版印刷之時,我們看到古恒的這篇前言被幾乎一字未改地保留在了論文的最終版本中。

---

[38] 1932年4月29日(5月21日發出)古恒致郭麟閣信。見里昂中法大學學生檔案No.249郭麟閣,編號249-32。

四、結語

「郭君書,為〈《紅樓夢》之研究〉,撮述此書之內容,備列舊日索隱及胡適君考證之說,無甚新意……」,這是1942年吳宓在〈《石頭記》評贊〉對郭麟閣博士論文的評價[39]。吳宓並不知道,如果不是因為古恒因病缺席,郭麟閣很有可能會與巴黎大學的李辰冬同時、甚至先於李辰冬發表這篇紅學論文;他論文中的小說片段譯文也很有可能會先於徐仲年《中國故事集》中的《紅樓夢》選譯章節面世。如果是這樣的時間順序,吳宓也許並不會給出那樣輕描淡寫的評價。

然而郭麟閣與古恒關於《紅樓夢》論文寫作的信件往來卻是極為罕見而珍貴的學術記錄,令百年後的今人仍頗受啟迪。再一次讓我們意識到:一篇精彩的文章不是一筆寫成的,一位優秀的學者不是天生成就的,而一個好的導師則是可遇而不可求的。

---

[39] 吳宓:〈《石頭記》評贊〉,《旅行雜誌》1942年總第16卷第11期。另見張粲《20世紀30年代旅法中國留學生對《紅樓夢》的翻譯與研究》,可瞭解與郭麟閣同時期的留法學者(徐仲年、吳益泰、李辰冬、盧月化)關於《紅樓夢》的法文研究或譯介成果。

《紅樓夢》悲劇論

鄭鐵生

摘要

　　本文從分析《紅樓夢》的悲劇概念入手，指出悲劇產生的根本原因是悲劇的美感形式，即博大精深、技藝超群、動人心魄的《紅樓夢》的藝術世界，其中《紅樓夢》悲劇結構是宏大的敘事。表現為悲劇結構的具體形態及過程，演繹了「君子之澤，五世而斬」的歷史規律，而《紅樓夢》悲劇的主旋律在後四十回高峰突起，薛家伴隨著權勢豪富的賈家走向沒落，四大家族「一損俱損」的悲劇謝幕。

關鍵字：《紅樓夢》、悲劇、悲劇的美感形式、悲劇結構、悲劇形態

自從一百多年前國學大師王國維在〈紅樓夢評論〉提出一個著名的論斷：「《紅樓夢》是悲劇」，迄今沒有誰對這個論斷有任何不同的看法，但具體到《紅樓夢》悲劇的概念的內涵、過程和形態，以及《紅樓夢》前八十回與後四十回的關係這些問題時，於是紛爭不止，意見相左。時至今日，如何認識《紅樓夢》是悲劇，乃至其過程和形態，仍然是紅學的大課題，甚至可以說能夠檢驗我們究竟讀懂了幾分《紅樓夢》。

一、《紅樓夢》的悲劇概念

　　《紅樓夢》是悲劇，這一著名論斷是王國維在1904年〈紅樓夢評論〉中提出的，「因為〈紅樓夢評論〉在《紅樓夢》研究史上是一座里程碑，人們可以超越它，但不能繞過它。」[1]因此，談《紅樓夢》悲劇的概念和內涵還得從它說起。

（一）王國維對《紅樓夢》悲劇概念內涵的認知

　　王國維從現代學術範式第一次系統地評價《紅樓夢》是「徹頭徹尾之悲劇也」、[2]「悲劇中之悲劇」。[3]其理據，他

---

[1] 陳曦鐘《王國維紅樓夢評論箋說》序，中華書局2004年。
[2] 王國維〈紅樓夢評論〉，引自《王國維紅樓夢評論箋說》，中華書局2004年，第92頁。
[3] 王國維〈紅樓夢評論〉，引自《王國維紅樓夢評論箋說》，中華書局

認為，悲劇源於欲望，這是人生痛苦的根源。王國維受叔本華《作為意志和表象的世界》一書的影響，把人生概括為有「欲」必有「苦痛」，有痛苦就有悲劇。顯然這種認知是不夠的。他對《紅樓夢》悲劇的根源作了更深刻而中肯的分析和評述。他說：

> 若《紅樓夢》，則正第三種之悲劇也。茲就寶玉、黛玉之事言之，賈母愛寶釵之婉嫕，而懲黛玉之孤僻，又信金玉之邪說，而思壓寶玉之病。王夫人固親于薛氏；鳳姐以持家之故，忌黛玉之才，而虞其不便於己也；襲人懲尤二姐、香菱之事，聞黛玉「不是東風壓西風」之語，懼禍之及，而自同於鳳姐，亦自然之勢也。寶玉之於黛玉，信誓旦旦，而不能言之於最愛之祖母，則普通之道德使然；況黛玉一女子哉！由此種種原因，而金玉以之合，木石以之離，又豈有蛇蠍之人物、非常之變故，行於其間哉？不過通常之道德，通常之人情，通常之境遇為之而已。由此觀之，《紅樓夢》者，可謂悲劇中之悲劇也。[4]

2004年，第97頁。

[4] 王國維〈紅樓夢評論〉，引自《王國維紅樓夢評論箋說》，中華書局2004年，第96頁。

王國維所概括「不過通常之道德,通常之人情,通常之境遇為之而已」,正是《紅樓夢》的悲劇的內涵。《紅樓夢》悲劇是歷史積澱下的社會潛意識、集體無意識等,裹脅在封建制度和人際關係下造成的。這是一種傳統的思維、習慣、心理和定勢行為,制約著人的認知和情結,影響著人的舉手投足。從這個意義上講,每一個行為或心理就是一個歷史全息的細胞,它是民族、家庭、文化的積澱產物。寶黛追逐自由戀愛受到當時社會制度和社會關係的制約和阻礙自不必說,但很大程度是受困、受壓、受制,無奈於傳統宗法社會的潛意識無形的能量。社會潛意識、無意識平淡瑣碎,彌漫在歲月的霧霾之中,而這點點滴滴彙聚成為一種精神、一種力量,給社會生活和人們的行為產生了隱形的影響,會在千百年的沿襲和傳承中凝結為心理定勢,甚至演變理念或者集體無意識,制約、規範、模鑄一代又一代的人們,成為一個民族、一個社會的思維方式、行為方式和生活方式。傳統的風俗習慣,作為世代因襲下來的成見、偏見、定勢,嚴重鈍化人們的思維,禁錮人們的思想,束縛著人們的手腳,成為社會進步的巨大的惰性力。而這一切常常是自發的,不易被人察覺,甚至熟視無睹。只有天才的偉大作家才能在作品中刻畫出社會心靈史,《紅樓夢》描寫的人情面子、主奴心態、男尊女卑等,傾注在二三十個主子和二百多個奴僕身上,各個都形態各異,千姿

百態。沒有大惡,沒有大難,卻在家長裡短中流蕩著因襲著陋習,什麼勢利、欺詐、爭奪、傾軋,連走親戚的薛姨媽都感到「這裡人多嘴雜,說好話的人少,說歹話的人多。」使生活在溫柔富貴鄉中的寶玉也感到賈府處處「悲涼之氣」。即使黛玉在賈母的呵護下、寶玉的愛戀中,依舊在少女的心中生出「滿紙自憐題素怨,片言誰解訴秋心」,發出蒼涼的人生詠嘆。毫無利益之爭的探春感歎:「咱們倒是一家子親骨肉呢,一個個都像烏眼雞似的,恨不得你吃了我,我吃了你。」這一切在《紅樓夢》中得到無比逼真的寫實。

(二)胡適、魯迅對《紅樓夢》悲劇認知的推進

1920、30年代,胡適和魯迅發展了《紅樓夢》悲劇說,雖然只是片段的、非系統的專門論述,但對《紅樓夢》悲劇認識還是有許多真知灼見。如胡適在〈文學進化觀念與戲劇改良〉一文中說:「中國文學最缺的是悲劇觀念。無論是小說,是戲劇,總是一個美滿的團圓……有一兩個例外的文學家,要想打破這種團圓的迷信,如《石頭記》……這種『團圓的迷信』乃是中國人思想薄弱的鐵證。……這便是說謊的文學。更進一層說:團圓快樂的文字讀完了,至多不過能使人覺得一種滿意的觀念,決不能叫人有深沉的感動,決不能引人到徹底的覺悟,決不能使人起根本上的思量反省。例如《石頭記》寫林黛玉與

賈寶玉一個死了，一個出家做和尚去了，這種不滿意的結果方才可以使人傷心感歎，使人覺悟家庭專制的罪惡，使人對於人生問題和家庭社會問題發生一種反省。」[5]胡適把大團圓結局的文學視為「說謊的文學」，而宣導悲劇文學，並把《紅樓夢》提到「人生問題和家庭社會問題」的深度，實質就是宣導反映真實生活現實，揭示社會生活的問題和矛盾。魯迅1925年提出一個著名的命題：「悲劇將人生的有價值的東西毀滅給人看」[6]魯迅的話同胡適的意思是一致的，不過表述更經典，一針見血的表明悲劇的審美價值是以人生的價值為基礎的。美好的有價值的事物被「毀滅給人看」，這就是悲劇的表現方式，其藝術效果就是胡適所說的「引人到徹底的覺悟」。

（三）哲學家牟宗三對《紅樓夢》悲劇的論述

對《紅樓夢》悲劇論述引人矚目的是哲學家牟宗三，他1935年發表在《文哲月刊》的〈紅樓夢悲劇之演成〉，像這樣專題的紅學論文，在當時是不多見的。呂啟祥評述說：「在標題和行文中並沒有提到王國維〈紅樓夢評論〉，而在精神氣脈上卻與之貫通，那就是牟宗三所撰題為〈紅樓夢悲劇之演成〉的長文，約有二萬字，牟宗三認為紅學的考證雖

---

[5] 宋光波《胡適與紅學》，中國書店2006年，第246頁。
[6] 魯迅〈墳·再論雷鋒塔的倒掉〉，《魯迅全集》第一卷，第192-193頁。

較合理,究竟與文學批評不可同日而語;作家們對描寫技術與結構穿插的讚歎也只是一種欣賞,很少涉及作品表現的人生見地,『中國歷來沒有文學批評,只有文學的鑒賞或品題』。『在《紅樓夢》,那可說而未經人說的就是那悲劇之演成。』[7]牟宗三一文給我們的啟示有三:

其一,從王國維到牟宗三三十年來,中國缺少理論性系統研究《紅樓夢》的現代學術論著,而牟宗三〈紅樓夢悲劇之演成〉無疑是一篇出類拔萃的現代學術文章。他對悲劇的性質和內涵的論述,是很有見地的。他說:

> 悲劇為什麼演成呢?既然不是善惡之攻伐,然則是由於什麼?曰:這是由於性格之不同,思想之不同,人生見地之不同。在為人上說,都是好人,都是可愛,都有可原諒可同情之處;惟所愛各有相同,而各人性格與思想又各互不瞭解,各人站在個人的立場上說話,不能反躬,不能設身處地,遂至情有未通,而欲亦未遂。悲劇就在這未通未遂上各人飲泣以終,這是最悲慘的結局。[8]

---

[7] 呂啟祥編《紅樓夢研究稀見資料彙編》「前言」,人民文學出版社2001年,第14頁。

[8] 呂啟祥編《紅樓夢研究稀見資料彙編》,人民文學出版社2001年,第607頁。

這段感性的描述語言所表達的意思，在王國維悲劇認識基礎上又前進一大步。從他論述寶玉、黛玉、寶釵的性格衝突，再述他們之間的愛的關係，以及寶玉丟失玉後瘋癲了。「賈母王夫人便想到了金玉因緣，想借著寶釵的金鎖來沖喜，來招致那失掉的寶玉。於是便定親以致結婚。」這不正是「性格之不同，思想之不同，人生見地之不同。在為人上說，都是好人，都是可愛，都有可原諒可同情之處」，然而，整個賈府層層都看著賈母的臉色行事，鳳姐見了賈母臉笑成一朵花，嘴甜甜的哄著老人開心，而她對下人臉酸心辣，氣指頤使，驕橫跋扈。賈母心疼外孫女黛玉，卻不懂得黛玉的心思，祖孫倆「至情有未通」。賈政長途護靈送葬，缺少盤纏，和焦大籌借銀子，這個幾輩子的老奴也不給主子「面子」。《紅樓夢》「悲劇就在這未通未遂上各人飲泣以終」。

其二，悲劇是一個過程，形成悲劇的形態。牟宗三此文從《紅樓夢》一百二十回整體出發，簡述了《紅樓夢》悲劇的基本形態。他說：

> 前八十回固然是一條活龍，鋪排的面面俱到，無衣無縫，然而後四十回的點睛，卻一點成功，頓時首尾活躍起來。我因為喜歡後四十回的點睛，所以隨著也把前八十回高抬起來。不然，則前八十回卻只是一個大龍身

子，呆呆的在那裡鋪設著。雖然是活，卻活得不靈。

悲劇是一個過程，在矛盾和衝突中向前推進的，《紅樓夢》演進到前八十回的時候，悲劇的矛盾和衝突還沒有完全激化，還沒有出現悲劇的高潮，所以牟宗三認為「前八十回固然是一條活龍，鋪排的面面俱到，無衣無縫」，「前八十回卻只是一個大龍身子，呆呆的在那裡鋪設著」。

其三，德國美學家謝林說：「真正的藝術品個別的美是沒有的——唯有整體才是美的。因此，凡是未曾提高到整體觀念的人，便完全沒有能力判斷任何一件藝術品。」[9]這是一個基本的美學原則。悲劇越是完具有整體性，就越是能反映事物發展、衝突、毀滅的必然性。《紅樓夢》後四十回在悲劇整體性形態中起到了最終的悲劇效果，「後四十回的點睛，卻一點成功，頓時首尾活躍起來。」關於《紅樓夢》後四十回的爭論和評價，是《紅樓夢》悲劇研究重大問題。

（四）悲劇的美感形式

悲劇的美感形式理論的建樹首推朱光潛的《悲劇心理學》。這部著作1933初英文版在法國出版，1980年代才翻譯中

---

[9] 《西方美學家論美和美感》，商務印書館1980年，第189頁。

文出版。關於悲劇的美感形式,朱光潛指出:一些很少哲學修養的人,包括某些批評家、美學家,卻常常犯一個錯誤,就是「不能把作為藝術形式的悲劇和實際生活中的苦難相區別」[10]因此,我們決不能把悲劇藝術中的痛苦和災難與實際生活中的痛苦和災難混為一談,「朱光潛在《悲劇心理學》中認為現實生活中沒有悲劇。他說:『現實生活中並沒有悲劇,正如辭典裡沒有詩,採石場裡沒有雕塑作品一樣。』」[11]因此如何認識悲劇的藝術形式,是理解《紅樓夢》悲劇內涵的關鍵所在。

繼朱光潛之後北京大學葉朗教授也闡釋《紅樓夢》悲劇,他說:

> 學者們都認為《紅樓夢》是一部偉大的悲劇,但對於《紅樓夢》的悲劇性在哪兒,學者們有不同的看法。
> 　　我認為,《紅樓夢》的悲劇是「有情之天下」毀滅的悲劇。「有情之天下」是《紅樓夢》作者曹雪芹的人生理想。但是這個人生理想在當時的社會條件下必然要被毀滅。在曹雪芹看來,這就是「命運」的力量,「命運」是人無法違抗的。
> 　　……

---

[10] 朱光潛《悲劇心理學》,人民文學出版社1983年,第7頁。
[11] 葉朗《美在意象》,北京大學出版社2010年,第369頁。

這個壓碎一切的「命運」是什麼？就是當時的社會關係和社會秩序，這種社會關係和社會秩序在當時是普遍的，常見的，但它決定每個人的命運，是個人無法抗拒的。王國維特別強調這一點。他指出。《紅樓夢》之悲劇，「但由普通之人物、普通之境遇，逼之不得不如是」，所以他認為《紅樓夢》是「悲劇中之悲劇」。王國維說得很有道理。……在當時的社會關係和社會秩序下，《紅樓夢》中體現新的人生理想的少女一個一個毀滅了，整個「有情之天下」毀滅了。在曹雪芹心目中，這就是命運的悲劇。書中林黛玉的《葬花吟》，賈寶玉的〈芙蓉女兒誄〉，是對命運的悲歎，也是對命運的抗議。《紅樓夢》是中國的悲劇。[12]

曹雪芹對《紅樓夢》「悲劇的命運」的描寫，不是像黑格爾所指出的「死守著恐懼和哀憐這兩種單純的情感」，而是借助美感形式，即葉朗所說的「書中林黛玉的〈葬花吟〉，賈寶玉的〈芙蓉女兒誄〉，是對命運的悲歎，也是對命運的抗議」等詩情畫意中展示的，是在家長裡短的笑罵哭訴敘事中表現的，是在人和事的情感糾結互動中實現的，總之，是在描寫

---

[12] 葉朗《美在意象》，北京大學出版社2010年，第379-381頁。

命運悲劇的美的形式中完成的。只有這種「內容的藝術表現才能淨化這些情感」。[13]所以說悲劇的美感形式在作品中是最重要的生命架構，是悲劇的靈魂。

（五）悲劇「結構」是《紅樓夢》的美感形式最重要的體現

悲劇結構是悲劇的美感形式最重要的體現，構成《紅樓夢》一部悲劇的宏觀框架和生命形態。

吳宓是二十世紀最早從整體性視角談《紅樓夢》結構的學者，他發表在1920年《民心週報》一文說：「凡小說中，應以一件大事為主幹，為樞軸，其他情節，皆與之附麗關合，如樹之有枝葉，不得憑空裂放，一也；此一件大事，應逐漸醞釀蛻化，行而不滯，續不起斷，終至結局，如河流之蜿蜒入海者然，二也；一切事實，應由因生果，按步登程，全在情理之中，不能無端出沒，亦不可以意造作，事之重大者，尤須遙為伏線，三也；首尾前後須照應，不可有矛盾之處，四也。以上四律，《石頭記》均有合。」[14]顯然，這是從中國傳統文論入手分析《紅樓夢》整體結構的。1940年代最為人稱道的當屬李

---

[13] 黑格爾《美學》第三卷下，商務印書局1981年，第287-288頁。
[14] 吳宓〈紅樓夢新談〉，見《紅樓夢研究稀見資料彙編》，人民文學出版社2001年，第30頁。

辰冬的〈論《紅樓夢》結構〉，他融入了西方單元結構的文論意識，提出全書可分為六個單元結構。其中第一個單元結構就是前五回，要看到它的獨特性。但遺憾的是他們都沒有把悲劇與結構連在一起來論述，僅僅是從創作的角度進行剖析。

李希凡、藍翎是第一位明確地提出《紅樓夢》悲劇結構的學者，1956年發表了〈《紅樓夢》的現實主義悲劇結構〉長篇論文，將《紅樓夢》悲劇結構簡括為：

> 《紅樓夢》完美的現實主義悲劇結構反映了作者藝術構思的才能。他對所要描寫的對象作了巧妙的勻稱的安排。《紅樓夢》故事情節有兩條線索，一條主線是賈寶玉和林黛玉的叛逆的性格和愛情婚姻研究生活命運的悲劇，一條副線是他們所生活的這個封建貴族家庭的日益崩潰瓦解的形形色色。這兩條故事線索錯綜地交織起來，相互輝映地展開著，而副線又決定著主線的發展和結局，構成主線的背景，越是要挖掘叛逆者失敗悲劇的社會原因，就越要廣泛地揭露封建貴族階級的殘酷和腐朽。於是，由這兩條大的骨幹織成的《紅樓夢》的結構，象一幅龐大的網延伸開去，在廣闊的社會生活的場

景上勾勒出鮮麗的畫面。[15]

1986年張錦池發表了論著,談了《紅樓夢》三種悲劇架構,他說:

> 其一,作者要為一位「怡紅公子」作傳,即描寫賈寶玉的精神悲劇,把他的以「意淫」為內涵的人生價值觀念和人生足跡描摹給世人看。
> 其二,作者要為一群青年女子作傳,即描寫以「金陵十二釵」為主體的「異樣女子」的人生悲劇,將她們的真善美和才學識被毀滅。
> 其三,作者要為一個「詩禮簪纓之族」作傳,即描寫赫赫揚揚已歷百世的賈府由於坐吃山空、兒孫不肖而日益衰敗的歷史悲劇,將這個百年望族的人生價值觀念及藏於禮法帷幕後面的「自相戕戮自張羅」情景描繪給世人看。[16]

上述代表性的論述反映了上個世紀社會學文學批評的範式,那個時代我國流行的文藝理論主要是前蘇聯的體系,時代

---

[15] 李希凡、藍翎《紅樓夢評論集》,人民文學出版社1973年,第267頁。
[16] 張錦池《紅樓夢考論》,黑龍江教育出版社1998年,第298頁。

沒有賦予他們更出色的批評武器，儘管他們本人都是傑出的學者，但主要著眼社會學，還不是美學理論去展示《紅樓夢》的悲劇形態。

（六）當代《紅樓夢》悲劇研究的失誤是「碎片化」

百年紅學研究方法的失誤之一就是「碎片化」。當下解析《紅樓夢》論著汗牛充棟，即使那些研究《紅樓夢》人物、結構、意蘊、語言可圈可點的論著，也存在著一種傾向，即缺少整體性研究的自覺意識。常有一種現象，解讀一部大書，講到某一個情節，某一個人物，甚至某一個細節，津津樂道，可很少能夠把它放到整體結構之中去把握，視作一個有機的生命，讓情節和人物定位在其所屬的必然的位置上。因而，解讀任何一部名著，只有整體性的把握，先從整體敘事結構入手，把握其宏觀的的框架、流貫的脈絡、演進的肌理。才能全牛在胸。目視一端，順著敘事肌理自如的伸張，不會讓某一人物或事件孤立地出現，評論一二，難免走偏。

朱光潛先生說：「一個藝術作品必須為完整的有機體，必須是一件有生命的東西。有生命的東西第一須有頭有尾有中段，第二頭尾和中段各在必然的地位，第三有一股生氣貫注於全體，某一部分受影響，其餘各部分不能麻木不仁。」[17]他強

---

[17] 《朱光潛全集》第4卷，安徽教育出版社1988年，第207頁。

調的即是整體性的把握,首要的是解析整體結構,其中包括整體與部分、部分與部分、層面與層面、脈絡與脈絡等。只有把它作為一個有機的生命整體來把握,才能把各種複雜的敘事「關係」找準,關係出性格,關係出意蘊,關係出哲理。才能發現整體大於其他部分相加的總和,看到生氣勃勃、風光迤邐、魅力無窮,真正的把一部長篇古典小說解讀到位。對於結構整體性的闡釋,西方學者自有其智慧。瑞士心理學家、結構主義學者皮亞傑曾提出結構的三個原則:整體性、轉換性和自我調節性。所謂整體性,是指一些單元機構有機的排列組合,而「受一整套內在規律的支配,這套規律決定著結構的性質和結構的各部分的性質」。所謂轉換性,「支配結構的規律活動著,從而使結構不僅形成結構,而且還起構成作用。」所謂自我調節性,「為了有效地進行轉換程式」,「結構正是以這種方式獨特地處於『封閉』狀態的」[18]。吸收西方理論的精華,不斷地探索,運用到解析《紅樓夢》的結構,才能打破了傳統的認知和方法。

　　《紅樓夢》一開篇便告訴我們:這個故事講的是封建社會官僚世家大族賈、史、王、薛,「這四家皆連絡有親,一損皆損,一榮皆榮,扶持遮飾,俱有照應的。」簡單幾句介

---

[18] 特倫斯・霍克斯《結構主義和符號學》,上海譯文出版社1987年,第7頁。

紹，已說明百年望族，巡迴著歷史「君子之擇，五世而斬」的規律。而這種歷史意識始終滲透、融入、展現在《紅樓夢》的悲劇結構安排中，促進我們透過歷史表像中光怪陸離、五花八門的人和事，對那個時代「末世」歷史本質的認知。

二、《紅樓夢》悲劇是一部衰敗史

《紅樓夢》是一部衰敗史，其悲劇形態主要表現在衰敗過程的不同的階段裡。

「前五回」是《紅樓夢》故事的藍圖，展示百年望族賈府的沒落。目的就是介紹《紅樓夢》故事中的主要人物和他們生活的典型環境。「前五回」的每一個章回都似獨立，而且展現的時空跨度都很大。這似斷而連的多層敘事領域，出現三個過場人物：甄士隱、賈雨村和冷子興，他們分別從不同的視角、不同的聯繫，完成了相對獨立的、多維的、大跨度的敘事時空之間的轉換，引導讀者的視野，漸漸瞭解以賈府為中心的封建上流社會形態，走進《紅樓夢》的主敘事現場──賈府，看到主要人物和他們丫鬟環繞、鐘鳴鼎食、豪富奢侈的貴族生活。

《紅樓夢》「前五回」的排列和布局圍繞著一條中軸線而展開的，切割敘事空間：村郊酒店「冷子興演說榮國府」是

向讀者平面介紹賈府。「黛玉進賈府」是從外向裡，透過黛玉的「眼睛」展示賈府，一步一景。到了賈雨村在京城「亂判葫蘆案」，則是從點到面，展示賈府。賈府是一個點，它與薛家、王家和史家結成四大家族，與皇親國戚，形成一個個的「面」，也就是封建官僚社會關係網。其特徵是葫蘆案中小門子所言：「連絡有親，一損俱損，一榮俱榮。」透視出社會的潛規則，小門子對賈雨村所說的一番話是「講關係」；薛蟠打死人，揚長而去，無法無天是「靠關係」；賈雨村借亂判葫蘆案，向賈府這棵大樹，靠得更緊了，是「拉關係」。三個過場人物無論盤馬彎弓，左右搖曳，還是柳暗花明，步步深入，一個總的的敘事藝術使命是沿著走進、介紹和認識賈府這條中軸線，把典型人物從不同的時空，集中到賈府，同時展示賈府這個典型環境，為第六回至一百二十回的《紅樓夢》故事的主敘事層面鋪設各種預述、因素和伏脈。

第六回至一百二十回為《紅樓夢》故事的生命歷程。寫了12年的光景，即寶玉10歲讀書到21歲出家。這是《紅樓夢》敘事的主體，是一座璀璨奪目的藝術大廈，展示出活脫脫的群體人物形象的生命軌跡，包容著巨大的思想內涵。而這12年的敘事依託在「前五回」百年望族的衰敗史的背景裡。「前五回」與第六回以後所展開的藝術生命形態，形成了互動相彰的動態性敘事。「前五回」寶玉亮相時8歲、黛玉進賈府時7歲，

寶釵隨母進入賈府時9歲，鳳姐這時也就是17、8歲。曹雪芹採用畫龍點睛式的筆法刻畫了他們性格的核心因素，為張揚他們的性格能量留下了的空間，都將在第六回以後賈府衰敗的悲劇結構中開拓著他們自身的生命歷程。於是結構中內含著性格的能量，性格能量又外射為結構的複雜形態，出現共生效應。無論是賈府的老爺少爺、奶奶太太，還是以金陵十二釵為代表的青年女子群體，都被封建的倫理和宗法的網路捆綁在一起，在溫情脈脈的面紗下，有的是掩飾著內心的淫邪、貪婪、嫉妒和仇恨；有的是壓抑著青春生命的活力、氣血、情感和欲望。總之是互相衝撞、彼此張揚、互為影響、彼此拉扯著，在生活的歲月裡豐滿著肌體，啟動著氣脈，增添著折皺，消磨著命運⋯⋯於是形成了三條貫穿整部書一百二十回的意脈。

一條是賈府的悲劇，赫赫揚揚的賈府已曆百年，儘管表面呈現出鮮花著錦、烈火烹油之盛，但背後隱藏的是「內囊盡上」。沿著「虛架子」到衰枝落葉紛紛下，衰敗是一個過程。首先表現在經濟上──金錢的揮霍，導致長期的入不敷出，不僅家族生活日漸困頓，而且潛伏著的房族之爭、嫡庶之爭、尊卑之爭越來越來激化。終於「虛架子」也支撐不住了。

一條是寶、黛、釵的愛情婚姻悲劇。寶黛情竇初開，在「金玉良緣」與「木石前盟」之爭的背景下，在封建宗法家庭環境下，演繹著寶黛之戀，從初戀到心心相印，再到生死相

許。最終在封建家長的預謀下，造成釵嫁黛死，無奈寶玉終放不下「木石前盟」情感重負，選擇出家。

一條是王熙鳳的人生悲劇，從她叱吒賈府到心衰力挫，演繹了封建社會禮制下女性的無奈和悲哀。王熙鳳性格張揚、欲望膨脹，雖然最終淹沒在封建禮教的習慣勢力之中，導致悲劇的下場，但前期她仍是以女強人的風采活躍著。

當然這三條意脈是互相裹脅、互為影響地開拓著自己生命的歷程，相生相剋、由表及裡，牽動、生發和制約著大大小小的伏線和餘脈，彙集、貫穿於《紅樓夢》賈府衰敗的過程，像夕陽下殘存著的一座風雨飄搖中的王府大廈。

任何一部小說都是表層結構與深層內蘊互為表裡的，越是優秀的作品，這個特點越是突出，生動壯闊而細緻入微的現實描寫的背後，是深廣的潛隱世界，給讀者「說不完」的感受。前五回與第六回以後的敘事主體是互動的結構關係，前者所展示的歷史底色和人物關係網構成一個潛隱結構，不僅粗線條勾勒了封建時代上流社會的政治、經濟和文化的特徵，還營造了千百年蓄積的封建社會的潛意識、潛能量，形成巨大的張力空間。《紅樓夢》第六回許多情節線索都是從這裡牽引出來的，許多人物的欲望、心理、情緒都是從這裡生髮出來的，即使人物的一顰一笑、一舉一動也能勾人魂魄，令人盪氣迴腸，其奧妙就在這裡。

《紅樓夢》第六回以後悲劇結構的時空形態大體分為三個階段：

（一）《紅樓夢》悲劇形態的第一階段：鐘鳴鼎食的賈府是「虛架子」（第6-36回）

從劉姥姥進榮國府到元妃省親，跨越了五個年頭。曹雪芹通過賈府發生的兩件大事：秦可卿出喪與賈元春省親，大手筆地展示了賈府這一典型環境。這兩大中心事件將敘事的高潮推向了極致，是《紅樓夢》整個敘事結構中最宏大最顯赫的敘事形態，且甯、榮兩府敘事內容互為對應，紅白色彩、喜喪情調互相對比，從不同的視角寫盡了賈府的豪奢和權勢。同時，在秦氏出喪盛大而風光的敘事中又隱含著一股衰落敗家的暗流；在元妃省親莊重而豪奢的敘事中不時地流露出不協調的冷言冷語——好景不長、虛熱鬧。

《紅樓夢》第十九回至三十六回，集中描寫了寶黛的初戀。圍繞這一中心故事，觸發和牽動了三種矛盾和衝突：一種是寶玉初戀時「金玉良緣」和「木石前盟」兩種觀念的衝撞和較量，引發了賈母與王夫人潛在的矛盾；再一種是圍繞著寶玉的特殊地位激發了嫡庶之間的矛盾，誘發出惡憤的心理和陰毒的報復，以「魘魔法叔嫂逢五鬼」為典型事件；還有一種是對待寶玉讀書教育問題而產生的不同觀念，裏挾在各種複雜的矛

盾衝突中，以「寶玉挨打」為中心事件帶動日常瑣事。這些矛盾和衝突，像生活的溪流，有時交匯，形成巨流，掀起波瀾；有時平靜，水底卻是潛流暗礁，隱伏著更大的漩渦……

（二）《紅樓夢》悲劇形態的第二階段：賈府的豪奢富貴與潛流暗礁（第37-64回）

前一個階段賈府的主子們並沒有意識到賈府是一個「虛架子」，仍舊恣意揮霍，加速了「內囊盡上」，而第二個階段許多細節披露主子們，上至賈母、王夫人、鳳姐，下至賈府的管家，甚至連從不關心賈府經濟的黛玉都看出：「咱們家裡也太費了。我雖不管事，心裡每常閑了，替他們一算，出的多，進的少，如今若不省儉，必然後手不接。」賈府主子們雖然已經意識到經濟困頓，但慣性的豪奢生活方式依舊前行，難以遏制。百年積澱的賈府管理體制根深蒂固，積重難返。上下一起挖空百年望族大廈的牆角，搖搖欲墜。這個階段敘事與前面一脈相承，只是沒有大的事件。而通過描寫賈府貴族的衣食住行的家長裡短淋漓盡致地展示了詩禮簪纓、鐘鳴鼎食的氣象，如大觀園的小姐吟詩作詞，折射出賈府百年的文化傳統的積澱。又通過吃喝玩樂的生活瑣細之事，誇飾了貴族的奢華、豪富和腐敗。百年望族年深日久，陰暗和黴爛的角落已滋生腐爛，散發著腐臭。經濟的困頓、禮教的鬆弛、矛盾的激化

等，正動搖著賈府這幢封建世襲的百年大廈。

賈府被抄後，賈母感歎賈府就像個「虛架子」，這個比喻形象而貼切，和冷子興說賈府是「『百足之蟲，死而不僵。』……如今外面的架子雖未甚倒，內囊卻也盡上來了。」意思是一致的。請注意《紅樓夢》敘事時間，第十八回「元妃省親」發生在寶玉14歲那年的正月十五，到了臘月，第五十三回黑山村的莊頭烏進孝給甯國府賈珍交租，實際上「元妃省親」和「烏進孝交租」是發生在同一年，一個是年初，一個是年末。

（三）《紅樓夢》悲劇形態的第三階段：賈府在風雨飄搖中大故迭起（第65-78回）

這一時期的故事發生在寶玉15歲那年的五月到年底，半年多的時間。其敘事卻占《紅樓夢》結構中15個章回，是曹雪芹傾注心血、揮灑潑墨最重要的一個階段，和一年前相比，賈府的經濟境況已顯露出江河日下的徵兆。王熙鳳逼死尤二姐與抄檢大觀園這兩個中心事件，激化了賈府內部的各種矛盾和衝突，越來越趨於公開化，以至大故疊起。悲涼之氣彌漫在這個貴族之家，人與人之間「一個個像烏眼雞似的，恨不得你吃了我，我吃了你」。

（四）《紅樓夢》悲劇形態的第四階段：《紅樓夢》悲劇主旋律在後四十回高峰突起，四大家族「一損俱損」（第79-120回）

《紅樓夢》前八十回號稱「四大家族」，只寫了賈家，其他三家薛、史、王都是賈府社會關係網中的一個網結，一個背景，一種拓展，最終目的是深化百年望族賈府的歷史意蘊。當薛家成為敘事主體，就扯開更大的歷史時空，《紅樓夢》悲劇在後四十回高峰突起。三條主意脈的延伸和拓展都出現了顯著的交匯點，凸顯了悲劇最後階段性的特徵，籠罩著濃郁悲涼的氛圍和末世的氣息。其標誌事件，就是第一百零五回「賈府被抄」，發生在寶玉18歲那年的冬天，與「元妃省親」相隔不到五年。從賈府表面撐著「虛架子」，到「虛架子」破敗過程，《紅樓夢》敘事時間總共才五年，而且最先是從經濟上顯露的。這五年從第十七回「元妃省親」到第一百零五回「寧府被抄」，前前後後共寫了88個章回，占據《紅樓夢》敘事內容的三分之二還要多，而且這條意脈貫穿《紅樓夢》始終，這正說明了《紅樓夢》基調是衰敗，是悲劇。

賈府虛火上升，表面裝點出一片豪華的景象，這個百年望族在末世短短十幾年，從支撐著鐘鳴鼎食的「虛架子」，掩蓋不了入不敷出，大處大虧，小處小虧，幾近青黃不接的局

面。家勢日漸頹敗，到處彌漫著悲涼之氣。賈府被抄，元氣大傷。死亡像一個幽靈盤旋在賈府的上空，不時給這個「赫赫揚揚、已曆百載」的煊赫家族投下陰影。小說情節中集中展現了一系列死喪事件，是為行將沒落的封建貴族唱出的一支挽歌。賈母去世之後，第一百十一回鴛鴦之死，第一百十三回趙姨娘之死，第一百十四回鳳姐之死，第一百二十回香菱之死。曹雪芹通過對接連的死亡事件的描寫，形成緊促的節奏來表現賈府悲劇的加速和落幕。賈母的死畢竟是賈府那棵最後倒下的大樹、老樹、朽樹，是壽終正寢，是必然的規律使然。而鴛鴦、趙姨娘、鳳姐這些人的非命之死，都富有很深的意味。一系列破敗的風波頻頻出現在《紅樓夢》的最後階段，是賈府衰落前夕的徵兆。小說敘事從四面八方寫來：有頭有臉的大管家賴大出逃，寄居在賈府的妙玉被劫，賈府的千金小姐惜春出家，狠舅奸兄賣巧姐等，大故迭起，離心離德，各顧各的，真應了曹雪芹的爺爺曹寅常說的一句話「樹倒猢猻散」。《紅樓夢》後四十回正是悲劇演進過程的最後階段，也是一個必然的過程，舍此便不成為一部真正的百年望族的悲劇。讀懂《紅樓夢》的要害，就是要看清悲劇演進過程暴露出的各種矛盾，以及積重難返的因素，有歷史文化積澱的輝煌掩蓋下的潛在的蛀蝕和黴爛；有龐大的權勢關係網遮罩下的僵化和腐朽；有新舊思想的碰撞下新一代的沉沒……總之，悲劇形

成一種內在的意蘊、能量和動力,在演進的過程中,拓展與消耗並存,不斷走向衰敗。

唯一支持寶、黛愛情的賈母這一階段態度發生了轉變,致使「掉包計」的醞釀、張羅、實施,標誌著「金玉良緣」成為定局。寶、黛愛情由真情化為癡情,寶玉時而瘋傻,時而癡呆。黛玉悲哀、痛苦、絕望,選擇自戕而亡。寶、黛愛情這條主意脈伴隨著賈府悲劇的加劇,也走向盡頭。寶玉出家這一敘事,作為一部大書《紅樓夢》悲劇的最強音,敲響了《紅樓夢》最後階段的喪鐘,是對封建社會中考取功名、包辦婚姻最後的否定。寶玉的人生困境,展示了封建社會潛意識和貴族家族對人性的漠視、壓抑和扼殺,最終導致個人悲劇。自我價值的肯定及反叛意識的蘇醒,是寶玉性格中鮮明的自主因素,雖然得到了一定程度的張揚,但最終在現實世界裡還是走向了失落。寶玉出家,是石頭下凡、曆幻人間的結束,也是《紅樓夢》故事的終結。

王熙鳳性格悲劇這條意脈伴隨賈府被抄,鳳姐屋裡的借券敗露,是她走向人生悲劇的重要因素。王子騰之死致使王家坍塌這雙向夾擊,使她失去了最後的支撐。王熙鳳性格悲劇已無可挽回,她滑向死亡之路。這條意脈圍繞鳳姐之死的走勢鋪展,唱完送葬曲,還有餘波,即劉姥姥三進榮國府,受鳳姐托孤,營救巧姐。

三、《紅樓夢》後四十回悲劇落幕

　　《紅樓夢》多次指出賈府處於「末世」，曹雪芹多層次、多側面、不同程度、不同方位地描寫了大大小小人物呼吸到「悲涼之霧」。他們感到鬱悶、壓抑、惶恐，或產生憂患，或萌發危機，或不安於現狀，或感到頹勢難挽……讓讀者感到「山雨欲來風滿樓」，大有摧枯拉朽之勢，百年望族大廈搖搖欲墜。《紅樓夢》前八十回與後四十回的關係是悲劇形態演進的過程，而這一過程正處在黃金分割線上。《紅樓夢》的主體故事是從第六回開始的，那麼《紅樓夢》整個敘事結構的「黃金分割線」應在第七十九回。從第七十三回至第七十八回是「抄檢大觀園」敘事單元，從七十九回至第九十一回事是「薛、賈家多事之秋」敘事單元，而恰恰在《紅樓夢》整個結構的「黃金分割線」上出現薛家上升為主體敘事，富有豐富的歷史的社會的意蘊，深化了歷史本質的映現，提升了《紅樓夢》悲劇主旋律的高亢。因此說，《紅樓夢》後四十回是在前八十回是悲劇的主體階段之上，推向《紅樓夢》悲劇意象世界的核心，從而出現悲劇的最強音。《紅樓夢》僅僅有前八十回還構不成悲劇形態，它只是幾個家族衰敗的故事，而後四十回則提升了它悲劇的層次，豐富了它悲劇的內涵，展現了悲劇意

象世界的核心。

　　從《紅樓夢》整個敘事進程的推進來看，薛蟠兩次命案相隔八十多個章回，已跨越故事全過程的三分之二。「葫蘆案」是在「元妃省親」前六年，「太平命案」是在「賈府被抄」的前一年，而「元妃省親」至「賈府被抄」是五年，這樣算來，兩次命案相隔敘事時間大約是十年。正是賈府「虛架子」衰敗逐漸由內到外的暴露過程。「敘事時間是非常重要的，我們看每一篇敘事文章，就會發現時間的重要性在於它牽引著敘事者和讀者的注意，操縱著文本展開的脈絡。沒有脈絡就沒有生命，沒有注意就沒有對生命的關懷和理解。」[19]薛家依附賈家始於「葫蘆案」，此時的賈家「虛架子」撐著，掩映在奢侈豪華、紙醉金迷之中。當《紅樓夢》的故事演進到敘事結構的黃金分割線之後，「太平命案」出來，賈家這個「虛架子」靠不住了，薛家只能自己用銀子與權力交換，去獄裡撈薛蟠。

（一）「太平命案」揭示封建政權結構性的腐敗，是《紅樓夢》悲劇形態的顯現

　　第八十五回薛蟠「太平命案」爆出，此時的賈府正值風雨飄搖之際，只有招架之功，沒有回天之力，何能顧及他

---

[19] 楊義《中國古典小說的敘事原則》，《河南大學學報》2004年第9期。

人。顯示出「賈府被抄」的前一年，已自身難保，薛家自怨自受。而正是這樣的大背景下，敘事脈絡則放在受審的一方，寫薛家驚恐、奔走、賄賂、疏通、等待、無奈。像一根明線串聯著諸多敘事內容，並斷斷續續地披露案情，貫穿了長達三十五個章回，直至《紅樓夢》的結尾。

案件剛發時，太平縣知縣已得知了薛蟠的家世背景，卻想著法子，索取賄賂。送信人告訴薛姨媽：「縣裡早知我們的家當充足，須得在京裡謀幹得大情，再送一分大禮，還可以複審，從輕定案。太太此時必得快辦，再遲了就怕大爺要受苦了。」直言當地知縣索賄之意，可見，太平縣吏在一審時得知薛蟠身分，絲毫沒有畏懼四大家族權勢之意。還故作正義之態，早早將薛蟠以「鬥殺」罪名監禁起來，實則變相勒索，太平縣知府「尋租」是封建官吏慣常手段。薛家「撈人」過程的焦點是將薛蟠「鬥殺」的罪名改為「誤傷」，這樣才可以免薛蟠一死。在改輕罪行過程中，表面上抓住吳良這一涉案證人和屍格等主要物證，實質上突出了金錢與權力的交換這一要害。在銀子槓杆的作用下，買通了層層官衙。可以說從縣到府，再到道台、節度使、刑部，全部是靠銀子來鋪路。每一道關卡若不送銀子，就不能打通關節。官吏利用手中的權力「尋租」，在職權範圍內大肆斂錢受賄，雖不易被人察覺，但會導致國家政權層層腐敗。這是一種隱性的結構性的腐敗，是

官場的潛規則,每一個層面的官吏幾乎都是圍繞著封建專制運轉,上仰權貴鼻息,俯首貼耳。對下麻木不仁,草菅人命。「在這種情勢下,官僚或官吏就不是對國家或人民負責,而只是對國王負責。國王的語言,變為他們的法律,國王的好惡,決定了他們的命運(官運和生命),結局,他們只要把對國王的關係弄好了,或者就下級官吏而論,只要把他們對上級官吏的關係弄好了,他們就可以為所欲為地不顧國家人民的利益,而一味圖其私利了。」[20]而「下」對「上」仰其鼻息,何時何地聞之得勢,則趨之;何時何地聞之失勢,則去之。通過權貴的臉色、態度、以至哼哈應對的細微變化,就可以折射出「上」的地位的微妙變化和大勢所趨。這是我們認識的要點——官場潛規則。

《紅樓夢》第一百回「且說薛姨媽為著薛蟠這件人命官司,各衙門內不知花了多少銀錢,才定了誤殺具題。原打量將當鋪折變給人,備銀贖罪。不想刑部駁審,又托人花了好些錢,總不中用,依舊定了個死罪,監守候秋天大審。薛姨媽又氣又疼,日夜啼哭」。最後,在皇帝大赦天下的時候,薛家才又花錢買通了刑部,將薛蟠撈了出來。這一敘事過程勾勒了一個從下到上的貪官群醜圖。「國家之敗,由官邪也。」司法

---

[20] 王亞楠《中國官僚政治研究》,中國社會科學出版社1981年版,第22頁。

權力結構性的腐敗是專制社會獨裁政治下必然的產物,並不是個案。古往今來,官吏腐敗,不惟侵蝕蠹害國家肌體,更會激起天怒人怨,從根本上動搖整個統治的根基。《紅樓夢》後四十回所揭示的封建政權結構性的腐敗是封建政權的本質,中國官僚政治史既是一部勾心鬥角、相互殘殺的歷史,也是一部貪汙史。做官與發財的統一,權即是錢,錢亦可為權,是官文化的一大特徵。薛家的「太平命案」獨特的歷史內蘊是《紅樓夢》悲劇形態必然性的社會生活根據,這在《紅樓夢》敘事結構中是絕無僅有的一筆。

(二)薛家陪著賈家走向破敗,展現四大家族「一損俱損」的悲劇形態

薛家並不是《紅樓夢》敘事結構的重心,但在後四十回曹雪芹宕開一筆,在四大家族風雨飄搖的大背景下具體寫薛蟠「太平命案」,以此為脈絡,薛家對外與層層官吏做錢權交易,對內串聯起四大家族的破敗、死喪和落魄。如果說到了第八十回四大家族還沒有完全出現「一損俱損」,賈家撐著一個空架子,而薛家還算富貴,家底沒有傷筋動骨。而現在則不同了,薛家掏盡了家底救薛蟠,陪著賈家走向破敗。這是對封建上流社會貴族之家賈、史、王、薛「連絡有親,一損俱損」悲劇形態的藝術再現。

《紅樓夢》描寫過去薛蟠打死人，靠賈家、王家，而現在賈政自身平平，難及他人，薛家想靠也靠不上了。何況王子騰已死，也沒指望了。這是薛家最無奈最悲哀的事情。夏金桂哭鬧著說：

> 平常你們只管誇他們家裡打死了人，一點事也沒有，就進京來了的，如今攆掇的真打死人了，平日裡只講有錢，有勢，有好親戚，這時候我看著也是嚇得慌手慌腳的了。大爺明兒有個好歹兒不能回來時，你們各自幹你們的去了，撂下我一個人受罪。（第八十五回）

這埋怨話不僅道出實情，而且入木三分。薛家雖然富足，畢竟是寡婦帶著兩個子女，沒啥社會地位，只好靠著姨姨賈家和舅舅王家他們的權勢。因此，透過發生在薛蟠身上的兩次命案敘事脈絡，便可以折射出薛家的靠山——昔日之威，炙手可熱；如今勢微，自身難保。薛家什麼時候自立門戶，《紅樓夢》沒有明確寫道，張俊先生在《紅樓夢》敘事中細緻地發現：「前敘薛姨媽回家時『上車』，此寫衙役眼中薛母『勢派』，並云讓其『進去』，似薛家另立門戶，與賈宅隔斷。但前後仍寫丫鬟往來，似角門仍可通行。或屬暗寫，或文有疏漏。」從《紅樓夢》第七十九回之後，薛蟠成家，自立門

戶，扯開社會空間的一角，有了自己全新的與外界交往和生命體驗。薛家的「窩裡鬥」，內生禍亂，正好和賈府的衰敗同命運，應了「連絡有親，一損俱損」，四大家族都面臨四面悲歌。其實，所謂「四大家族」，《紅樓夢》只寫了賈家，薛家、史家、王家都是賈府社會關係網中的一個網結，一個陪襯，一種拓展，最終目的是深化百年望族賈府衰敗史的意蘊，形象地表現出「君子之澤，五世而斬」的歷史規律。

（三）《紅樓夢》悲劇最深刻最豐富的內涵是人性的美被摧殘

《紅樓夢》美學內涵最大的成就，就是寫盡了人性的眾生相，無論是賈府的老爺少爺、奶奶太太，還是以金陵十二釵為代表的青年女子群體的人性，都被封建的倫理和宗法的網路捆綁在一起，發生人性因素組合後的千姿百態，在溫情脈脈的面紗下，有的是掩飾著人性內在的淫邪、貪婪、嫉妒和仇恨；有的是壓抑著人性青春生命的活力、氣血、情感和欲望。總之是互相衝撞、彼此張揚、互為影響、彼此拉扯，在生活的歲月裡豐滿肌體，啟動氣脈，增添折皺，消磨命運……

寶黛釵愛情婚姻悲劇是《紅樓夢》最淒婉、最動人、最富有詩意的故事，是人性美被摧殘的悲歌，是反封建、反宗法、反禮教文學璀璨的瑰寶。黛玉殞命、寶玉出家，這是人所

盡知的悲劇。「金玉良緣」與「木石前盟」之爭演進到第七十八回，也就是抄檢大觀園之後，王夫人清理怡紅院的丫鬟，把晴雯等都趕出大觀園，也就意味著「木石前盟」遭受了一場霜凍。從此，「金玉良緣」從背後策劃、醞釀、聯絡走向前臺，第八十四回「試文字寶玉始提親」，一向支持「木石前盟」的賈母對「金玉良緣」開始默認。第九十六回「瞞消息鳳姐設奇謀」，賈母、賈政、王夫人、鳳姐商量寶玉、寶釵的成婚大事，為防寶玉鬧事，鳳姐設計了「調包計」，明裡佯迎黛玉，暗裡實娶寶釵。這場悲劇除源於宗法社會道德禮法及婚姻制度而外，還有像汪洋大海似的社會潛意識，與社會傳統心理所適應的習慣、風俗，會抑制、障礙、制約人的行為和性格，從而禁錮、消磨、摧殘人性最基本的人情和欲望。這一點也深刻地表現在寶玉與寶釵婚後，他們並不美滿。寶玉出家，給寶釵留下遺腹子。寶釵進入悲劇的主角，而今後寶釵就是李紈第二。這是人性被摧殘被禁錮的悲劇形態，王夫人與薛姨媽的對話說得很透闢：

> 王夫人便說道：「我為他擔了一輩子的驚，剛剛兒娶了親，中了舉人，又知道媳婦作了胎，我才喜歡些，不想能到這樣結局。早知這樣，就不該娶親，害了人家姑娘。」

薛姨媽道：「這是自己一定的，咱們這樣人家，還有什麼別的說的嗎？幸虧有了胎，將來生個外孫子，必定是有成立的，後來就有了結果了。你看大奶奶，如今蘭哥兒中了舉人，明年成了進士，可不是就做了官了麼。他頭裡的苦也算吃盡了，如今的甜來，也是他為人的好處。我們姑娘的心腸兒姐姐是知道的，並不是刻薄輕佻的人，姐姐倒不必擔憂。」

寶釵的性格已命裡註定，在那個時代深受程朱理學極力推崇的三綱五常的薰染，千百年所形成的傳統社會潛意識的浸潤，必然受到從精神到肉體的戕害和桎梏，淪為封建倫理規範而殉道的行屍走肉，李紈人生悲劇的循回。這是《紅樓夢》悲劇最深刻的一筆，但常常被人所忽視。葉朗先生指出的：

在實際生活中，在很多時候，一些災難性的後果並不是我自己選擇的，而是由一種個人不能選擇的、個人不能支配的、不可抗拒的力量所決定的。那就是命運。……但是這種由不可抗拒的力量所決定的災難性的後果，從表面上看，卻是由某個個人的行為引起的，所以要由這個人來承擔責任。這就產生了悲劇。並不是生活中的一切災難和痛苦都構成悲劇，只有那種由個人不能支配的

力量（命運）所引起的災難卻要由某個個人來承擔責任，這才構成真正的悲劇。[21]

封建宗法社會禮法及婚姻制度，以及像汪洋大海似的傳統社會潛意識，構成傳統社會芸芸眾生自覺所適應的傳統、習慣、風俗，是一種個人不可抗拒的力量。寶釵是《紅樓夢》十二釵最後走向悲劇的一位女性，也是薛家上升為敘事主體的重要內容，至此，《紅樓夢》「有情之天下」的悲劇拉下帷幕。正如葉朗先生所說：「我認為，《紅樓夢》的悲劇是『有情之天下』毀滅的悲劇。『有情之天下』是《紅樓夢》作者曹雪芹的人生理想。但是這個人生理想在當時的社會條件下必然要被毀滅。在曹雪芹看來，這就是『命運』的力量，『命運』是人無法違抗的。」、「林黛玉的詩句『冷月葬花魂』是這個悲劇的概括。有情之天下被吞噬了。」[22]為此，明清以來許多富有進步思想的哲人、詩人、小說家都奮筆疾書，對封建禮教「吃人」的本質進行血淚的控訴與聲討。

---

[21] 葉朗《美在意象》，北京大學出版社2010年，第373頁。
[22] 葉朗《美在意象》，北京大學出版社2010年，第380頁。

四、結語

　　以上是我對《紅樓夢》悲劇所論，其要點是不能碎片化地研究《紅樓夢》悲劇，而要從整體觀出發，認知《紅樓夢》的悲劇結構及其演進過程的形態。特別是《紅樓夢》後四十回悲劇主旋律高峰突起，展示了賈、史、王、薛四大家族「一損俱損」，是一部完美的「君子之澤，五世而斬」歷史規律的形象衰敗史。

胡天獵、胡適之與青石山莊本《紅樓夢》

徐少知（秀榮）、杜瑞傑[*]

摘要

1961年夏月，臺北縣青石山莊影印了一部程本《紅樓夢》線裝書，部分文字不同於程甲，也不同於程乙本。由於書前有胡適之先生的序文，稱「這部百廿回紅樓夢，確是乾隆五十七年壬子（一七九二）程偉元『詳加校閱改訂』的第二次木活字排印本，即是我所謂『程乙本』。」引發熱烈的討論，趙彥濱（岡）先生與潘石禪（重規）先生還為此起了是否有第三個程本的爭辯。

青石山莊本書前有出版人胡天獵的出版前言。起初大家以為胡天獵只是一介書商，後來發現他竟曾是一位實業家、愛

---

[*] 徐少知（秀榮），臺北里仁書局總編輯，曾任佛光大學中國文學與應用學系兼任助理教授。杜瑞傑，國立臺灣師範大學國文研究所碩士，里仁書局執行編輯。

書人，還是當時的臺北工專教授。二〇〇六年起，胡適紀念館將收藏的胡天獵與胡適之先生書信往返的資料上網，讓我們對這位出版人的認真，以及胡適之先生如何致力推廣《紅樓夢》，有更深入的瞭解。

　　本文在師友的協助下，聚焦在胡天獵的生平、藏書、出版，和與胡適之往來的經過、內容，示不忘前人之貢獻。

關鍵字： 胡天獵、韓鏡塘、胡適之、紅樓夢、程乙本

一、前言

　　1961年對《紅樓夢》出版史來說是很重要的一年。一位自稱「胡天獵」者，重製了一部「青石山莊影乾隆壬子年木活字本《百廿回紅樓夢》」。這部木活字本《紅樓夢》重製本（圖1），有胡適之先生的序文（圖2），還有署名「胡天獵」的出版前言（圖3）。

　　根據前言，知胡天獵「向有板本之嗜，過去三十年間曾蒐集諸子百家刻本多種，內有乾隆壬子木活字排印《紅樓夢》一部，且幸民國三十七年攜之來臺」。

　　至於他攜來臺之「乾隆壬子本」是否即程乙本，他表示自己「無力識別，因請教於胡適之先生，蒙胡先生鑒定，知確為程乙本」，於是，「亟將其影印百部流傳，俾人人得識《紅樓夢》改正刊本祖先之盧（廬）山真面目。」

　　文末並附原書板框尺寸，並影印木板框尺寸和分裝冊數，並交代原書存址，並謙稱自己是「遼北布衣」。[1]

---

[1] 以上引號文字，均引自胡天獵「出版前言」（「出版前言」四字原無，為筆者所加）。

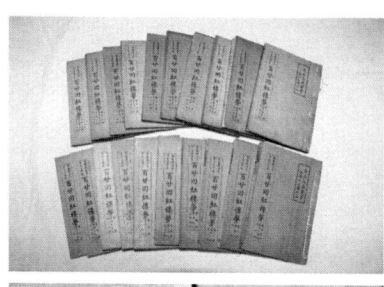

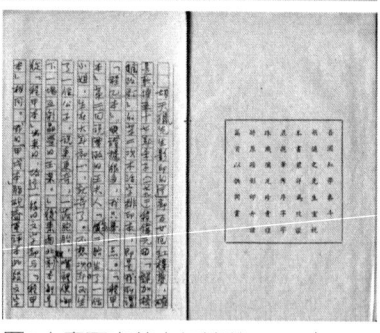

圖1｜青石山莊本紅樓夢
圖2｜胡適之序文
圖3｜胡天獵的出版前言

從出版前言所述，知胡天獵先生是東北人，酷愛文化，收藏了多種諸子百家刻本，又從出版前言文意，知他頗有文化水準。

青石山莊本出版後，很快得到海內外紅學界的重視，並引起討論。但胡天獵何許人也，卻所知無多，只知他原名「韓鏡塘」。據潘重規（石禪）先生1970年9月27日與趙岡（彥濱）書信知，他曾與韓鏡塘通書[2]。又趙岡先生1970年夏，到臺北依址找到，意外發現原來「胡天獵」是他的親戚，叫「韓鏡塘」，只是趙岡找到他的時候，韓已中風，無法回答問題。「據韓家家人說，此書（按：指青石山莊本底本）幾年前已託（臺灣）師大一位教授售給美國某圖書館。至於是哪個圖書館，韓家也說不清」[3]。

北京紅樓夢學會祕書長任曉輝知道我藏有青石本，以為我至少有些他生平的線索。

我和同事杜瑞傑努力在網上找，只是網上能夠找到的資料，往往一鱗半爪。

於是我在臉書公開求助網友，結果迅速得到高高、Akiyoshi Kuo的回應。

---

[2] 見潘重規：《紅樓夢新辨》附錄四〈趙岡「紅樓夢稿」諸問題〉（臺北：三民書局，1990年8月），頁392。

[3] 同注2。

Akiyoshi Kuo提供我很多資料外，還提醒說胡天獵跟胡適之有魚雁往返，要我去找胡適之先生日記、文集。

我正準備進行時，雲林科技大學漢學所的柯榮三教授傳來好消息，原來他從中央研究院近史所胡適之資料庫，居然找到近30則胡天獵與胡適之、胡頌平的往來信件，並且即時傳給我。

我一看真是喜出望外，原來胡天獵當初為出版《紅樓夢》事，曾毛遂自薦寫了封信給胡先生，裡頭詳細說明他的資歷。

二、胡天獵的毛遂自薦

根據一九五九年六月二十六日，胡天獵向胡適之「毛遂自薦」信，知：

> 敝人本名韓鏡塘，祖籍燕南，寄居塞北，幼讀經史，弱冠，入河北省立工學院研習機械工程，曾供職國有鐵路多年，歷任小大各級職位。民國十五年（1926）起，受美國友人（萬國農機公司東方分部經理）之贊助，創設大規模機械農場於興安嶺之南麓。迄抗戰勝利止二十一年間，事業尚稱不壞。不幸中共軍突然進入東北，自念身負大地主滔天罪惡，禍將不待旋踵，乃拋棄一切，逃

回都市瀋陽改業，入國立東北大學教授農業機械學。及民三十七年（1948）冬，東北淪陷，又經北平、上海，輾轉來到臺灣。為糊口計，乃正式教書。歷經台大、海軍機械學校、陸軍兵工工程學院等校，五年前轉入省立臺北工業專科。曲指計來，籃（濫）竽教育界又十餘寒暑矣。[4]

根據前信，知胡天獵是韓鏡塘別名，正確的念法應是「胡天獵」：

胡天獵乃塘之別名，非敢高攀，並冒認為胡先生之同宗。取此別名，實另有原因：緣久居農場，地域現隸興安省，舊屬內蒙古達爾罕旗管下，地多鹿豕，塘最喜射獵，久而久之，專業雖為農夫，而又兼任獵人。兼職做古人，以所居地及職業為姓氏之例，乃取詩句「胡天六月即飛雪」首二字為姓，以「獵」為名，而成此別名。[5]

---

[4] 胡天獵1959年6月26日給胡適之的函文。又，本文所引胡適之往來信箋，資料來源均為臺北「中央研究院近代史研究所胡適紀念館」。
[5] 同注4。

接著胡天獵描述他蒐集古籍的經過：

> 謂自民國十年（1921）起，在濟南、姑蘇、太原、北平等地，二十年間得明、清善本三萬餘卷，約分正史、古算書、舊小說、詞曲，及唐詩選本等數大類。分別存放瀋陽、北平，由於戰亂，已不可知，只有小說一批約二十餘種，舊存上海友人處。民國三十七年（1948）上海危急之際，承老友好意，遣專人送來臺灣，內有：初印本《聊齋誌異》、清初本《金瓶梅》，及明板《醒世恒言》數種，已易米療飢，現在祇存明板《三國志》五種，百廿回《水滸》、七十五回《水滸五才子》、乾隆壬子木活字排印本《紅樓夢》、萬歷本《楊家府》，及四庫稿本《默記》等十種。雖過去經台大及美國南加州大學出價收購，俱因不忍再拋棄而拒之。[6]

接著他寫影印線裝書的緣由，總歸一句：「使書不即毀滅」，可謂知書人、愛書人。他在信中是這樣寫的：

> 然公教人員收入有限，保管難期完善，深恐日就毀滅，

---
[6] 同注4。

即使書不即毀滅,而書之所有人已屆風燭殘年,不知何日將辭書而去。現時研究古籍之士往往因缺乏資料,而生誤會及互起無謂爭辯等事。[7]

胡天獵於是有了影印手藏十種舊小說的構想,「並擬先印木活字本《紅樓夢》,次印萬曆本《三國志》。因弘治《三國志》,前上海已有影印本,故移後。其次視須要再定。」[8]

但胡天獵自認對小說一門,素乏心得,緣將十種各印樣張數頁,彙訂一冊,送請胡適之先生指教。

函末並提出三事請教胡先生:

一‧乾隆壬子年,程、高用木活字排印本《紅樓夢》是否為先生昔年所鑑定之程乙本?是書前亞東出有排印本,該書是否有影印流傳價值(擬用影印保持其本來廬山面目流傳)?

一‧倘有影印流傳價值,並希惠題數字於該書之首,以作紀念。如先生有閱覽原書之需要,希函告先生閒暇時間,當遵命持書,趨前承教。

一‧其他數種,如認為有影印價值者,希代排定印行宜

---

[7] 同注4。
[8] 同注4。

先宜後次序,尤為感盼。[9]

三、胡適之先生的回音

胡適之先生對胡天獵的信很感興趣,幾天後,也就是七月四日,就由胡頌平,也就是胡先生的祕書,代為回信:

> 胡先生近來為了召開「院士會議」,又準備出席檀香山夏威夷大學舉辦的「東西方哲學討論會」,日夜忙著沒得空,他昨天上午十點多鐘動身時對我說:「胡天獵先生信上說的幾部小說,都有影印的價值,你先替我覆信道謝,並且把他的信和小說樣本檢出,寄到檀香山來給我。」[10]

胡天獵收到此信,「膽子已壯了不少,乃籌備先分期影印《紅樓夢》及萬曆本《三國志》兩種。」、「《紅樓夢》第一批五冊,約九月中下旬出書」並望胡先生能「代題數字,尤為企盼」[11]。

---

[9] 同注4。
[10] 胡頌平1959年7月4日給胡天獵的函文。
[11] 以上引號均胡天獵1959年8月1日給胡頌平的函文。

九月八日胡適之經胡頌平轉告，他已同意：「日內當為他寫幾句話」。

只是胡適之先生很忙，一拖就拖了一年半，「這一件我最應該幫忙提倡的事，我竟絲毫沒有幫您一點忙，真是十分慚愧，十分抱歉！」[12]

於是約好二月十二日胡天獵去南港晉謁適之先生。只是這天「匆匆晤談，不幸被來客打岔，不得多多領教，抱憾至今！」[13]這天胡適之交給胡天獵一篇序，序文是這樣的：

> 胡天獵先生影印的這部百廿回紅樓夢，確是乾隆五十七年壬子（一七九二）程偉元「詳加校閱改訂」的第二次木活字排印本，即是我所謂「程乙本」。證據很多，我只舉一點。「程甲本」第二回說賈政的王夫人「第二胎生了一位小姐，生在大年初一，就奇了。不想次年又生了一位公子，說來更奇，一落胞胎，嘴裡便啣下一塊五彩晶瑩的玉來。」後來南北雕刻本都是從「程甲本」出來的，故這一段的文字都與「程甲本」相同。我的「甲戌本」脂硯齋重評本此段文字與「程甲本」相同，可見雪芹原稿本是這樣的。但《紅樓夢》第十八回

---

[12] 以上引號均胡適之1961年1月24日給胡天獵的函文。
[13] 以上引號均胡適之1961年2月17日給胡天獵的函文。

賈妃省親一段裏明說寶玉「三四歲時,已得賈妃口傳授,教了幾本書,識了幾千字在腹中,雖為姊弟,有如母子。」這樣一位長姊,何止大他一歲?所以改訂的「程乙本」此句就成了「不想隔了十幾年,又生了一位公子」。胡天獵先生此本正作「隔了十幾年」,可證此本確是「程乙本」。

「程甲本」沒有「引言」。此本有「引言」七條,尾題「壬子花朝後一日小泉、蘭墅又識」。小泉是程偉元,蘭墅是續作後四十回的高鶚。「引言」說明「初印時不及細校,間有紕繆,今復聚集各原本,詳加校閱,改訂無訛」,這也是「程乙本」獨有的標記。

民國十六年,上海亞東圖書館用我的一部「程乙本」做底本,出了一部《紅樓夢》的重排印本,這是「程乙本」第一次的重排本。民國四十八年臺北遠東圖書公司出版的《紅樓夢》,就是用亞東圖書館的本子排印的。

民國四十九年香港友聯出版社出版的趙聰先生校點的《紅樓夢》,也是用亞東本作底本的。據趙聰先生的「重印紅樓夢序」說,上海「作家出版社」曾在一九五三年及一九五七年出了兩個《紅樓夢》排印本,也都是用「程乙本」做底本的,可能都是用亞東本重

排的。

　　這就是說，「程乙本」在最近三十四年裏，至少已有了五個重排印本了。

　　可是「程乙本」本身，只有極少的幾個人曾經見到。趙聰先生說：「程乙本的原排本，現在差不多已成了世間的孤本，事實上我們已不可能見到。」胡天獵先生收藏舊小說很多，可惜他止帶了很少的一部分出來，其中居然有這一部原用木活字排印的「程乙本」《紅樓夢》！現在他把這部「程乙本」影印流行，使世人可以看看一百七十年前程偉元、高鶚「詳加校閱改訂」的《紅樓夢》是個什麼樣子。這是《紅樓夢》版本史上一件很值得歡迎贊助的大好事，所以我很高興的寫這篇短序來歡迎這個影印本。

　　民國五十年（1961）二月十二日，曹雪芹
　　死後整一百九十八年的紀念日，
　　胡適在南港

胡適之序文中提到的「紅樓夢引言」，見圖4、圖5：

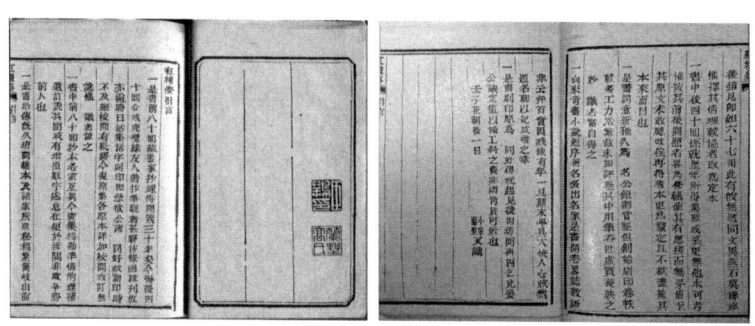

圖4、5｜紅樓夢引言

四、青石山莊本是程乙本嗎？

胡適在影印青石山莊本序文判定該本即程乙本後不久，就有一位金作明先生提出疑難，適之先生也給「作明」的信函中，承認了其實兩者仍有差異：

> 首句即有三本：
> 　　程甲本「《紅樓夢》小說本名《石頭記》」。（見一粟編的《紅樓夢書錄》頁15）
> 　　程甲、乙本「《石頭記》是此書原名」。（我所見本）
> 　　程乙本「《紅樓夢》是此書原名」。（韓君所藏本）

「目錄」，你引的例子第四回程甲、乙本皆作「判斷」，第十八回程甲本作「呈才藻」（見《書錄》），「乙本」最初也是作「呈才藻」的，韓君所藏「程乙本」則改作「獻詞華」，……看此幾項文字上的異文，可知「程乙本」在乾隆壬子「詳加校閱」之後，還經過一些小小的文字修改。[14]

　　但胡適之先生的信未能解決學者的疑義，反引起了更多的討論。參與者有張愛玲先生、趙岡先生、潘重規先生、周汝昌先生、文雷先生、伊藤漱平先生、高陽先生等，很是熱鬧。趙岡先生與潘重規先生還曾為程高是否有第三個版本，有過一番筆戰。[15]

　　目前學界傾向於認為青石山莊本是甲、乙本之後的配本，也就是王三慶先生書中所說的「混合本」[16]。

---

[14] 胡適之1962年2月20日給金作明的函文。
[15] 以上詳參王三慶：〈壹、程高排印本「新鐫全部繡像紅樓夢」的印刷次數〉，《紅樓夢版本研究》下冊（臺北：花木蘭出版社，2009年3月）。
[16] 同前注書，頁451-453。

五、青石山莊本的出版狀況

　　青石山莊本《紅樓夢》，封面題名「影乾隆壬子年木活字本百廿回紅樓夢」，附署「青石山莊叢書子部小說類之七」，定價臺幣四百元。老油竹紙線裝，共四函，每函五冊，每冊收錄三至七回不等。依胡天獵函文所述，全套為分批印製：第一函約成於民國五十年（1961）七月底[17]；第二函約成於五十一年（1962）元月[18]；第三函、第四函的裝成時間，尚無可考，然第十九、二十冊封底裏刊有版權頁，載明發行日期為民國五十一年五月十五日，當為「全部二十冊印齊、整套出售的時間。」[19]。

　　成書大小：長19.1公分，寬13.4公分，版框高16公分，版框寬11公分（單頁）。

　　關於青石山莊叢書的印量，胡天獵初次致信胡適之時曾表示：

> 每種擬只印百五十部，以五十部贈送友人及熱心研究之

---

[17] 參胡天獵1961年2月7日、7月11日與8月12日給胡適之的函文。
[18] 參胡適之1962年1月26日給胡天獵的函文。
[19] 潘建國：〈青石山莊主人「胡天獵」及其小說藏書聚散考〉，《紅樓夢學刊》2021年第2輯，頁50。

士；出售百部以收回印本，並擬先印木活字本《紅樓夢》[20]

限於資金，青石山莊本《紅樓夢》的印量並不多。胡天獵後來曾告訴胡適「裝成了一百部」[21]，推斷最後的實際印量未達一百五十部，可能如出版前言所說的，僅有一百部[22]。其中胡適之先生獲贈了十部[23]。

六、青石山莊底本的去向

胡天獵自大陸帶來臺灣之古籍，原有二十餘種，因「易米療飢」，十年之後，「祇存十種」[24]。所剩的十種，臺灣大學與美國南加州大學曾有意收購，因胡天獵「不忍再拋棄而拒之」[25]，但最終，《紅樓夢》仍被美國耶魯大學圖書館約於1967年購得。[26]

---

[20] 同注4。
[21] 胡天獵1961年8月12日給胡適之的函文。
[22] 胡天獵：「將其影印百部流傳，俾人人得識《紅樓夢》改正刊本祖先之盧（廬）山真面目」（青石山莊本出版前言）。
[23] 胡適之於印行前（1961年2月22日、6月28日），便函文向胡天獵預約了十套，並明言要購買，胡天獵7月11日回覆願意贈呈。
[24] 同注11。
[25] 同注4。
[26] 同注19，頁58。

青石山莊本《紅樓夢》的底本，第一回首頁鈐有「胡天獵隱藏書」朱文（圖6），綜合胡天獵自述[27]及耶魯大學圖書館館藏資訊[28]，該書原分三十六冊，共六函，「除程式第一頁係抄配者外，餘均完整」[29]，書長23公分，版框高17.1公分，版框寬11.8公分（單頁）。

圖6｜青石山莊本《紅樓夢》底本第一回「胡天獵隱藏書」朱文章[30]（影本為墨文）

---

[27] 胡天獵1961年2月7日給胡適之的函文。
[28] https://search.library.yale.edu/catalog/7874151?block=Books
[29] 同注27。又，潘重規則直言此頁「乃胡天獵補寫」。見潘重規：《紅樓夢新辨‧讀《紅樓夢新探》餘論》（臺北：三民書局，1990年8月），頁195。
[30] https://iiif.princeton.edu/loris/CHRBPageImages%2FCTYO04B2384.jp2/full/full/0/default.jpg

七、胡天獵另藏《紅樓夢》圖書

胡天獵曾詳列他於民國十年至民國三十六年間所蒐羅的《紅樓夢》圖書三十九種：

一・《石頭記》八十回，上海有正書局影印清初抄本，洋紙，廿冊一函。

二・《紅樓夢》百二十回，乾隆木活字排印本，欠首冊，存二十三冊，白紙。

三・《紅樓夢》百廿回，乾隆壬子年木活字排印本，白紙金鑲，卅六冊六函。

四・《紅樓夢》百廿回，藤花榭第一次刊本，半頁十行，行廿二字，白紙，小本，廿四冊四函。

五・《紅樓夢》百廿回，嘉慶庚辰年藤花榭第二次刊本，半頁十一行，行二十四字，白紙，小本，二十四冊四函。

六・《補紅樓夢》四十八回，娜嬛山樵嘉慶年刊，巾箱本，白紙，十二冊二函。

七・《繡像紅樓夢全傳》（《後紅樓夢》）三十卷，附詩二卷，曹雪琴（芹）原本，嘉慶癸酉年文堂友琴

氏刊，中本，竹㚥，十冊一函。

八·《新評繡像紅樓夢〔全〕傳》百廿回，洞庭王希廉香雪（雪香）評，道光壬辰〔歲之〕暮春上浣開雕，白㚥，小本，廿四（廿六）冊四函。

九·《新增批評繡像紅樓夢》百廿回，道光庚寅年東觀閣〔刊〕儲英堂藏板，中本，竹㚥，二十冊二函。

十·《繡像紅樓夢》百二十回，王希廉評，光緒丙子年，聚珍堂本活字排印，中本，白㚥，廿四冊。

十一·《新評綉像紅樓夢全傳》百二十回，洞庭王希廉香雪（雪香）評，光緒丁醜年，小本，白㚥，翰苑樓藏板，廿四冊四函。

十二·《繡像批點紅樓夢》百二十回，裕元堂藏板，竹㚥，小本，廿四冊二函。

十三·《紅樓夢影》二十四回，西湖散人撰，光緒丁醜年聚珍堂刊，小本，竹㚥，四冊一函。

十四·《紅樓夢影》二十四回，西湖散人撰，光緒丁醜年，小本，竹〔㚥〕，四冊一函。

十五·《續紅樓夢》三十卷，小本，竹㚥，十二冊二函。

十六·《增評補像全圖金玉緣》百廿回，同文書局石印，白㚥，十六冊二函。

十七·《增評補註石頭記》百廿回，東洞庭護花主人

評,悼紅軒大字鈐印,白帋,十六冊一夾板。

十八‧《增評補圖石頭記》百廿回,護花主人黃(王)原批,大梅(某)山民姚加評,光緒十八年古越誦芬閣原印,白帋,十六小冊二函。

十九‧《紅樓夢傳奇》八卷,元和陳鐘麟填詞,白帋,十六冊。

二十‧《紅樓夢評贊》不分卷,附四家附刊(紅樓賦、竹枝詞、題詞、雜記),洞庭王雪香原本,光緒丙子年重刊,白帋,小本,四冊一函。

二十一‧《紅樓夢評贊》,紅格抄本,白帋,四冊一函。

二十二‧《紅樓夢偶說》,晶三蘆月草舍原本,光緒二年丙子簣覆山房編次刊,白帋,四冊。

二十三‧《紅樓夢廣義》上、下二卷,青山山農撰,小本,白帋,二冊乙函。

二十四‧《紅樓夢圖詠》,改七薌繪,光緒年刊,大本,白帋,四冊乙函。

二十五‧《紅樓夢圖詠》,改七薌繪,光緒年石印,大本,白帋,四冊乙函。

二十六‧《綺樓重夢》(《蜃樓情夢》)四十八回,嘉慶年刊,白帋,十六小本二函。

二十七‧《紅樓夢》,寶興堂刊,四冊。

二十八・《紅樓夢》，妙複（復）軒評本，臥雲山館藏板，四函廿四冊。

二十九・《紅樓復夢》，廿四冊四函。

三　十・《紅樓圓夢》。

三十一・《紅樓夢分評》，一冊。

三十二・《紅樓夢補》，二冊。

三十三・《繡像紅樓夢》十六卷百廿回，嘉慶丙寅年寶興堂刊，大本，四冊。

三十四・《紅樓夢》，榮華堂刊。

三十五・《紅樓夢補》，上海申報館鉛印本。

三十六・亞東圖書公司鉛印本，程乙本《紅樓夢》六冊。

三十七・《紅樓夢索引（隱）》百廿回，王夢〇（阮）、沈瓶庵索隱（引），民五中華書局鉛印，洋冇，平裝十冊。

三十八・《紅樓夢抉微》，闞霍初編，鉛印一冊。

三十九・俞伯平（平伯）《紅樓夢辯（辨）》，一冊。[31]

以當時的環境、條件看，蒐集可謂既廣且精，十分難得。

---

[31] 同註27。

八、國立臺北科技大學檔案的胡天獵

雲林科技大學漢學所柯榮三教授（榮祿）曾找到1955年《臺灣省立臺北工業專科學校概覽》，內有韓鏡塘教授（即胡天獵）的資料。

資料是這樣寫的：教授韓鏡塘，男，66歲（往回推應是1889年生），瀋陽人。河北省立工學院機械科畢業、日本大阪帝大工學部研究。曾任東北大學、臺灣大學教授。住址寫「本市和平東路一段二一六號之四轉」（圖7），表示他不住在那裡，應住在《百廿回紅樓夢》書上說的「新店溪陰老獵之憇廬青石山莊」。

依著柯榮三教授的線索，承臺北工專改制後的國立臺北科技大學友人姚立德教授，和助理鄭暖萍小姐的協助，我們又在校史室找到胡天獵的檔案照片（圖8），和1955年臺北工專教職員名簿的胡天獵資料（圖9）。

網友Akiyoshi Kuo提示胡天獵曾指導臺大農業工程系的學士論文，我們去函該系改制後的生物機電工程系，不得要領，但從學士論文檢索系統找到論文封面（圖10）[32]，吉光片

---

[32] 引自「國立臺灣大學學士論文檢索系統」：http://ci59.lib.ntu.edu.tw/BachelorAS/Presentation/DisplayImage.jsp?PaperSystemSN=00004843&basep

羽,彌足珍貴。

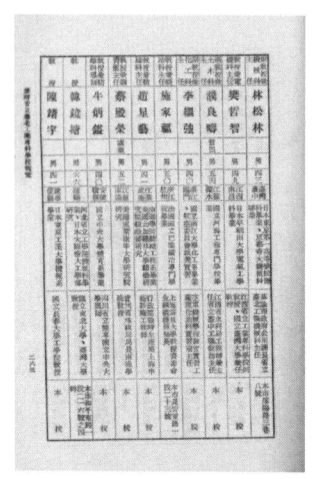

圖7｜1955年《臺灣省立臺北工業專科學校概覽》胡天獵資料

圖8｜胡天獵檔案照[33]

---
ath=0&index=image0&ImageStyle=1
[33] 本圖由國立臺北科技大學校史室提供。

胡天獵、胡適之與青石山莊本《紅樓夢》

圖9｜《臺北工專教職員名簿》中的胡天獵資料[34]

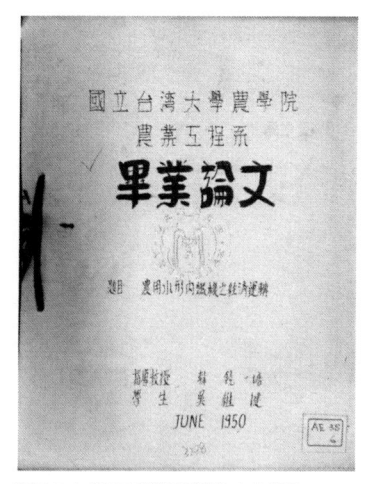

圖10｜胡天獵指導論文封面

---

[34] 同前註。

《紅樓夢》成書過程三階段

甄道元[*]

摘要

　　《紅樓夢》的成書，主題上存在著質變的三個大的階段。第一階段是個江浙範圍內的淫亂、家敗之漢文化故事，原籍蘇杭，寄居古都金陵，書中的主人公是「獨出」的大寶玉，是個家敗的責任者「皆榮玉」懺悔錄式的自傳，只具相對單一的警誡和教化意義。第二階段的改動者利用了第一階段的題材，繼承了第一階段的主題，並新增了民族主義的時代主題和讖語，寄居地改寫為古都長安，並產生了諸多分支，是部私下祕傳的「非傳世小說」，也便不再是自傳體裁。到第三階段，曹雪芹在分支之一的基礎上增刪五次，揉進了曹家事，故事向著小寶玉上貼靠，家敗的責任由「皆榮玉」改寫為「皆從敬」並添加了身邊熟知的北京元素，原籍由蘇杭改為金陵，寄

---

[*] 大學研究員。

居地由長安改寫隱指北京,淨化性事昇華為情事,濾掉民族主題和礙語,並增加了文化反思和個體命運反思的主題,將封建制漢文化下的故事改寫為奴僕制滿旗文化下的故事,「寒冬噎酸虀」、「白首雙星」的塵世結局,改為「懸崖撒手」的出世結局。整個過程,是個文人不斷積累的過程。

關鍵字: 紅樓夢、成書過程、三階段

一、研究的背景、路徑與突破口

本研究所言的《紅樓夢》，乃是泛泛而言的《紅樓夢》之總稱。所言的成書過程三階段，是指主題存在著質變的三個大的時期。在第二階段，還存在著不同人的題名和改動，在《石頭記》的基礎上形成了諸多分支。至第三階段，曹雪芹在分支之一《風月寶鑒》的基礎上，進行了五次增刪。也即，在大階段中還存在著小的階段。

（一）研究的背景

人們一般認為，《紅樓夢》成書於北京，以曹家為素材，由曹雪芹起草，一張白紙，一人完成。同時也認為，這是現有資料下優於其他的假說。為方便起見，筆者稱之謂成書過程的「一人說」。但筆者的研究發現，正文中的諸多問題並不能以「一人說」得到圓滿地解釋，一些批語也不支持「一人說」。換言之，「一人說」並非最理想的假說。進而言之，有必要建立一種能夠兼顧正文、批語、史料，能更好地解釋各類問題的假說。

（二）研究的任務

諸多研究表明，曹雪芹是《紅樓夢》的作者，這是毋庸置疑的。但楔子又明文：空空「改《石頭記》為《情僧錄》，至吳玉峰題曰《紅樓夢》，東魯孔梅溪則題曰《風月寶鑒》。後因曹雪芹於悼紅軒中，披閱十載，增刪五次，纂成目錄，分出章回，則題曰《金陵十二釵》」。「後因」句表明，《紅樓夢》在曹雪芹之前，就已存在了，這也是不容置疑的。這兩個不容置疑，是一對矛盾。這就需要在矛盾中尋求答案，而不是否定其一。

（三）研究的路徑

本研究，以曹雪芹「一人說」為假設的前提，對文本和批語進行分析。對無法以「一人說」來解釋的問題，採取倒推的方式，追蹤緣由，推測「上一稿」的概貌。

（四）選擇的研究物件

本研究，不以正文中文學性語句作為研究的物件。因文學性語言關涉意義評價，不同價值觀的人會有不同的理解，容易產生理解上的歧義。故而，這些文字不適合作為科學研究的物件，而選擇那些理解上不易產生歧義的領域，作為研究

物件，諸如空間、方位、距離、次序、行走路線，時間、日期、時序、年齡、生日、序齒，奴籍、婚姻、生死、數量、器物、人物關係等有確定性含義的領域。

（五）研究的突破口

本研究以書中存在的「毛刺兒」為突破口。

人們較早就發現書中存在著諸多矛盾衝突，並冠了一個廣為接受的詞彙「毛刺兒」。並認為，「毛刺兒」是作者修改中新舊文字銜接之處尚未抹平的痕跡。但並未對新舊文字衝突的深層原因，進行深入而系統地追究。

研究將這些「毛刺兒」視作一個個的矛盾體。每個矛盾體，便存在著矛盾的主要方面和次要方面。矛盾的主要方面是主體性的文字，也是作者當下的新構思；矛盾的次要方面便是「上一稿」舊文的遺痕。

如果我們把所有這些矛盾的次要方面都彙集在一起，便會發現是另一種故事。換言之，書中的文字存在著「兩層皮」。其一層便是「上一稿」的遺痕，為了表述上的便利，我們稱之謂「底稿」。另一層則是作者的新構思，也即主體性文字，為了表述上的便利，我們稱之謂曹雪芹的「增刪稿」。而當我們站在「上一稿」的層面上來思考問題時，還能發現這「上一稿」仍不是最初起草的面貌，好似還有「再上一

稿」。為了表述上的便利，我們將之稱作「素材」。

二、不同視角下的研究

筆者推崇，一種結論的得出，需要多學科、多視角均能得出同一結論，而不主張僅從一個學科或一個視角得出一個能夠自圓其說之結論的科研追求。

（一）空間視角——曹雪芹起筆不當這樣起草
1.緯度——舊文中黛玉進出的京城不似北京

一如第三回：

> 黛玉聽了，方灑淚拜別，隨同奶娘及榮府幾個老婦人登舟而去。……賈母說：「今將寶玉挪出來，同我在套間暖閣兒裡面，把你林姑娘暫安置碧紗廚裡。等過了殘冬，春天再與他們收拾房屋，另作一番安置罷。」

分析上下文，黛玉入府的時間，尚未過「殘冬」。換言之，在時間上這是年前的冬底。若依「一人說」，則只能理解為由揚州北上進北京。依史料所載，走水路為月餘的路程。然而，運河北段的這個時節，是冰封狀態，而且還是清理河道的

時期,是不可能行船的。故而,冬季「登舟」不是指進北京。

一如第十二回「誰知這年冬底……賈璉與黛玉……登舟往揚州」。若依「一人說」,是賈璉、黛玉由北京出發南回揚州。同樣,冬季無法「登舟」行船,此也非由北京出發。

13歲進京,有著幾十年北京生活經歷的曹雪芹,比今日之外省留京的大學生,進京年齡更早,更為瞭解北京,其不可能起筆便起草個冬季登舟。這只能理解為,這是舊文的遺痕,在舊文中並非進出北京,也不會是進出西京長安,而應是冬季不結冰的南方之故事。

2.方位——舊文中薛蟠進京的路線更似西京

一如第六十六回,柳湘蓮與薛蟠「一路進京。……到前面岔口上分路,他就分路往南二百里有他一個姑媽」。

從薛蟠帶回的土儀來看,可以斷定是由蘇杭一路進京。若依「一人說」,則應理解為由南向北進北京。那麼,二人同行北上,至前方「岔口上」分手再「往南二百里」之文,便不能成立。岔路口分手,柳湘蓮可以向東、向西,唯獨向南、向北不需要岔路口。「往南」等於原路返回,「岔口」不僅是無意義之文,而且也沒有道理。合理的解釋應是:薛蟠由蘇杭西行長安途中,路遇柳湘蓮,柳湘蓮至前方岔路口轉向南,其姑媽家是在西行進京途中的岔路口之南。唯此,這種文字才具

有合理性。換言之，此不僅反映出「上一稿」與主體性文字不合，而且反映出四大家族寄居的京城不是北京而是西京長安。或言，從行走路線上看，這是寄居長安時期的文字。

第六十六回「往南二百里」之柳湘蓮故事，其周邊還捆綁著鳳姐乃薛蟠的「舍表妹」之文。而「舍表妹」則是與第二十八回鳳姐稱薛蟠「薛大哥」，薛蟠稱鳳姐「妹妹」，均是「兩層皮」中的同一層面之文。換言之，可以通過「往南二百里」所捆綁的周邊文字「舍表妹」，關聯到第二十八回「薛大哥」、「妹妹」。而值得注意的是，第二十八回「薛大哥」、「妹妹」的周邊，還有「東邊二門」、「結雙蕊」以及寶玉「獨出」、「沒個親兄弟親姊妹」等文字。這等文字又可繼續延展，關聯起其他章回的文字。如此，這「兩層皮」中的一層，也即「上一稿」便能逐一關聯起來，「上一稿」之概貌便會越來越明晰。

3.距離——舊文中的京城既不是北京也不是西京

我們繼續分析第十二回賈璉送黛玉回揚州的時間，是「這年冬底」。賈璉的小廝昭兒，是隨賈璉一起登舟回南的，至第十四回昭兒從揚州回來為賈璉取大毛衣服，其一去一回再送到賈璉手上，便是三個單程。而若依「一人說」，由北京到江南走水路需一月的時間來計算，三個單程則需三個

月。「冬底」三個多月後賈璉才能得到大毛衣服,時節上已是春暖花開,失去了取大毛衣服的意義。而且,啟程的冬底是最寒冷、穿得最厚的時節,日後只能減衣而不是加衣。並且。是緯度上由北向南,則更不需添加衣服。換言之,這應是舊文的故事,舊文中不是北京到揚州,而應是與揚州緯度上相差無幾、空間距離上很近,不過三、五天一個單程的距離。甚疑,這是古都金陵至揚州的距離。

又如第六十九回,鳳姐命旺兒追殺張華滅口,旺兒回來回復,張華從京城逃走「第三日在京口地界五更天已被截路人打悶棍打死了。」

京口即鎮江,鎮江距離揚州極近,是同一經度上隔江相望的位置。張華三日內便能到達京口,這個京城只能理解為古都金陵。張華是倉惶出逃,其「第三日」便能到達京口,則可以肯定,這樣的路程既非北京到鎮江,也非長安到鎮江。而若依「一人說」從北京出發,張華可以逃向張家口、承德、唐山、天津、滄州、保定、大同等北京之四周,旺兒四周茫然,何能短時間內便可鎖定鎮江?旺兒之所以能鎖定張華,前提需是有預見性。而可預見,一則路程較短,二則有主幹道。而從南京順江直下到鎮江,更符合情理。而且,從北京到鎮江也不可能三天,而要月餘。值得注意的是,張華這個「第三日」之行程,與我們推測的第十四回昭兒取大毛衣服的

行程,是相合之文,也即不過三、五天的路程。

再如第六十九回,賈珍扶柩回南安葬賈敬,是「臘月十二日,賈珍起身。」

下葬之事要講究黃道吉日,並非匆匆忙忙隨便去處理一件事情,其腳步應是沉重的,靈柩是緩慢的。而且,靈柩及隨行人員也不可能在路上過年,賈珍等應年前返回京城。如果這些條件不能滿足,那應另選黃道吉日。換言之,從臘月十二到除夕這18天的時間裡,賈珍要能來回,且中間還得要扣除幾天下葬儀式的時間。也即,其單程不會超過五、六天的路程。從安葬賈母需要經過毗陵驛來看,賈珍扶柩要回的原籍,當在鎮江之南蘇杭一帶,故從南京到蘇杭,比張華由南京到鎮江多出兩日,仍在情理之中。而若依「一人說」,賈珍從北京出發,且不說「臘月十二日」處於冰封狀態,僅這個行程在時間上便無法成立。

綜上,從空間角度來看,其原始素材所涉的空間,只在江浙地域內。至於長安元素,包括「往南二百里」等,應是成書的第二階段,在第一階段素材的基礎上改寫之時,添加或改動的文字;至於北京元素,包括「林姑娘離家二三千里」等,則應是成書的第三階段在第二階段的基礎上曹雪芹改寫之時,添加或改動的文字。我們能夠發現,這個發生在江浙地域內的原素材,原就沒有大運河上揚州至北京的故事,而改寫中

雖然如下圍棋一樣，遠遠地在北京點了一個棋子，但並未填寫揚州至北京段的故事。

（二）時間視角——曹雪芹不太可能起筆便這樣起草

書中主體性文字，更似是黛玉13歲至16、7歲的故事。作詩限韻，也是反覆提及「十三元」，即便是數欄杆，也要「若十六根，便是一先起」，卻不見其他之韻，或許這與黛玉的進府及亡故的年齡有著關聯。但在這幾年中，雪雁卻是個總也長不大的「小孩子家」。也有學者認為，雪雁總也長不大是「有深意存焉」。但筆者認為，黛玉入府時雪雁「10歲」，至黛玉亡故也不過三幾年，雪雁在襲人等眼中理當總是個娃娃。

但在曹雪芹的改寫中，黛玉入府的年齡是向前提了的。我們在己卯本、楊藏本能夠看到，黛玉入府的時間是13歲。

第三回，己卯本作：

> （鳳姐）又忙攜黛玉之手，問：「妹妹幾歲了？」黛玉答道：「十三歲了。」又問道：可也上過學？現吃什麼藥？黛玉一一回答，又說道：「在這裡不要想家，想什麼吃的、什麼頑的，只管告訴我，丫頭老婆們不好了，也只管告訴我。」

楊本與己卯本近同。

而甲戌本等則作：

> （鳳姐）又忙攜黛玉之手，問：「妹妹幾歲了？可也上過學？現吃什麼藥？在這裡不要想家，想要什麼吃的、什麼頑的，只管告訴我，丫頭老婆們不好了，也只管告訴我。」

庚蒙戚列舒晉程卜本與甲戌本近同。戌庚蒙戚程等本，更似是對己楊本刪改後的狀態。

若依「一人說」，第二回黛玉是「年方5歲。……堪堪又是一載的光陰，誰知女學生之母賈氏夫人一疾而終。女學生侍湯奉藥，守喪盡哀」。也即，黛玉是6歲的樣子進京。但我們發現，不但第二回虛歲5、6歲的娃娃「侍湯奉藥，守喪盡哀」有些牽強，而且第三回黛玉的一言一行、一招一式，其心機心智，則明顯是十幾歲的成熟度。第三回在寫到惜春時，是「第三個身量未足」，其言外之意，比6歲的黛玉還小的探春，身量已足，至少也應七七八八了。很顯然，這字裡行間的文字，更似是十幾歲的文字。

筆者認為，己楊本的黛玉「13歲」，更似是原故事的文字，而甲戌本等是曹雪芹為了某種創作目的之改文。這個創作

目的應是欲展現寶黛關係的前緣性、歷史性、真摯性和悲劇性，將「13歲」入府的黛玉，一筆調整為了5歲喪母、6歲的樣子進京。這是以心理學之技法，為了避免形成黛玉、寶釵前後腳進府的印記，以實現能夠產生青梅竹馬之效。這能從雪雁的年齡看出。

第三回黛玉進府，己楊本中的黛玉是「13歲」，雪雁是「10歲」；甲戌本等中的黛玉是5、6歲的樣子，雪雁也是「10歲」。作者是將黛玉的年齡由13歲降到6歲，直降了7年，雪雁若隨黛玉也降7年，那麼雪雁由10歲降7年便將會是3歲，這是個不能伺候人而是被伺候的年齡。故而，在對黛玉的年齡調整中，雪雁的年齡只能保持不變。而當第三回末，「次日早晨」一覺醒來，眾人拆看金陵來書信，黛玉瞬間恢復到了原故事的年齡，且此後的故事便都是黛玉13歲之後的故事，雪雁的年齡仍是原故事中與黛玉相配套的10歲。也即，無論黛玉13歲還是6歲，雪雁一直保持10歲不變。不但雪雁，襲人也是如此。襲人年長黛玉3歲，黛玉6歲之時，襲人當是9歲。但第三回末襲人因寶玉摔玉而勸導黛玉，其勸導之言絕非9歲之人所能說得出的。換言之，勸導黛玉的襲人，此時是原故事中16歲的年齡。聯繫第十九回，襲人是「先伏侍了史大姑娘幾年，如今又伏侍了你幾年」，若依增刪稿，第三回黛玉6歲、襲人9歲，而9歲之前的襲人已「伏侍了史大姑娘幾年」，是不能

成立的。但這些文字，若放在己楊本中，即黛玉13歲、襲人16歲，便是成立的。回到當前話題，第三回的字裡行間，是只對黛玉一人的年齡進行了調整的文字，而其他人包括雪雁、襲人、寶玉等的年齡均保持不變，寶玉也不可能是七歲便去廟裡還願。

　　作者對黛玉年齡調整的意圖，是明晰的，是為寶黛愛情，將舊文字中黛玉、寶釵前後腳進府、充滿著競爭和不確定性的寶黛愛情，改寫為青梅竹馬；而在效果上，寶釵便成為了後來的插入者。曹雪芹於第2回將黛玉年齡改為「5歲」，只不過是一筆改動了表層的「皮和毛」，而皮毛下的「血和肉」，並未隨之調整，字裡行間仍是舊文字。至於甲戌本等第三回刪掉己楊本黛玉「13歲」之文，目的也是昭然的，是為了避免產生與第二回改動的「5歲」，構成矛盾。

　　這還能從「風刀霜劍嚴相逼」句可以看出。增刪稿中，只留下了這7字之文，我們並看不到了這7字的書中之實，黛玉已改寫為賈母的掌上明珠。這一調整也反映出了一些問題，它是以犧牲雪雁等年齡的合理性為代價的，換言之是改寫中犧牲理性而追求藝術性的一個反映。其之所以調整為「5歲」而不是其他年齡，還應考慮到了給賈母允許他們「一桌吃，一床睡」的理由（參見筆者〈雪雁總也長不大〉之網文）。至於後文「展眼已過十三載」，一方面「載」與「歲」不同，古時歲

是虛歲；另一方面，作者有「十三」的追求，無論是賈寶玉還是甄寶玉，無論紅樓紀年是幾何，曹雪芹總不明寫超過13的年齡，這應是向著曹雪芹13歲後再無榮華富貴，也即向著「小寶玉」上貼靠的追求。

值得注意的是，原故事中黛玉「13歲」進府的己楊本，均是「箕裘頽墮皆榮玉」，這也是具有捆綁關係的文字。出現在己楊本的正文和靖本的批語中的「皆榮玉」，明顯是與執掌家業的「大寶玉」，以及第二十八回「獨出」、「沒個親兄弟親姊妹」的寶玉，有著關聯關係。這樣的大寶玉，才好解釋「縱然生得好皮囊，腹內原來草莽」、「天下無能第一，古今不肖無雙」、「貧窮難耐淒涼」之文，以及「已23歲」的傅秋芳等文字。換言之，這些文字均不是與「小寶玉」配套的文字，而是「大寶玉」之舊文。第三回的王夫人初次見面便對年僅5、6歲、第二特徵未出現的黛玉不放心，卻不見其對寶釵千叮嚀萬囑咐，除了黛玉年齡原就是十幾歲的女子之外，原故事中的黛玉還應是個不需勾引便令男子「酥倒」、令正統觀念的長輩不踏實的容貌、身材、神態，與「好皮囊」的寶玉都有著難以抗拒的天資。而且，如此才是與「風刀霜劍嚴相逼」相合的狀況。

綜上，一筆改動為「5歲」，只不過調整了表層的「皮和毛」，而皮毛下的「血和肉」，也即字裡行間之文，卻是難

以調整的。換句話說，曹雪芹並沒有在第三回配上與6歲相應的故事。如同前文沒有在大運河的揚州至北京段填補故事一樣。不止雪雁的年齡，賈母的兩個年齡，賈母、薛姨媽、黛玉、寶釵的兩個生日，賈璉進平安州的時間等與時間、時序相關的領域，均顯示出改動中的「兩層皮」，不展開贅述。

（三）文化視角——曹雪芹起筆不當起草封建文化下的文字

第九回賈政要揭了小廝李貴的皮，嚇的李貴連連磕頭，回道「哥兒已經念到第三本《詩經》，什麼『呦呦鹿鳴，荷葉浮萍』，小的不敢撒謊。」

綜合諸本，前八十回中僕人在主子面前涉及自稱的有幾十處。其中，自稱「小的」者有21處。分別是：第九回李貴在賈政面前1處；第十四回睡迷的女僕在鳳姐面前1處，從揚州回來的昭兒在鳳姐面前1處；第十六回賴大等在賈母、賈政等面前2處；第六十四回俞祿在賈珍面前5處；第六十五回鮑二在賈珍面前2處，興兒在尤二姐等面前8處；第六十七回繁版旺兒在鳳姐面前1處。

但這21處因版本不同存在著差異。第十六回中戌蒙戚列楊舒晉本及程甲本作「賴大稟道：『小的⋯⋯』」己庚本作「賴大稟道：『小弟⋯⋯』」程乙丁本作「賴大稟道：『奴

才……』」。從章回上看，抄本除了第六十四回的己卯本、第六十七回的蒙楊本是自稱「奴才」這兩回外，其餘諸抄本以及諸抄本的其他章回，均是自稱「小的」或「小弟」；而程乙丁本除了第九、六十五這兩回是「小的」外，其他章回均完成了由「小的」到「奴才」的改寫。綜合這些本子，是一個由「小的」到「奴才」的改寫過程。（見表2）

表2｜奴才在主子面前自稱「小的」處，諸本的表現

	9回1處	14回2處	16回2處	64回5處	65回10處	67回1處
小的	抄程本	抄本、程甲本	戊蒙戚列楊舒晉及程甲本1處	蒙戚列楊晉本	抄本、程甲本10處，程乙本9處	繁版：戚列晉本
小弟			己卯庚辰本1處			
奴才		程乙本	程乙本	己卯、程本		簡版：蒙楊程本
我們					程乙本1處	

「小的」是封建漢文化下的用語，賈府下人均是非自由身的奴僕，其在主子面前理應自稱「奴才」。若分析生活背景和頭腦中的無意識，曹雪芹十三歲之前所生活的南京，是漢旗的圈子；其十三歲之後所生活的北京，基本是正白旗的圈子。依理，其頭腦中對下人的第一反應，當是「奴才」。曹寅致死耿耿於懷所放不下的，也是「奴才」二字。換言之，曹雪

芹不太可能起筆便起草一個「小的」甚至「小弟」。我們可以做出這樣的判斷：其一，由「小的」改為「奴才」，在情理上更合曹雪芹調整的方向；而若理解為由「奴才」改寫為「小的」，則這種可逆性幾乎不存在，曹雪芹沒有這樣調整的道理。其二，這更似是由封建漢文化的故事向著奴僕京旗文化改動的狀況。其三，至於第九、六十五回程乙本也未調整過來，是漏網之魚還是竄抄進去了別的支系，筆者分析第六十五回文，猜測我們可能沒有保存下來第六十五回真正的程系文字，程系在手抄本時期有可能便已竄抄為其他支系了。

第四十八回，薛蟠要出門遠行，薛姨媽派下「薛蟠之乳父老蒼頭一名，當年諳事舊僕二名，外有薛蟠隨身常使小廝二人，主僕一共六人，雇了三輛大車⋯⋯」。這段文字並不是在說一起上路同行的一群人當中包括主子薛蟠、乳父老蒼頭、舊僕二名、小廝二人，「主僕六人」，而是在言上路的人數。但改寫中忘掉了張德輝，這是一弊先且不說，至第六十七回薛蟠從蘇杭回來，寶釵對薛姨媽道「那同伴去的夥計們辛辛苦苦的，來回幾個月，媽同哥哥商議商議，也該請一請，酬謝酬謝才是。不然，倒叫他們看著無禮似的。」薛姨媽便對薛蟠道「同你作買賣去的夥計們，也該設桌酒席請請他們，酬酬勞乏才是。他們固然是咱家約請的吃工食勞金的人，到底也算是外客。」第七十九回，香菱向寶玉道「連當鋪裡老朝奉夥計們

一群人蹧擾了人家三四日」。我們會發現，第六十七、七十九回是「夥計們」、「外客」、「吃工食勞金的」、「老朝奉」等封建雇傭關係的文字。換言之，第四十八回出發時的同行者，是已經開始向著「主僕」關係改寫了，而後面第六十七、七十九的章回中，還仍是未完成改寫的封建漢家素材之貌。

第二十一回，抄本中的多渾蟲是「他自小父母替他在外娶了一個媳婦」。程本中則是「他父母給他娶了一個媳婦」。顯然，抄本仍是封建漢文化下的文字，應當是成書第二階段的《石頭記》繼承下來的第一階段江浙素材之時的文字。而到了第三階段曹雪芹的增刪稿時期，賈府沒有自由身的奴才，是要「25歲的單身小廝」才會由主子配婚，除非主子開恩才會交由其父母自主。而程本則是刪去了封建漢文化的「自小」。到了第七十七回，「又將他姑舅哥哥收買進來，把家裡一個女孩子配了他」。雖然曹雪芹此處是欲將晴雯的表哥吳貴與多渾蟲整合，將吳貴的戲份合併到多渾蟲身上，但規則是賴家是將「家裡一個女孩」指配給多渾蟲，也即是奴僕制下的文字。

綜上，由「小的」到「奴才」，由雇傭關係到主僕關係，由婚姻自幼父母做主到主子指配婚姻，曹雪芹的改筆是向著奴僕滿期文化的方向改動的，而其舊文字則是封建漢文化的底子。增刪改寫涉及主題、文化、空間、時序、人物關係等諸

多方面，對這些問題的改寫，好似曹雪芹並非是「地毯式」齊頭並進，一步到位的，而是意識到一個領域，便改動一個領域。如第六十七回的行程「二三千里」，當是意識到了距離需要改動，但卻未將雇傭關係的「夥計」改為奴僕關係。如曹雪芹要將王子騰與王子勝整合為一人，但第四十八回薛蟠辭行京城的舅舅，還是留下了京城還有位王子勝的痕跡，反映出調整並非同步進行的。而且，諸多問題應是因曹雪芹淚盡而逝，而未完成。相比起來，程乙本的完成狀況相對要好一些。但是，由於高鶚「狗尾續貂」的先入為主觀念，對程乙本的缺陷和抄本的優勢挖掘的更多一些，而沒有調過頭來看程乙本的優勢和抄本的缺陷。

（四）批語視角——批中的「作者」、「作書者」與曹雪芹不合

我們能夠很容易地發現，諸多批語針對的並非當前文字，其所針對的應是「上一稿」。研究表明，目前保存下來的本子，正文既非曹雪芹的親筆寫本，批語也非主評家的親筆批本。我們看到的批語，是由藏家從他人那裡搜集而來，匯錄到當前本子上的。如第一回「因嫌紗帽小，致使鎖枷扛」處的【戌側：賈赦、雨村一干人。】批雨村尚可，而批賈赦則不妥，賈家是降級世襲，且賈赦並不似賈政那樣點卯坐班，其有

爵位而無官職，不存在「因嫌紗帽小」之事。換言之，在「上一稿」中，賈赦是另有故事的，那應是個有官職且為了紗帽仍在鑽營的故事。再如第一回「訓有方，保不定日後作強梁」處的【戌側：言父母死後之日。柳湘蓮一干人。】書中主體性文字，也即曹雪芹的新構思是，柳湘蓮出場即第四十七回便是「父母早喪」。此批也應是針對「上一稿」所批。在「上一稿」中，應有柳湘蓮父母在世且「訓有方」的戲份。這些與當前正文不合的批語，書中甚多。而那些仍能與正文相合的批語，應是「上一稿」的正文被繼承到了曹雪芹的增刪稿中，因是配套的原文、原批，才表現出了相合。換言之，那些不能相合的批語，恰恰反映出是曹雪芹對正文的改動之處，是捕捉曹雪芹增刪走向的重要部分。而依據針對「上一稿」的批語來探佚或索隱，所探出、索隱出來的則是「上一稿」之文字，並非曹雪芹的增刪稿。

一如第二十一回四兒處，【庚蒙戚夾批：又是一個有害無益者。作者一生為此所誤，批者一生亦為此所誤。】這也是條寫實的批語，「一生為此所誤」者，無疑是指書作者。但13歲之後北京時期的曹雪芹，家僕易主，其身邊不再擁有四兒之類侍奉的這等條件；而若指13歲之前南京時期的曹雪芹，則只能從兩個層面來思考：一是心理層面，因戀情的挫折而消沉，從此一生萎靡不振，但是不言可卿、黛玉、晴雯等影響其一生，

卻言連晴雯、襲人都不及的二等丫鬟四兒影響了一生，喧賓奪主，於理不通；二是行為層面的，這是那個「獨出」的、整日泡在女人隊裡、負有家業衰敗之責的「大寶玉」，即原故事「箕裘頹墮皆榮玉」之舊文的作者。其把大把時光浪費在了女人堆裡，唯此行為層面，該批才得合理的解釋。換言之，該批不是針對的心理層面的一蹶不振，誤其一生，而批的是行為層面，整日無所事事，大把時光泡在無論黛晴襲之類，還是四兒之類的女兒隊裡，一技無成的紈袴之輩，而非指曹雪芹。

一如第二十一回襲人箴寶玉處的【庚側：亦是囫圇語，卻從有生以來肺腑中出，千斤重。】從「肺腑中出」，無疑也是指書作者。批意，寫出這句，是作者有生以來的感慨。所勸，字字重千斤。若當初聽了其勸，便不會是今天的樣子。故「從有生以來肺腑中出」，即一生之悔恨是未聽人勸。換言之，追悔莫及、憋在肚子裡的一生肺腑之言，是未聽規勸，一直沉迷於女色，而導致了目前的境況和終生的遺憾。但若分析導致這種狀況的，是指13歲之前南京時期的曹雪芹不聽規勸而導致了「呼喇喇大廈傾」，然一個不足13歲的娃娃，並擔不起這個責任；而若指13歲之後北京時期的曹雪芹仍不聽勸誡，但家僕易主，其身邊已不再有襲人等這樣規勸的丫鬟。換言之，這仍是針對原故事的家敗責任「皆榮玉」時期的大寶玉所批。此若置於曹雪芹身上，便十分牽強。

一如第四十八回薛蟠要獨自闖蕩遠行處,【庚夾:作書者曾吃此虧,批書者亦曾吃此虧,故特於此注明,使後來人深思默戒。脂硯齋。】此批成立的條件是,作者與批者都經歷過前呼後擁眾星捧月背景下的遠行;又經歷過獨自一人,無「助興」無「倚仗」背景下的遠行。沒有這種對比,此批便不能成立。因倘若僅為後者,那便是一般普通百姓之家人人如此的狀況,便無作批之必要。然13歲之前南京時期的曹雪芹,即便有前呼後擁的遠行,但絕不會有獨自外出遠行的可能;而13歲之後北京時期的曹雪芹,或許存在獨自外出闖蕩的狀況,但不會再有眾星捧月的陣仗,因奴僕已經易主,換言之,曹雪芹不具有這種對比。這裡批中的「作書者」,也是指原素材故事的作者。同樣,若置於曹雪芹身上,便十分牽強。

一如第七十四回賈璉借當處,【庚夾:前文云「一箱子」,若私自拿出,賈母豈睡夢中之人矣!蓋此等事作者曾經,批者曾經,實系一寫往事,非特造出,故弄新筆,究竟不記不神也。】批中言「實系一寫往事」,同樣是指此非批書,而是在批書外實有的往事,是真實發生、寫實的文字。批中「作者曾經,批者曾經」之「作者」,倘若是指曹雪芹,曹雪芹孩童之時從長輩那裡偷出一兩件首飾或擺件去當鋪當了,自己消遣,不無可能。但是這裡的背景是一箱子,是持家闖不過之時,且是能夠得到主子、丫鬟的理解,是合乎情理的

挪用。換言之，批中「作者曾經」是一個執掌家業的作者。但是，13歲之前南京時期的曹雪芹並不曾持家，也不會存在13歲之前的曹雪芹因執掌家業而在撐不過去之時，從長輩那裡挪用珠寶抵押；而13歲抄家之後的北京時期，以隋赫德之奏摺，曹家也不再有成箱的可以去當鋪抵押的壓箱之物。這仍是個「大寶玉」時期的故事，是第二十八回所言寶玉「獨出」、「沒個親兄弟親姊妹」、第五回己楊本所言的「皆榮玉」之故事。批中的「作者」，指原素材故事的作者，而若置於曹雪芹身上，便不能成立。

（五）避諱視角——時而避諱時而不避諱，解釋不通

一如第一回寫雨村相貌處，批出【戌側：是莽、操遺容。】第六十八回【戚回前：讀《後漢》見魏武，謂古之大奸巨猾，惟此為最。】此批若為曹家人所批，或曹家親友針對曹雪芹的增刪稿所批，其可能性不大。而第五十二回的「自鳴鐘已敲了四下」之正文以及【庚夾：按「四下」乃寅正初刻，「寅」此樣寫法，避諱也】之批，才應是曹雪芹的文字和針對曹文所批。

一如第二十六回的「庚黃」、「唐寅」之處，依曹雪芹之智慧，完全可以拿其他人來例舉。而此處不避諱「寅」字，此也不似曹寅後人所起草。

一如對庶出兄弟賈環的描寫，被刻畫成了無賴、猥瑣、奸詐、無情無義的形象，並批出【戌側：小人查德意。】然曹寅本身便是庶出之人，曹雪芹不大可能起筆便起草一個如此含沙射影指桑罵槐的文字。

對於這等時而避諱，時而不避諱的狀況，較為合理的解釋是，「上一稿」以及「再上一稿」均非曹雪芹的文字，而是裕瑞所言「不知為何人之筆」、程偉元所言的「究未知出自何人」。也即，「上一稿」和「再上一稿」乃是與曹家無關的人士所為，當然也不會避諱到曹家祖上。而這些批語應是藏家從朋友那裡搜集過來並轉錄到自己手中本子上的。這些正文要麼是混抄雜合進來的「上一稿」的章回；要麼是曹雪芹繼承了「上一稿」的文字。至少，不會是曹雪芹起筆便起草這樣的文字，曹家人起筆便批出這樣的批語。換言之，這些不避諱之文、之批，當與曹家人士無關；而那些避諱之文、之批，才是曹雪芹接手後的文字。

目前我們所保存下來的本子，沒有一本是曹雪芹的親筆稿子，均是過錄本或再過錄本。而在傳抄中，正文存在著混抄雜合，增刪稿中混抄進了「上一稿」的舊文。目前所保存下來的批語，也沒有批者親筆之批，而是從他本轉錄過來的批語。上述避諱問題，也只有如此解釋才合乎情理。我們所保存下來的本子，是混抄雜合的，舒序本就明言是由姚玉棟及其鄰

居家的兩種本子混抄在一起的。猶如蒸汽機車未必掛的都是貨車，內燃機車未必掛的都是綠皮車一樣，本子前面的楔子未必與後面的章回是一體的，不過是補上楔子的本子在傳抄市場上更能受到青睞而已。在這種情況下，再以整本來論系統，已不現實。所舉事例中存在著有避諱的章回，也有不避諱的章回，便應是不同的系統混抄雜合所致。

（六）人物關係──更能反映出不同的成書階段

一如王氏兄弟，書中主體性文字是弟兄二人，鳳姐之父也即王夫人之大兄居長，王子騰行二。但我們總能讀出王氏兄弟是弟兄三人，另有一個模糊的影子存在。在第二十五、四十八、五十二、六十二、七十回等均留下了京城還有一位舅舅的影子。而且，程乙本、晉本也明文還有一位王子勝。換言之，諸多資訊反映出，在「上一稿」中的王氏兄弟是弟兄三人：王夫人之大兄及鳳姐之父、行二的王子騰、小弟王子勝。兄弟二人的增刪稿，那個影子舅舅王子勝，便是「上一稿」的遺痕。進而言之，增刪稿中的王氏兄弟兩人，是由「上一稿」兄弟三人整合來的（圖11）。

若再繼續倒推，這「上一稿」中的兄弟三人，則是由「再上一稿」的兩個家庭、各兄弟兩人，共計四人整合為一個家庭兄弟三人的。王夫人之大兄與鳳姐之父，分別是兩個家庭

《紅樓夢》成書過程三階段

王氏兄弟在成書中的演變圖式

第一階段　素材期

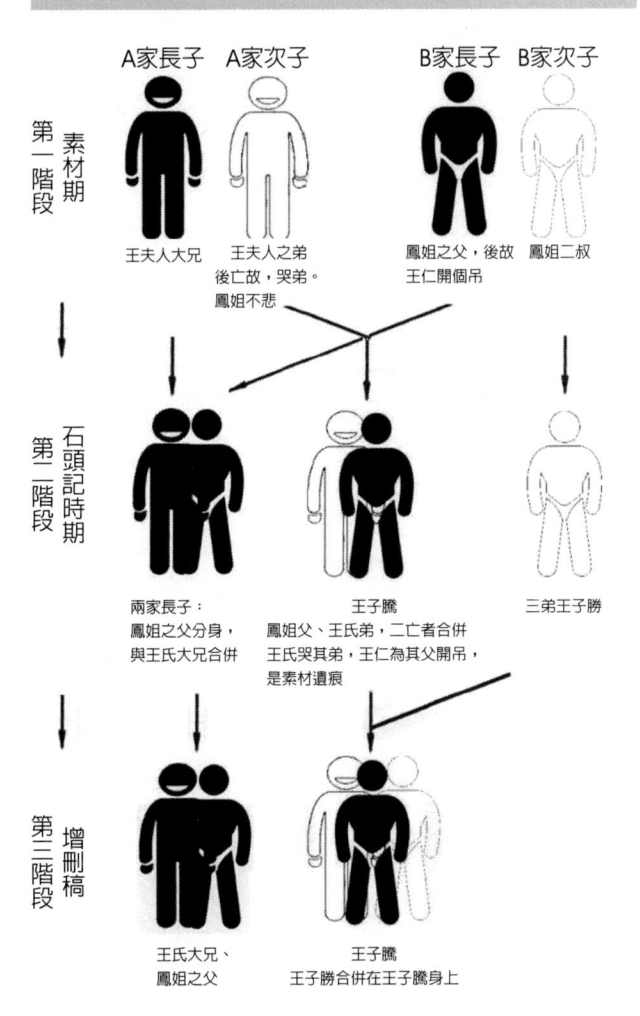

A家長子　王夫人大兄
A家次子　王夫人之弟，後亡故，哭弟。鳳姐不悲
B家長子　鳳姐之父，後故王仁開個吊
B家次子　鳳姐二叔

第二階段　石頭記時期

兩家長子：鳳姐之父分身，與王氏大兄合併
王子騰　鳳姐父、王氏弟，二亡者合併王氏哭其弟，王仁為其父開吊，是素材遺痕
三弟王子勝

第三階段　增刪稿

王氏大兄、鳳姐之父
王子騰　王子勝合併在王子騰身上

甄道元2020.5繪

圖11｜王氏兄弟在成書中的演變圖式

中的兩個居長者。詳細說來，這一組的人物整合過程，經歷了三種狀態：

　　第一種狀態是，王氏兄弟來自於兩個家庭，每個家庭均是兄弟二人。在A家庭中，王夫人之大兄居長，而王子騰行二，是王夫人之弟。第六回王夫人為「二小姐」、第九十六回的「悲女哭弟」，王子騰並非王夫人之兄的這些資訊，便是這一狀態的痕跡。在B家庭中，鳳姐之父居長，王子勝行二。A家庭行二的王子騰與B家庭中居長的鳳姐之父，均是朝廷命官，並相繼而亡。不但鳳姐與王夫人分別來自兩個家庭，薛姨媽也不是他們家庭中的人。第六回劉姥姥見到的鳳哥已有幾歲，當時的王夫人還未出閣，比王夫人小十來歲的薛姨媽，就更不可能出嫁、懷孕並生出比鳳哥還年長的薛蟠。但第二十八、六十六回的薛蟠年長鳳姐的序齒，便是將王夫人與薛姨媽整合為一家人且比王夫人還要年少。這是整合之前的狀態，也即成書的第一階段，素材時期的狀態。今天我們看到的第二十八、六十六回反映出來的鳳姐與薛蟠的序齒問題，則是竄抄進來了部分早期文字之故。研究顯示，第二十四回到至少第三十回也是竄抄進來的早期之文。

　　第二種狀態是，將AB這兩個家庭的四人，合併為一個家庭，王家兄弟三人。具體是：其一，素材中A家庭中的王夫人大兄，到這個兄弟三人家庭中，仍然是居長，始終不變。其

二，將A家庭中的行二者王子騰與B家庭的居長者鳳姐之父的一部分角色，合併在王子騰身上，也即將兩個亡故者合併為一人；鳳姐之父的另一部分角色，又合併在王夫人之大兄身上，在新的三兄弟中仍然居長。其三，將B家庭的行二者，作為這個新家庭的三弟王子勝。換言之，調整的關鍵之處是鳳姐之父，這個家庭中的居長者分身一分為二，一部分角色置於了王夫人大兄身上，另一部分角色置於王子騰身上。書中文字之亂，便是因為鳳姐之父分身之故，這在第九十五、九十六回特別是第一百零一回顯現出來。對照成書過程，這應是由素材到底稿《石頭記》的狀態，也即成書的第二階段的狀況。猜測，《石頭記》及其分支中的文字，當是如此。

第三種狀態是，又將王子騰與王子勝合併為一人，兄弟三人變為兄弟兩人，也就是我們今天看到的主體性文字，即曹雪芹的增刪稿。但這一整合並不是成功的，王子騰與王子勝在空間、官職、為人等綜合素養方面，不具備整合的條件，應當恢復整合前的面貌，以減少矛盾衝突。

王氏兄弟唯有這種假說，方能解釋通部書中的有關王氏兄弟的文字。諸如第三、四、六、二十五、四十八、五十二、六十二、七十、九十五、九十六、一百零一回的相關文字。

三、成書過程三階段假說

（一）第一階段：江浙吳語素材時期

這個時期，是個江浙地域內的故事。言其「地域內」，意在地理空間上基本局限在長江中下游範圍內，原籍蘇杭，寄居古都金陵，未必涉及長安、北京。其視野比較狹窄，主要在家族範圍內，未必有什麼家國情懷。其題材，是個「大寶玉」淫亂、敗家的一種泛泛常見的消遣讀物；大寶玉執掌家業負有家業衰敗之責，謂「箕裘頹墮皆榮玉」。其主題和意義，大致推測是個淫亂、敗家的「自傳」，是主人公的懺悔錄，只具相對單一的警誡、教化意義，核心在個「悔」字。其文字，是封建漢文化下的吳語體系。在這個故事中，賈寶玉是「獨出」、「又沒個親兄弟親姊妹」，薛蟠比鳳姐還年長，張華第三日便能到達鎮江，賈珍「臘月十二」起身送葬能來回，探春是江邊「涕送」出嫁南通海門，黛玉、雨村、賈璉、昭兒均在冬季可「登舟」，昭兒來回三個單程不影響賈璉穿上大毛衣服⋯⋯。寶玉「奔出一口血來」及該處的「全無痕跡」之批、「三曹對案」及該處的「直刺寶玉」之批、賈珍「哭的淚人一般」及該處的「此作者刺心筆」之批、賈珍拄杖及該處的「刺心之筆」之批、「本貫姑蘇」之處的「十二釵正

```
                    北京
                    第三階段
                    （增刪五次）
                  小寶玉，皆從敬
                 揉進曹家事和北京元素
                自傳性，兩番人作一番人
               追加文化反思和命運反思主題
              淨化穢語和性事，大旨談情掩護下的多主題
              懸崖撒手，出世結局
              奴僕制，京旗文化
              競相傳抄，高廟閱而然之

     長安
     第二階段
     寄居西京長安
                          江浙
                          第一階段
                          本籍蘇杭，寄寓古都金陵

繼承第一階段的題材和主題，仍是漢儒文化
空間拓寫長安，追加長安元素，視野拓展家國
涉朝政，有擬語，私下祕傳的非傳世小說        大寶玉，獨出，皆榮玉，家業衰敗，淫亂
和民族主題，弘旿不敢看。              自傳，懺悔錄，封建漢儒文化
寒冬噎酸齋，世俗結局                有限空間和視野，江浙吳語，噴飯
```

（圖外文字：由弘旿所不敢看者到公開傳抄、廟市買賣；更名形成分支；後40回更換結局；由塵世到出世的懸崖撒手；傳抄中存在混抄雜合與批語的轉錄）

圖12｜成書過程三階段

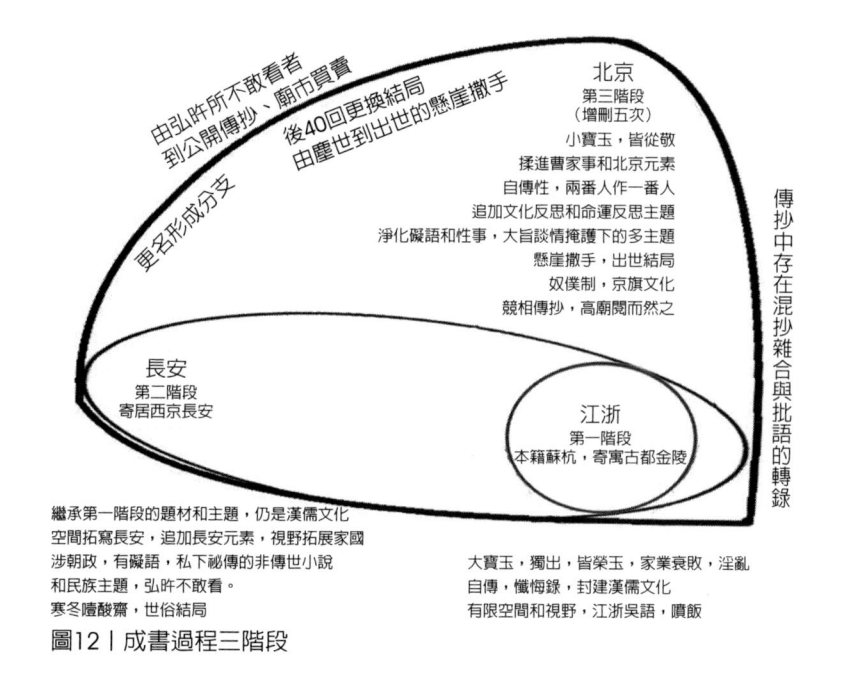

出之地」等，應是這個時期的文字和針對這種文字的批語。書中的姑母稱「姑娘」，也是原素材的江浙吳語文字；書中奴才稱「小的」之文以及多渾蟲可以自幼結婚等，也是這個時期封建文化下的文字，而非奴僕制下的「奴才」和到年齡才由主子指婚的風俗文化（圖12）。

但這個時期，應已有一定的文字基礎，花草樹木、服飾擺設、菜肴飲食、醫案藥方，甚至詩詞、楹聯、謎語、酒令等，已奠定了很好的基礎。至少，雞頭、菱角、荔枝之類，不

是北京或長安時期所添加,而是素材時期已有的文字。第六十七回繁版的襲人沁芳橋遇見秋爽齋的素雲給稻香村的李紈送園內河中新采的東西,素雲道「這是我們奶奶給三姑娘送去的菱角、雞頭」。而到了程本等本子中,則刪除了此段。此處的文字,不但行走路線與增刪稿不合(實質上關係著兩個不同的空間系統),而且刪掉「雞頭」、「菱角」後更便於從北京角度來解讀故事。素材時期的文字是何人何時所為,或許如書中所言「不知過了幾世幾劫」。

胡適、周汝昌等所言的「自傳」、「自敘」,應是捕捉到了這個時期的影子。

(二)第二階段:底稿《石頭記》時期

第一階段素材時期,是個什麼書名,已無從知曉。《金玉緣》或「本名」《石頭記》是否為此時的本子,不敢妄加揣測。但是,由第一階段的素材到第二階段,應當名作《石頭記》,並且產生了諸多分支:《情僧錄》《紅樓夢》《風月寶鑒》以及仍沿用舊名的《石頭記》,甚至還會有我們不知其名的本子存在過。書名既可以更改,就難以排出內文也會有所變動。第二階段相對於第一階段,其最突出的變化是:

其一,在空間上,由江浙拓展到了長安,增加了長安故事。長安縣、長安府、長安守備、長安節度、雲老爺、長安都

中、長安縣善才庵、長安都中牟尼院、貝葉遺文、長安桂花局、長安公子、金哥、李衙內、桂花夏家等長安元素，前文所及的「咧」、「罷咧」、「好罷咧」以及「作甚」、「隴水無聲凍不流」等，應是這個時期的文字。

其二，在視野上，不再局限於家族之事，而是放眼家國。讀出來的賈家寄居的京都之地，不再是古都金陵而是西京長安。「長安」在這個時期是實意上的京都。

其三，在主題上，不再是相對單一的淫亂、家敗之自我懺悔主題，而增加了家國情懷，映射了時政，干涉了朝廷，帶有了時代性的政治色彩之民族主題。反滿文字和礙語，當是這個時期增加上去的。換言之，民族主義者可能利用了第一階段的素材。核心在個「隱」字。

其四，「三大脂本」中大多數批語，應是一位比脂硯齋還早的初評者所批，這是一位「深知擬書底裡」的一驚一乍的知情者，所評針對的是《石頭記》而非曹雪芹的增刪稿《金陵十二釵》，動輒以經過、見過來批出。而脂硯齋側重的是寫作技法，即創作藝術，是位動輒使用文學評論專業化術語的評家。其所批針對的也是《石頭記》，也非曹雪芹的增刪稿。其「至脂硯齋甲戌抄閱再評，仍用《石頭記》」之「仍用」二字，分析其評批內容，不似僅仍用「石頭記」之名，而更似仍用《石頭記》之本做批。

其五，書中提及到三種空間，實寫了兩種空間系統：晉程本的空間系統、其餘抄本的空間系統（方便起見，簡稱抄本的空間系統）。前者的大觀園是榮府之東、甯榮二府之間的外園，梨香院在「東南角」，後者的大觀園是內宅之中的後花園，梨香院在「東北角」，並關係著薛宅的位置等一系列空間問題。空間系統上的分道揚鑣應是這個時期開始的。民族主義者當是未沿用第一階段素材的空間系統，而重新建構了一個空間體系，猶如「萄」字的後一筆，分道揚鑣了。從行走路線上看，一些章回中出現了兩個空間系統的混雜狀況，這應與後期的傳抄有關，也應與改寫中不徹底，忽視了字裡行間有關。

由第一階段的素材到第二階段的《石頭記》，在題材上應繼承了素材中的主要內容和衣缽。第二十七、二十九回鳳姐有大姐和巧姐兩個女兒以及第六回「賈璉的大女兒」，第二十六回李嬤嬤仍未告老解事，第二十八、六十六回薛蟠年長鳳姐，第三回黛玉「13歲」進京，第五回眾仙子要等絳珠仙子游「舊景」，襲人由蕊珠而非珍珠更名而來，鮑二是甯府的奴才且是個原生家庭，晴雯的表哥名吳貴而非多渾蟲，彩霞「不慎染了血崩之證」，柳五兒、鮑二家的、多渾蟲、葯官等所謂的「死而復活」，寶玉、薛蟠、香菱「三曹對案」，大觀園的位置是榮府之東、榮寧二府之間的「外園」，以及那些「東邊二門」、「鄰園牆」、賈赦住「北院」等，應是第二階段的《石

頭記》從第一階段的素材繼承下來的文字，寫的仍是整日混在女人隊裡的「大寶玉」之故事，寶玉仍是家業衰敗的責任者，即「箕裘頹墮皆榮玉」。

「往南二百里」之文，以及充滿著爭議和令人遐想的張友士之文等，應是這個時期添加的新構思。其「總是過了春分」之文，與黛玉、賈璉「冬底」回南，昭兒回來取「大毛衣服」，並言「大約趕年底就回來了」，也即可卿亡於年前，並難以與張友士的「春分」對接，也應是素材與改寫的《石頭記》所產生的銜接上的問題。「耶律」、「雄奴」之文也應是這個時期追加之文，其雖不幹滿族之體面，但明顯有著某種用意，是欲針對外番並讓人產生聯想之效。狗兒的長子「板兒」，次女「青兒」，在長幼次第有序的時代，不稱「板青」卻稱作「青板姊妹」，明顯是欲讓讀者一頓，而反思其意。劉姥姥排泄也要到「東北上」，帶有「戲」之寓意的梨香院以及搬出梨香院後的薛宅總不離東北，均應非隨意之筆。但也很明顯，第二階段的《石頭記》對第一階段的素材，進行了刪減。比如【戌回末：回回寫藥方】之批，則應是那位初評者對照素材而對《石頭記》時期刪除了藥方所注上的一筆。比如四大家族的房分之批，則也是那位初評者針對《石頭記》刪除了素材之文，而以批註格式補出的素材之文。

由素材到《石頭記》是何人所為，裕瑞、程偉元均言不

知出自何人之手，此應是《石頭記》的改寫者們極力隱去自己之故。這個時期當有著眾多一吐為快的文人，有著改動的動力和土壤，也不乏原來的朝中高人。弘旿所不敢看者，也當是這個時期的文字，而成為了一種只是個私下祕傳的「非傳世小說」。但這個時期的語言文字，是古色古香的美文。

針對這個時期添加的諸如「耶律」、「雄奴」之文，俞平伯認為是「惡語」。他在自問曹雪芹為什麼要寫這等惡語，懷疑是否為後人妄加。應當說，俞先生是將曹雪芹視作了數軸上的「0」點，將版本異文視作「0」點右側的正數部分，即曹雪芹之後的人所為。但沒有向著「0」點的左側負數部分，即曹雪芹之前去思考。對於這個時期的文字與程本之間的差異，周汝昌則認為是御用文人做了刪改，並猜測是和珅組織高鶚之流篡改了原文。應當說，這些紅學前輩均發現了文字上存在的客觀問題，然在歸因上沒有繼續走下去。蔡元培、潘重規等所捕捉到的民族主題，當是捕捉到了這個時期的影子，然卻是將第二階段覆蓋了第一、第三階段，實質上是將成書的三個階段視作了一個階段，一個靜態的平面。

（三）第三階段：曹雪芹的增刪稿時期

經一次次的改寫，其原初素材文字的元素會越來越少，但難免仍會留下原題材的痕跡。今日所保留下來的本子中之原

始素材資訊，一是第一階段的素材繼承到了第二階段的《石頭記》中，又被曹雪芹繼承到了第三階段增刪稿中的文字；另一是素材繼承到《石頭記》後，又被抄手竄抄進曹雪芹的增刪稿中的文字。曹雪芹五次增刪之所依，乃《風月寶鑒》（歸根結底仍是第二階段《石頭記》的分支）。由第二階段的《風月寶鑒》到第三階段曹雪芹的增刪稿，其突出的變化是：

其一，在《石頭記》的基礎上，揉進了曹家之事，向著曹家貼靠了。「獨他家接駕四次」，史上也只有曹家才有接駕四次。舊文字的一番人，曹雪芹新增素材的一番人，兩番人作了一番人。也再不是「自傳」而是「自傳性」了。人們之所以能捕捉到「自傳」的影子，並非空穴來風，只不過以偏概全罷了。

其二，由第二階段的原籍蘇杭、寄居地長安，改寫為了原籍金陵，寄居地隱指北京。由《石頭記》實意上的長安，變為了虛指的泛泛意義上的京都。換言之，整個過程經歷了一個從原籍蘇杭、寄居地金陵，到原籍蘇杭、寄居地長安，又到原籍金陵、寄居地隱指北京的過程。

其三，增加了北京元素。其「鼓樓西大街」、「花枝巷」、「興隆街」、「恒舒典」等，這些北京元素應是這個時期追加的，使用或替換上了身邊熟知的街道、店鋪，以增加可讀性和真實感的追求。烏進孝的年貨，其活鹿、獐子、麂

子、熊掌等,是個東北特產的清單。其「鱘鰉魚」等,在沒有現代冷藏設備的運輸條件下,既不可能運往江南,也不可能運往長安,而只能運到北京。這些文字,能夠佐證這一階段是在北京完成的,但並非意味著這等故事是在北京曹家真實發生。「林姑娘離家二三千里地遠」等,可以確定絕非第一階段的素材之文,應是這一階段改寫之文。

其四,將封建漢文化濃重的故事,改寫為了奴僕制京旗文化濃重的故事。除了漏網之魚和竄抄因素外,曹雪芹的增刪稿不會再出現僕人在主子面前稱「小的」,而應是「奴才」。刪去了封建漢文化多渾蟲的「自小」由父母娶妻,薛蟠隨行之人為「主僕」關係等,均是在由封建漢文化向奴僕滿期文化轉變。

其五,由承擔著家業衰敗之責的「大寶玉」,即箕裘頹墮「皆榮玉」,改寫為箕裘頹墮「皆從敬」,賈敬成了賈家衰敗的替罪羊。此是向著曹家「小寶玉」上貼靠了,因不足13歲的娃娃,既不可能執掌家業,也擔負不起家業衰敗之責。無論是其頭懸樑錐刺股刻苦攻讀,還是整日泡在女兒隊裡,均與家敗、抄沒無關。

其六,在主題上,濾掉不合時宜的癡語,將弘昑所不敢看的私下祕傳之「非傳世小說」刪改成可以竟相傳抄、廟市公開買賣,乾隆也「閱而然之」的作品;淨化性事而昇華為了情

事，成為一部高雅的藝術。並追加了文化反思主題，通過對儒、釋、道、法、墨以及資本主義萌芽之時新生的實用主義的逐一地否定，對民族文化的出路和個體命運反思，構成了一部末世文化的、筆者將其概括為「孤鴻、哀鳴與絕望」的更為悲劇之作品，核心在個「歎」字。由此，由關注家業，到關注家國，再到關注民族文化和人的命運，演變為思考人類社會前行的更具意義的作品。

其七，更為強調藝術化的悲劇性。我們能看到第五回「萬豔同杯」之預設，但考成書過程，並非起筆便是一個「萬豔同悲」的故事。第三十六回之後，祭宗祠、賈敬亡、賈母生日等重大場合，嫡派子孫賈薔均再未出場，是因舊故事中齡官的結局並非悲劇，而將齡官連帶賈薔之戲份一併刪除了。換言之，為了悲劇之寫作目的，以理性為代價了。

其八，在結局上，將一個「寒冬噎酸虀，雪夜圍破氈」、「白首雙星」的俗界結局，替換為「懸崖撒手」的絕望之出世結局。藝術上實現了大幅度的跳躍和提升。在處理上，保留了與「懸崖撒手」不相犯的部分舊章回或文字，替換了與「懸崖撒手」相犯的文字。

其九，整合了人物，我們以往常為作者撰寫了九百七十多個人物而驕傲，但研究表明，曹雪芹在進行著人物的整合。減少人物數量、複雜人物關係，將一般人物的戲份置於重

點人物身上，使重點人物的形象更為鮮明、清晰，這是提升作品藝術性的正序和需要。書中不止王氏兄弟，大姐與巧姐、襲人與珍珠、珍珠與蕊珠、鸚鵡與紫鵑、紫鵑與鸚哥、鸚哥與春纖、秋紋與媚人、紅檀與檀雲、檀雲與晴雯、彩雲與彩霞、春燕與紫綃、多姑娘與燈姑娘、吳貴與多渾蟲、鮑二與無名氏、賈芸與無名氏、老祝媽與承包果園的婆子、何三與周瑞兒子、邢家兄弟、史家兄弟等，均進行了整合歸併。這當中，有成功整合的，有不具備整合條件而中途放棄的，也有強行整合導致矛盾衝突的。

其十，故事情節上的改動，有著諸多的妙筆。比如將更名襲人的蕊珠，改寫為由珍珠更名襲人，巧妙地將具有特殊寓意的「珍珠」與「魚眼睛」聯結了起來，成功實現了對意欲構思的實用主義代表人物襲人的完美刻畫。換言之，從舊文「賢襲人」的形象中分離出來，填補新構思的資本主義萌芽時期出現的實用主義的代表，以實現民族史上「元迎探惜」之儒道法佛及新興文化的全方位反思。這一改動，不但自然而然，而且浮想聯翩，寓意深刻。所鞭笞的「魚眼睛」與寶玉伸張的天然、自然、坦誠、無面紗、無功利，「無事忙」於化解人們之間的隔閡之一生事業，一貶一揚，更為鮮明。這一改動是十分成功和絕妙的。至於第三回程乙本等留下的「蕊珠」之文，並非曹雪芹沒有完成改寫，而是程乙本混抄進了「蕊珠」的舊文，而

第二十七、二十九回珍珠仍在賈母身邊並與襲人同時出現，不過是「蕊珠」與「珍珠」整合前的舊文竄入。後四十回也是珍珠、蕊珠整合前的狀態。至於第二十八回的「結雙蕊」等，作為詩句、楹聯、謎語、酒令等這些難以更改之處，也就勉為其難了。「三曹對案」也是因酒令而留下了與意欲淨化為「情解石榴裙」不合的、難以更改的痕跡。一些與新主題無關的美文如薛蟠「酥倒」之文，一些與新故事時空上不合的如賈珍「臘月十二」回南之文，一些不合時宜的俞平伯認為的「惡語」如「耶律」、「雄奴」之文，曹雪芹至程乙本之時，還是痛下決心刪除了。但也有些著實難以割捨的美文如雨村「待時飛」的詩句，仍被保留了下來，並導致了今人的過度解讀。但在舊文中，其未必是與後面故事無關的無意義之文。

四、傳抄中的混抄雜合及後四十回所處的階段

（一）傳抄中的混抄雜合

我們所保存下來的本子，除了章回數較少的如鄭藏本難以判斷之外，諸本均可證明是混抄雜合本。這種混抄雜合，既有曹雪芹五次增刪中早期文字與後期文字的混抄雜合，又有曹系與其他支系的混抄雜合。

從空間系統的角度研究認為，晉程本的空間系統與抄本的空間系統，在一些章回反映出了空間系統上的混抄雜合。如脂抄本的第七、十七、十八、二十六、二十八、五十六、六十九、七十三、七十四回背離了自身的空間系統而使用了晉程本的空間系統。「使用」二字，既有作者的因素，改寫中只改動了表層的方位而未隨之調整行走路線；也有抄手之故，竄抄了其他系統的文字。筆者《紅樓夢底稿探索》一書專門探討了第二十四回的後半回到至少三十回是竄抄狀況。在時序上，筆者的〈披著狼皮的日子裡──章句紅樓夢AB本〉之網文，分析了第六十二、七十、七十一、七十二回中，以程乙本為代表的一些本子，是沿著的「K」字的左邊一條直線延伸下來的，而以庚辰本為代表的一些本子，是「K」字的右邊一條折線，在第七十一回賈母生日一回，卻背離了自己的時序，而妥協於程乙本秋季生日的時序。然其第七十一回前後的章回，支持的卻是賈母春季生日的時序，也即與第六十二回「過了燈節」相合的文字。

胡文彬先生在北大與王三慶教授對談時，提及過以營利為目的的傳抄中，存在著一人持本朗讀，多人聽寫的傳抄；存在著將本子拆葉、眾人分抄等狀況。朝鮮李朝時期來華采風的使者也記載了拆葉、分抄的混亂狀況。裕瑞也記載了「抄家各於其所改前後第幾次者，分得不同，故今所藏諸稿未能畫一

耳。」筆者的研究還表明，以營利為目的之傳抄中存在著兩種本子同時拆葉、分抄並只按照章回順序而忽視版本系統的混裝狀況。例如，楊藏本在表示「都」、「皆」、「全」之意時，習慣用「多」，而他本則用「都」。楊本中偶有一處使用了「都」、他本中偶有一處使用了「多」，這並不值得驚奇，應是傳抄中竄抄進了另一系統所致。而值得重視的是，兩種系統在同一處同時出現了對調，這明顯是混裝所致。如前八十回中的第十七、七十一、七十七回，後四十回中第九十三、九十九、一百零四、一百一十四回也有這種狀況出現。這又會牽出後四十回性質的話題。

（二）後四十回的性質與參與時間

人們對後四十回有兩種假說，一是原著說，一是續書說。但筆者認為，這兩種假說均難以成立。筆者對後四十回的理解是，其為曹雪芹拿來供自己進一步增刪改寫的底稿。

其一，拋開那些不同的人會有不同的理解和評價的、涉及文學藝術水準的字詞句，持原著說者，難以解釋後四十回在故事情節、人物關係、空間系統等方面，曹雪芹為什麼要否定掉自己的前八十回這一問題。持這一假說者，發現了前八十回與後四十回的關聯，並通過例證來證實自己的觀點，但忽視了後四十回與前八十回的不合。換言之，不是在系統論下展開研

究的。一如第四十二回曹雪芹已通過劉姥姥之口為大姐更名巧姐，其主體性文字是鳳姐只一個女兒，而後四十回構思的卻是兩個女兒；一如前八十回曹雪芹的主體性文字是賈母居住西院，而後四十回是居住東院，並在第三十回「往西穿過穿堂」等處留下了舊文之遺痕；一如前八十回主體性文字是珍珠更名為襲人，而後四十回反映出的是更名襲人者並非珍珠，珍珠仍是賈母身邊等。再者，前八十回是由一個以江浙吳語話語體系的文字改寫來，而後四十回中一些章回是一個東北風味濃重的文字，鳳姐還在抽煙袋。曹雪芹不可能在八十回後撰寫一個與自己的前八十回不合的稿子，這不是曹雪芹的正序。

其二，持續書說者，難以解釋前八十回中那些「毛刺兒」之矛盾的次要方面卻是與後四十回相合的這一哲學問題。持這一假說者，基本是在對後四十回的「一讀」、「一看」、「感覺」的層面來審視的。換言之，是從文學藝術水準的角度入手的。然而，以感覺來評判的那些文學藝術性文字，不適合作為研究的物件，或言不具備作為科學研究物件的資格。前八十回「毛刺兒」之矛盾的次要方面，反映的是「上一稿」的遺痕，而後四十回與前八十回的「上一稿」之遺痕一致，這就決定了後四十回所處的狀態是「上一稿」的狀態，而非續書。而且，也沒有一位續書者會置前八十回主體性文字於不顧，而專門挑選矛盾之次要方面來續書。

其三，後四十回與前八十回的語言風格明顯不同，筆者認為這是曹雪芹拿來的一個「懸崖撒手」的出世結局之材料，要替換掉了舊文八十回後之「寒冬噎酸虀，雪夜圍破氈」、「白首雙星」的塵世結局，但只做了人物名字的統一和故事情節的大致擺布等方面的簡單處理，並未在語言文字層面進行深加工，也即仍處於增刪改寫的底稿狀態。但這個稿子又是與前八十回之舊文統過稿的，也即與前八十回毛刺兒之矛盾的次要方面這個時期的文字，是統過稿的。換言之，它應是曹雪芹剛剛著手增刪之時，參與進來的，是第二階段與第三階段交叉之時的文字（圖13）。曹雪芹之所以要替換「寒冬噎酸虀」的塵世結局，筆者猜測，應是出於主題調整上的考慮，出世之結局要比逆來順受、步步潰守的塵世結局，更為悲愴，更具悲劇性。換言之，塵世之結局已難以適應新構思的民族文化和個體命運反思的主題之需要。而「懸崖撒手」的出世結局，則更能表現對末世文化的絕望。換言之，賈寶玉的出家並非是骨子裡對佛教的膜拜，而是俗世不容的無奈，是個無奈、絕望的「歎」字。之所以前八十回經過了五次增刪而後四十回仍處於幾近增刪的原始狀態，應是這個材料在結局上雖然理想，但在情節、語言文字方面仍不是最理想的材料，或許是在等待更合適的材料出現。研究還認為，曹雪芹未必是以一個後四十回的材料替換掉了前八十回後的舊文，而是保留下了舊文八十回

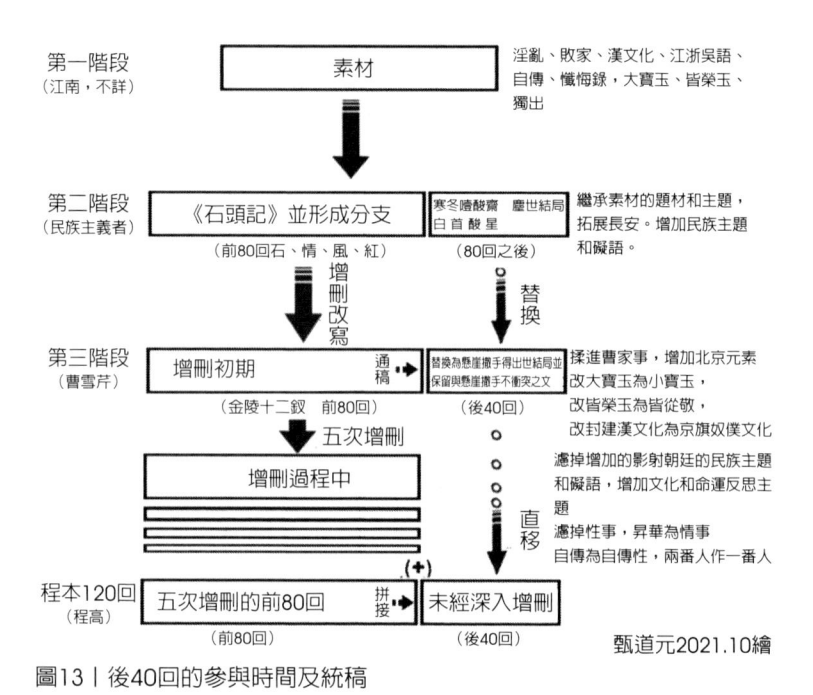

图13｜後40回的參與時間及統稿

之後的那些不影響「懸崖撒手」的一些段落或文字，如八十七、九十四、九十七、九十八等章回中的一些段落，如第一百一十一、一百一十二、一百二十回的一些零散之文。這些文字的寫作手法和語言風格，與前八十回如出一轍，如前收後鋪、板定章法等。換言之，替換的只是那些與「懸崖撒手」不合的文字。也不排除端方本、三六橋本等所謂的「舊時真本」，便是舊文的結局。

進一步框定後四十回的性質，若以第一、第二階段的稿子為參照物，那麼後四十回可視作續書，持續書觀點者，應是捕捉到了這個影子，將第一階段的素材、第二階段民族主義的文字視作了曹雪芹；但若以曹雪芹的增刪稿為參照物，則應視作被拿來供修改的底稿。換言之，是參照物上的分歧。然而，人們的研究所針對的，以及原著說、續書說所指向的，所舉的旗卻是曹雪芹和曹雪芹的增刪稿。如此，以曹雪芹為參照物，則後四十回的性質只能稱作底稿。至於程高本，則是將五次增刪過的前八十回，與未經深入增刪的後四十回，拼接在了一起。

五、研究的意義

（一）重新把握《紅樓夢》的主題思想

　　對成書三個階段的分析，便於釐清增刪改寫的指標。是書最終的走向是事關民族文化反思和個體命運反思、事關人類社會前行的宏大話題，事關人的靈魂安放地的話題。相對於狹隘的家族視野和民族間的打打殺殺與權力更迭，人類前行才是名著之所以成為名著的主要一環。

（二）便於澄清書中文字的意義，利於解讀和評點

因混抄雜合的原因，不同增刪時期和不同支系之間的混抄雜合在了一起，讀者對矛盾衝突感到困惑，甚至出現廣西師範大學出版社調查的「死活讀不下去的」排行榜第一位結果。講解者也常常因忽視混抄雜合所產生的矛盾衝突，而受到聽眾的當場質疑。而成書過程三階段假說能夠解釋這些疑難問題。在讀者中，有讀出書中伸張的是出家避世，有讀出書中伸張的是道家無為，甚至把厭學、泡妞視作曹雪芹的主張，不但失去了是書的現實意義，而且對性事昇華為情事以及「意淫」的理解，也缺乏演變過程的把握。

（三）便於糾正爭執不下的亂象

人們常常將成書過程視作一個階段、一個靜態的平面。有的只關注到了第三階段，而以第三階段覆蓋第一、第二階段；有的只關注第二階段，而以第二階段覆蓋第一、第二階段，雙方即便爭論萬年，也終將無果，均是以偏概全。成書有三個階段假說，有助於引發人們對自己觀點的反思。

（四）有助於版本的校對

一如，第三十回寶玉從賈母處出來「往西走過了穿堂」，經過鳳姐院門前，進入角門，來到王夫人上房看到金釧一段文，涉及行走的路線，諸本均是「往西」，也無法依據版本來實施校對。但據賈母居西院的院宇結構，此文便不通，「往西」需要「繞地球一周」才能達到王夫人處。而若依成書過程，此乃「上一稿」《石頭記》時期賈母居東院時期的舊文，是傳抄中的舊文竄入，是混抄雜合的結果。在「上一稿」舊文中，賈母和鳳姐都是居東的，這在第一百零五回抄家「東跨所」乃鳳姐院落、第一百一十一和一百一十二回賊人和包勇的打鬥路線、第一百一十三和一百一十四回中路上的寶玉聽到「東院裡吵嚷起來」原是鳳姐病危等，均能得出賈母、鳳姐院居東的結論。這是「上一稿」的舊文。換言之，增刪改寫中，是以榮府中路為軸心，在東向上做了對調。也即，舊文中的由東向西依次為：賈母院、鳳姐院、榮府中路，增刪稿的由東往西改寫為了依次是：榮府中路、鳳姐院、賈母院。固然，校者可以將「往西」校對為「往東」，便也能一通百通。然而這只解決了「然」的問題，並未知其「所以然」。

無法合併的王氏兄弟、彩雲與彩霞、晴雯與檀雲等，已經成功合併但竄抄進來巧姐與大姐、珍珠與蕊珠等，死而復生

的鮑二家的、多渾蟲、茢官等，第六十四、六十七回的取捨等，均需要在新的思路下重新實施校對，而校對的依據需要憑藉曹雪芹增刪改寫的指標，而增刪的指標需要在成書過程的研究中歸結。不再一一例舉。

《紅樓夢》的成書，猶如從元稹的《鶯鶯傳》到王實甫《西廂記》、陳壽的《三國志》到羅貫中的《三國演義》，有著既有的文字素材；成書的三階段假說，與「集體創作說」不同，不存在同一時期橫向上的分工協作，而是縱向上的眾多文人不斷改寫的積累過程；成書的三階段說，相比起一張白紙、白手起家、平地起高樓式的「一人說」，更利於解釋書中出現的疑難問題，盡可能地兼顧到了正文、批語、史料的統一，是相對於「一人說」矛盾更少的學說。而當一種假說能夠合理地解釋一切問題之時，其也在自證著自身的合理性。

個人與中國文化的經驗
——紅樓夢及其他中國名著

Trinh Van Dinh[*]、Nguyen Thi Ninh[**]

摘要

　　與《西遊記》[1]、《水滸傳》、《三國志》等中國名著相比較，《紅樓夢》在越南有著較獨特的位置。《紅樓夢》的知名度沒有其他名著那麼廣泛，但是一旦對其產生愛好就一點一滴不知不覺的深受影響。至今，《紅樓夢》在越南人心目中有著十分重要的價值和位置[2]。本研究本著身為越南人的作者自小透過電視劇和小說認識了《西遊記》、《三國演義》、《水滸傳》《紅樓夢》等中國名著。長大後又從事研究中國文學、文化。在不同成長階段和個人經歷，本人對《紅樓夢》都

---

[*] 越南河內國家大學下屬社會與人文科學大學科學研究管理處處長，博士。
[**] 越南海防大學，博士。
[1] 吳承恩著、翠婷譯、週天校訂《西遊記》，文學出版社，2022年。
[2] 本研究採用體會研究方法，本著本人經歷及體會，進而解釋1990年至今這些著作的吸引力。

產生不同的感受。作者對中文化的研究未深，對其瞭解與體會偏於自我感受，但是，深入研究後確實與前不同，進而，對當初的自我感受也有所瞭解。本人將認識《紅樓夢》的過程分為兩個階段，前者反射越南1980年代出生的人對中國文化和中國文學的認知，後者是越南研究者對《紅樓夢》的認知。

一、前言

　　與《西遊記》[3]、《水滸傳》、《三國志》等中國名著相比較，《紅樓夢》在越南有著較獨特的位置。《紅樓夢》的知名度沒有其他名著那麼廣泛，但是一旦對其產生愛好就一點一滴不知不覺的深受影響。至今，《紅樓夢》在越南人心目中有著十分重要的價值和位置[4]。本研究本著身為越南人的作者自小透過電視劇和小說認識了《西遊記》、《三國演義》、《水滸傳》《紅樓夢》等中國名著。長大後又從事研究中國文學、文化。在不同成長階段和個人經歷，本人對《紅樓夢》都產生不同的感受。作者對中文化的研究未深，對其瞭解與體會偏於自我感受，但是，深入研究後確實與前不同，進而，對當初的自我感受也有所瞭解。本人將認識《紅樓夢》的過程分為兩個階段，前者反射越南1980年代出生的人對中國文化和中國文學的認知，後者是越南研究者對《紅樓夢》的認知。

---

[3] 吳承恩著、翠婷譯、週天校訂《西遊記》，文學出版社，2022年。
[4] 本研究採用體會研究方法，本著本人經歷及體會，進而解釋1990年至今這些著作的吸引力。

二、作者對於《西遊記》、《三國演義》、《水滸傳》、《紅樓夢》等中國四大名著的認知

(一) 針對1980年代出生觀眾

本人於1982年出生,當時的越南剛經歷連綿不斷的惡劣戰爭,國家和人民都疲憊不堪。1986年越南進行改革開放,開啟了振興國家的奇蹟進程。我們這一代雖不出生於戰爭期間,卻深受戰爭後果的影響。不久後,蘇聯社會主義制度的崩潰,美國戰後的經濟懲罰政策等為我們國家和人民帶來了重重困難。我們不僅嚴重缺乏經濟、政治、理想、友誼等條件,也缺乏精神享受及與世界文化交流機會。當時,我們國家,尤其是戰後出生的一代對改革開放、對與世界文化就留的渴望及需求日益膨脹。就是那個時候,1990年《西遊記1986版》在越南開播[5]並成為越南特有的文化現象(圖14)。因為:「《西遊記1986年版》自1990年至今每年暑假在越南許多電視台反覆重播May31, 2023」[6]。可見,《西遊記1986版》早已成為越南人

---
[5] 《西遊記》小說早已翻譯成越南文。但是,《西遊記》電視劇1990年才傳到越南。
[6] 上述意見是越南廣大新聞傳播單位。實際上,只要在社群網站上查一查都收到同樣意見。

的童年記憶。本人曾經詢問過許多越南兒童哪部電影給你們最深刻的印象,答案都是《西遊記》。為何每逢暑假,《西遊記》電視劇都在越南重播[7]?可能是因為孩子們暑假不用上課,有時間看電視劇。但是,為何越南學生每年暑假都看而不膩《西遊記》呢?為何孩子們只喜歡並願意留在記憶《西遊記》這部電視劇?

長大後,重新看《西遊記》電視劇,從事研究《西遊記》和中國文化的工作,隨著訪問熱愛《西遊記》的孩子,我找到了自己的答案。人類,尤其是小朋友一直對自由、對神奇變化等一直渴望。《西遊記》之所以成為越南人的童年記憶的一部分,是因為其透過聰明可愛的人物傳達上述的經典價值和渴望。

(二)《三國演義》著作

《三國演義》1901年北梁克寧翻譯成越南語,約2000年《三國演義》電視劇傳到越南,比《紅樓夢》電視劇晚幾年。我們這一代的人早就看了《三國演義》小說和漫畫,到2000年又看《三國演義》電視劇。本人認為《三國演義》對

---

[7] 越南一年四季春夏秋冬,其中夏冬差異最明顯。夏季從4月至9月,越南學生從6月至9月放暑假。《西遊記》電視劇一般在此時播放。

成年人的影響更深刻，尤其是愛好歷史、中國歷史、中文文化、政治、軍事等等。

（三）《水滸傳》著作

　　《水滸傳》約20世紀頭被翻譯成越文，但2000年《水滸傳》電視劇才傳到越南。《水滸傳》吸引愛好中文史的越南成年人及青少年。本人認為《水滸傳》內的獨特英雄系統吸引了越南人。甚至，有些人認為《水滸傳》的英雄人物比內容的普及度還要高。

（四）《紅樓夢》著作

　　《紅樓夢》小說約1936，1937，1962……等時間已經被翻譯成越文。約2019年《紅樓夢》電視劇才開始在越南轉播。本人認為《紅樓夢》在越南的影響範圍偏小，影響對象主要是研究界或愛好中國文學文化的讀者。

三、《紅樓夢》與《西遊記》、《三國演義》、《水滸傳》的影響力比較

（一）為何《西遊記》深受越南兒童喜愛？為何《三國演義》深受越南成年人喜愛？為何《紅樓夢》深受越南菁英分子的喜愛？

就像上述所言，1990年《西遊記》電視劇在越南播放，對越南人有著巨大影響並成為一個突出的文化現象。本人認為《西遊記》在越南的出現是個值得深入研究的主題。從個人體會，本人認為：

1.關於越南的原由

1990年代是越南十分特殊的發展史。1975年戰爭結束後，越南面臨重重困難。1986年越南進行改革開放，一步步與世界各國促進友誼。當時，《西遊記》電視劇的播放被視為越南與外國文化產品接觸的首次。當時的越南剛出現黑白電視機，而有黑白電視機的家庭卻被視為全村凝聚的文化中心。《西遊記》電視劇也在這個背景下播放並成為越南農村晚上的文化活動，其中主要觀眾為兒童們。《西遊記》電視劇及其蘊含的國外文學、文化因素和幽默、新鮮等特徵滿足了缺乏國外文化因

素的社會需求。尤其是,當時越南十分缺乏充滿神奇、幽默因素的童話電影或漫畫產品,《西遊器》電視劇的出現給了越南兒童非常充足的精神產品。

2.關於《西遊記》的原因

《西遊記》原著及電視劇除了思想內容的特殊以外,更為突出的是劇中人物的可愛、聰明、與眾不同等。這些因素與現代的電影技術為越南兒童帶來了十分新鮮的文化產品,深受其的歡迎及愛好。

(二)在越南的《三國演義》與《水滸傳》

若《西遊記》深受越南兒童的歡迎,《三國演義》卻吸引愛好歷史政治的成年人。《西遊記》偏於娛樂、解悶,而《三國演義》卻偏於軍事政治權謀,由此,可說《三國演義》是寫給越南成年觀眾。《水滸傳》撰寫居住在水岸的英雄人物的故事,強調他們的強烈性格,由此,《水滸傳》吸引了成年的、性格強烈的、愛好自由的、具有革命性格的觀眾。

(三)《紅樓夢》

若《西遊記》深受兒童觀眾的歡迎,《三國演義》深受愛好政治、歷史觀眾的歡迎,《水滸傳》深受英雄人物的歡

迎,那麼,《紅樓夢》卻是現實生活的敘述。這些都是作者的親身體會和經歷並成為《紅樓夢》的與眾不同。像魯迅所說:「《紅樓夢》是中國四大名著之一。《紅樓夢》與其他著作的最大差異在於『敢於寫真』,並不隱瞞。由此,小說中的人物都是生活中確實有這個人的。總之,《紅樓夢》問世後,傳統的寫作方式和思維完全崩潰」[8]。若說,《西遊記》是中國文學中假想、娛樂類型的代表;《三國演義》是中國文學中史詩類型的代表;《水滸傳》是中國文學中個人英雄類型的代表,那麼,《紅樓夢》就是中國文學中真實描述的代表。《紅樓夢》裡的人物全都是生活中真實人類的存在,而不是作者想像世界內的人物。按照傳統和習慣,人們一般被新鮮、獨特、神奇或傑出的英雄所吸引。他們也是中國文學歷史中的象徵人物。但是,《紅樓夢》卻仔細描述中國貴族家庭內的日常生活,包括:泡茶、吃早餐、賞花、娛樂,描述賈府中的賈母、王熙鳳、婢女到賈府外的窮苦農民劉姥姥[9]。作者詳細描述日常生活的細小情節和人物,從而形成了一個人物系統和偉大的小說著作。越南觀眾早就對孫悟空、豬八戒、諸葛亮、周遊、林冲等英雄形象具有深刻印象,《紅樓夢》的日常生活和人物在越南從未出現過。由此,這些觀眾難以對《紅樓

---

[8] 曹雪芹著、武賠黃譯《紅樓夢》,文學出版社,2022年。
[9] 參看曹雪芹著、武賠黃譯《紅樓夢》,文學出版社,2022年。

夢》感興趣。據我瞭解，愛好《紅樓夢》的觀眾大多對中國文學文化深感興趣的觀眾。另外，越南菁英分子也很喜歡《紅樓夢》。就像本人讀大學時候（2000-2004年間）才開始研讀《紅樓夢》，雖然之前我已經看過並且對《西遊記》、《水滸傳》、《三國演義》感興趣。直到大學四年級，對中國文學文化有一定的瞭解，空閒時間較多，才能從頭到尾重看一遍。從此之後，自己對《紅樓夢》也深感愛好。本人與越南啊許多觀眾都認為需要更多決心、更多智商才能夠閱讀及體會《紅樓夢》。但一旦看完了，都對其產生無限喜愛。

若說《西遊記》是中國文學中虛像、娛樂類型的頂流，《水滸傳》善於描述個人英雄，《三國演義》是歷史史詩作品的代表，那麼《紅樓夢》應該是中國貴族家族歷史的著作。越南1990年是農業窮國家，對《紅樓夢》所描述的貴族家族悲歡盛衰難以理解及產生同情，由此，只有少數越南人能瞭解及同情於《紅樓夢》作者的情緒。至今，隨著越南經濟日益發展，愛好《紅樓夢》著作的觀眾數量日益增加，尤其中國文學文化的研究界日益發展，他們對《紅樓夢》的價值也日益認同。

四、參考文獻

曹雪芹著、武賠黃等人譯《紅樓夢》，文學出版社，2022年

吳承恩著、翠婷譯、周天校訂《西遊記》，文學出版社，2022年
羅關中著、番計丙譯，裴己校訂《三國演義》，文學出版社，
　　2020年
蒲松齡著、覃光興譯《聊齋志異》，文學出版社，2016年
施耐庵著《水滸傳》，文學出版社，2018年。
《西遊記》1986年版，越南中央電視臺播放。
《紅樓夢》1987年版，越南中央電視臺播放。
《三國演義》1994年版，越南中央電視臺播放。
《水滸傳》2011年版，越南中央電視臺播放。

網路林黛玉CP向同人短影片研究
——基於「嗶哩嗶哩」網站的考察

顧以諾[*]

摘要

以林黛玉為CP一方的同人短影片創作行為，已經成為新媒體時代《紅樓夢》傳播的重要現象。截止到西元2023年8月9日，本文統計得「嗶哩嗶哩」網站上林黛玉CP向同人短影片共1215條，計有253位CP對象，來自至少139種文藝作品。林黛玉的CP對象來源具有典型的異文化特徵，其分布呈現出高集中度與高分散度並存的樣貌。其中最受關注的兩對CP，「伏黛」是粉絲社群的情感產物，「釵黛」則反映出創作者對原著內容的新解讀。CP向同人短影片的創作是一種「虛幻的真實」，創作者一方面接納了原著秩序，但也存在著將原著秩序

---

[*] 北京曹雪芹學會編輯。

扁平化處理為「設定」的傾向。

關鍵字：同人、短影片、CP、林黛玉、伏黛

一、《紅樓夢》同人文學：從小說到短影片

　　乾隆五十六年（1791）程甲本刊行，至遲在嘉慶元年（1796），《紅樓夢》的首部衍生文學作品——《後紅樓夢》就已出現。兩百多年來，由《紅樓夢》衍生而成的文學作品數量眾多，種類豐富，學界將這類作品稱之為「《紅樓夢》續書」或「涉紅小說」[1]，據趙建忠2019年的統計，僅以「《紅樓夢》續書」口徑統計所得的數量就高達195種[2]。但是，「《紅樓夢》續書」和「涉紅小說」的定義主要關注作品本身的形式和內容，並沒有涉及到此類作品的產生動機，「同人」的概念恰好補充了這一點。同人，意為建立在已經成型的文本（一般是流行文化文本）基礎上，借用原文本已有的人物形象、人物關係、基本故事情節和世界觀設定所做的二次創作[3]。有學者認為，《紅樓夢》同人文學「不僅強調了就《紅樓夢》的原型進行再創作的活動，更強調了這個活動的特殊性

---

[1] 張雲：〈清末民初關涉《紅樓夢》之小說要述〉，《紅樓夢學刊》2010年第4輯，頁38-66。
[2] 趙建忠：〈《紅樓夢》續書的最新統計、類型分梳及創作緣起〉，《明清小說研究》2019年第2期，頁204-221。
[3] 邵燕君主編：《破壁書：網路文化關鍵詞》（北京：生活書店出版有限公司，2018），頁74。

——其參與者包括作者與讀者都是志趣相投的人」[4]。

隨著網際網路時代的到來，網路成為同人文學的主陣地，《紅樓夢》同人文學的興起與網路時代的繁榮幾乎同步。本世紀初的《紅樓夢》同人小說主要集中在專門的《紅樓夢》論壇[5]，此後則大規模出現在瀟湘書院、晉江文學城、起點中文網等知名小說網站[6]。同人文學作為網路文學的一部分，勢必在網際網路的浪潮下發生變化。蘇桂寧指出：「網路文學正在改變文學的秩序。」[7]這種改變既包括了內容上的再創造，如由網路文學改編為電影、電視劇、遊戲，還直接指向文學形式的創新：「新媒體時代下網路文學亦發生了一次次的深刻變革，誕生了大量的新興藝術形式。」[8]如橙光遊戲建立的「互動閱讀新方式」使得使用者從小說讀者轉為遊戲

---

[4] 陳榮陽：〈《紅樓夢》網路同人小說述論——以晉江文學城為中心〉，《紅樓夢學刊》2020年第3輯，頁121-139。

[5] 秦宇慧：〈當代「《紅樓夢》同人小說」初探〉，《沈陽大學學報》2007年第1期，頁99-103。

[6] 2012年，吳瑾統計得「瀟湘書院」網站上近300部《紅樓夢》同人小說，見吳瑾《《紅樓夢》網路同人小說研究》（武漢：中南民族大學碩士論文，2012），頁20。2019年，陳榮陽統計得僅「晉江文學城」上就有3000多部《紅樓夢》同人小說，見陳榮陽〈《紅樓夢》網路同人小說述論——以晉江文學城為中心〉，頁124。

[7] 蘇桂寧：〈網路文學正在改變文學的秩序〉，《網路文學評論》2018年第1期，頁1-2。

[8] 黃曼青：〈論新媒體時代的文學形式流變〉，《求索》2012年第7期，頁152-154。

玩家，以角色身分行走在小說世界中，在遊戲介面中自由決策，從而體驗到不同支線的結局。同時，網路文學的創作形式也發生著變化，創作者的創作語言得到了跨媒介的拓展，他們不拘於文字，轉而以音樂、圖像、影片為創作語言展開文學意義上的影音創作。這類影音作品突破了文本性質，但仍然具有網路文學的特徵，同人短影片即為其中極具代表性的一支[9]。換言之，在網路文學的跨媒介生產中，同人文學已經悄然無聲地從「同人小說」進展到了「同人短影片」。

「嗶哩嗶哩」網站（以下簡稱「B站」）是目前國內同人短影片發展最具代表性的平臺。2015年，B站首次出現「伏地魔[10]×林黛玉」（簡稱為「伏黛」）主題影片，這對CP的擁躉者甚多，網友稱「擼遍B站伏黛後，我居然覺得這個西皮很帶感」[11]。林黛玉作為中國古典小說《紅樓夢》當之無愧的女主角，本來在原作者的筆下擁有「木石前盟」的「官配」賈寶玉，卻被同人短影片創作者們「拉郎」配給了《哈利波特》中的人物伏地魔。同人文學中，這種為知名作品中的人物組建新的婚戀關係的創作行為廣泛存在，被稱之為CP

---

[9] 顯然，並非所有短影片都具有網路文學的特徵，本文不對短影片的分類與性質展開深入討論，僅將「同人短影片」作為研究對象。

[10] Lord Voldemort，臺灣譯作佛地魔。

[11] https://www.bilibili.com/video/av2975057/?vd_source=ea43093ff44c0cd1486a36e780c33e51（2023-08-25）。

（Coupling，又稱「拉郎」），在網路的通俗用法中，CP又被理解為「Couple」[12]，即新組建的婚戀關係雙方。伴隨著「伏黛」這一現象級CP的出現，林黛玉已經成為「B站第一拉郎女主角」，甚至引起了學界的關注。2022年8月，由北京曹雪芹學會推出的展覽「夢見的歲月──用《紅樓夢》解讀時光」的第三部分當代展廳中，展出了B站上兩組林黛玉CP向短影片，分別為Up主「風綺古月」發布的《【伏地魔×林黛玉】天下無雙》和Up主「_青紅造了個白_」發布的《【陳佩斯×林黛玉】夫妻相》。

二、林黛玉CP向同人短影片的數量統計與特徵分析

（一）數量統計

林黛玉CP向同人短影片的數量統計分為三個步驟：通過調試，確定Python軟體抓取資料所使用的檢索詞；利用Python軟體抓取符合條件的短影片資訊；整理和篩選所得資訊，統計數量。

---

[12] 邵燕君主編：《破壁書：網路文化關鍵詞》，頁194。

網路林黛玉CP向同人短影片研究——基於「嗶哩嗶哩」網站的考察 <<

1.確定檢索詞

　　CP向影片通常以CP雙方姓名組合的方式命名，以數學符號中的乘號「×」表示雙方的CP關係，最常見的如「伏地魔×林黛玉」。因此，本文主要考慮以「林黛玉×」的形式展開檢索。

　　檢索中發現，林黛玉CP向短影片標題中對林黛玉的稱呼不一，僅以「林黛玉×」為檢索詞檢索，所得結果會有所遺漏。對林黛玉可能的稱謂詞分別測試，如「黛玉」、「林妹妹」、「林姑娘」、「絳珠草」、「絳珠仙子」、「顰顰」、「顰兒」、「世外仙姝」、「瀟湘妃子」、「林瀟湘」、「瀟湘子」等，結果表明，「林黛玉」、「黛玉」、「林妹妹」的檢出結果存在不同，「世外仙姝」、「顰兒」、「絳珠仙子」下各有一條符合CP向的影片，其餘詞未檢出符合條件的影片。考慮到B站的模糊檢索機制，「林黛玉」、「黛玉」、「林妹妹」三個詞的檢出結果已經覆蓋了「世外仙姝」、「顰兒」、「絳珠仙子」等詞的結果，因此本文採用「林黛玉」、「黛玉」、「林妹妹」作為檢索詞。

　　對於表示CP關係的符號「×」，檢索中發現實際存在大量符號不統一的情況，有相當數量的短影片以形似乘號「×」的英文字母X（或x，大小寫均有）和數學符號中的錯

219

號「×」替代，因此，為了避免遺漏，需要分別以「×」、「X」、「x」、「✕」代入檢索詞抓取影片。

綜上，本文以三組稱謂詞、四項CP關係符號的排列組合（共計12組）展開檢索。

除此之外，考慮到林黛玉的部分CP關係已經成為經典組合，如「伏黛」CP的短影片命名時可能僅以「伏黛」為標題，而不單獨含有「林黛玉」或「黛玉」等詞，因此在前述檢索詞外，需要專門設立CP專屬檢索詞。本文設置了「伏黛」、「釵黛」、「薛林」、「黛湘」、「寶黛」五組關鍵字，其中「寶黛」組可能指賈寶玉與林黛玉，也可能指薛寶釵與林黛玉。賈寶玉與林黛玉屬於《紅樓夢》原著的「官配」，不屬於本文所考察的CP向同人短影片，但為了避免檢索時的遺漏，本文在初步檢索時一併納入。

2.抓取數據

截止到2023年8月9日，本文利用Python軟體抓取B站影片資訊，抓取內容包括影片網址、標題、類別、觀看數量、彈幕數量、發布時間、up主。

通過林黛玉的三個稱謂詞與四項CP關係符號的排列組合檢索，抓取獲得1074條短影片；通過「伏黛」、「釵黛」、「薛林」、「黛湘」、「寶黛」五組詞抓取獲得2367條短影

片。合併共計3441條短影片,去重後共計3248條短影片。

3.資料整理與統計

3248條短影片中,有相當數量的短影片只是符合檢索關鍵字,但並不屬於本文所研究的CP向同人短影片,因此需要人工識別,排除不符合的資料。

需要排除的短影片類型如下:(1)僅標題中含有關鍵字,內容與林黛玉無關;(2)標題中含有關鍵字,但雙方不屬於愛情,如「釵黛」、「黛湘」中很多影片屬於友情、姐妹情;(3)《紅樓夢》不同影視版本片段對比;(4)《紅樓夢》影視情節片段剪輯,未對片段進行人物、劇情等二次創作;(5)配音、繪畫等創作;(6)《紅樓夢》原著的解讀和賞析;(7)角色演員向影片,即為角色選擇適宜扮演的演員,或是演員在戲外的影片;(8)歌詞向影片,將某情節片段與個人喜好的歌曲剪輯,重點強調歌詞;(9)不符合的其他情形。

排除不符合項後,得到1796條短影片(個別影片為雙CP對象)。進一步整理這1796條短影片,手動提取出CP對象名和對象來源,並去除對象為「賈寶玉」的影片,就獲得了符合要求的全部短影片。

統計可得,截止到2023年8月9日,B站上林黛玉CP向的同人短影片共1215條,計有253位CP對象,來自至少139種文藝

作品。

（二）特徵分析

　　自《紅樓夢》誕生以來，就有讀者不滿意於寶黛愛情的悲劇，在二次創作中改寫結局。紅樓續書中專有「還魂類」續書[13]，黛玉死而復生，嫁與寶玉，夫榮妻貴，兒孫滿堂；而當代的創作者們不滿於寶玉的「博愛」，紛紛為黛玉另覓佳偶。CP向同人短影片繼承了同人文學突破經典、反叛經典的特徵，同時又受到創作素材的限制，難以為黛玉新創造出一位佳偶，轉而從其他作品中「拉郎」，使得林黛玉CP向同人短影片的異文化特徵十分突出。

　　德塞杜認為，同人創作者同時擁有「盜獵者」和「遊獵者」的身分，他們「不斷移動向另一種文本，利用新的原材料，製造新的意義」[14]。在《紅樓夢》網路同人小說中，寫作者們頻繁利用「穿越」元素使原著人物進入另一種文本，以促成文化的碰撞和情節的發展[15]。創作者們為林黛玉選擇來自異

---

[13] 張雲：〈《紅樓夢》續書研究述評〉，《紅樓夢學刊》2013年第1輯，頁168-191。

[14] [美]亨利・詹金斯著，鄭熙青譯：《文本盜獵者：電視粉絲與參與式文化》（北京：北京大學出版社，2016），頁34。

[15] 陳榮陽：《《紅樓夢》網路同人小說述論——以晉江文學城為中心》，頁129。

文本、異文化的CP對象，實際也是一種「穿越」。林黛玉的CP對象們來自至少139種文藝作品，正如《紅樓夢》第五十七回薛姨媽所說「管姻緣的有一位月下老人……憑你兩家隔著海，隔著國，有世仇的，也終久有機會作了夫婦」[16]，「隔著海」、「隔著國」的伏地魔、相隔幾千年的秦始皇，都可能和林黛玉談一場轟轟烈烈的戀愛。異文化背景使得CP關係間形成激烈的內在張力，增強戲劇衝突，格格不入的文化衝突中產生的兩情相悅，更能展示出CP關係的甜蜜。

　　B站的平臺屬性也為林黛玉CP向同人短影片的異文化特徵推波助瀾。B站以二次元文化著稱，隨著傳統文化類影片在B站走紅，B站本身的二次元文化和傳統文化互為「本體」，共同構成影片內容[17]。林黛玉CP向同人短影片中也不乏此類內容，林黛玉的CP對象中有不少來自二次元文化，如迪迦奧特曼[18]（《超級英雄》）、安倍晴明（《陰陽師》）、迪達拉（《火影忍者》）、風息（《羅小黑戰記》）、馮寶寶（《一人之下》）、洛基（《漫威》）、重樓（《仙劍奇俠傳》）等。中泰證券2022年10月28日出品的《嗶哩嗶哩研究報

---

[16] [清]曹雪芹著，[清]無名氏續，[清]程偉元、[清]高鶚整理，中國藝術研究院紅樓夢研究所校註：《紅樓夢》（北京：人民文學出版社，2008），頁791。本文所引《紅樓夢》原文均據此本，不另註。

[17] 趙涵穎：〈「二次元+傳統文化」的融合傳播研究——以B站為例〉，《傳媒論壇》2022年第12期，頁47-49。

[18] 臺灣皆譯作「超人力霸王迪卡」。

告：內容老兵的新征程》指出，B站內容逐步由ACG（動畫、漫畫、遊戲）向泛生活轉變，現今擁有19個一級分區，各一級分區下屬還有多個二級分區。B站的多元文化特色及以使用者興趣導向為核心的內容拓展方式，為創作者提供了寬鬆的社區環境。B站的「影視剪輯」區主要是對影視劇進行剪輯以達到二次創作的作品，創作者們「誰火我就剪誰」，一方面真實而迅速地反映出影視劇市場，同時也完成了自己的文化心理認同。林黛玉的CP對象們大多數來自螢幕上的經典角色，無論是80後、90後的童年記憶李尋歡（《多情劍客無情劍》）、花滿樓（《陸小鳳傳奇》）、八賢王（《少年包青天》）、白展堂（《武林外傳》），還是霸屏劇中的李雲龍（《亮劍》）、甄嬛（《甄嬛傳》），亦或是近年熱播劇中的齊衡（《知否知否應是綠肥紅瘦》）、李必（《長安十二時辰》，原著為李泌）、梁懷吉（《清平樂》），都能和林妹妹談上一場戀愛，可謂「一代有一代之CP」。

值得注意的是，林黛玉的CP對象數量雖多，來源雖廣，在具體分布上卻不均勻，呈現出高集中度與高分散度並存的樣貌。由圖14所示，在1215條短影片中，以薛寶釵為CP對象的短影片有417條，以伏地魔為CP對象的短影片有341條，合計占比60%以上。除去首位度前兩位的CP對象，剩餘CP對象分散度極高，253位CP對象中，有181位僅有一條CP向短影片。

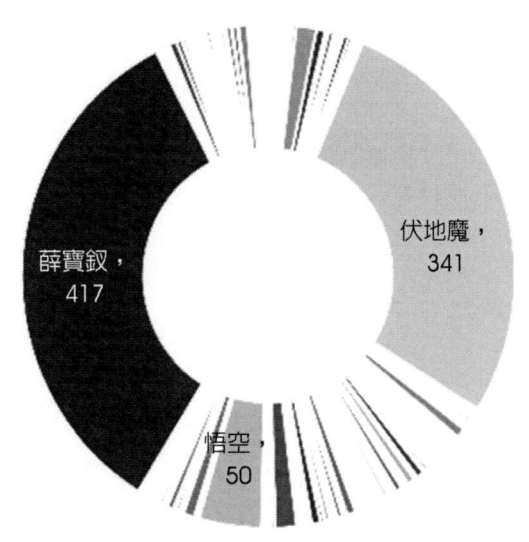

網路林黛玉CP向同人短影片研究——基於「嗶哩嗶哩」網站的考察

圖14｜林黛玉CP對象的短影片數量統計

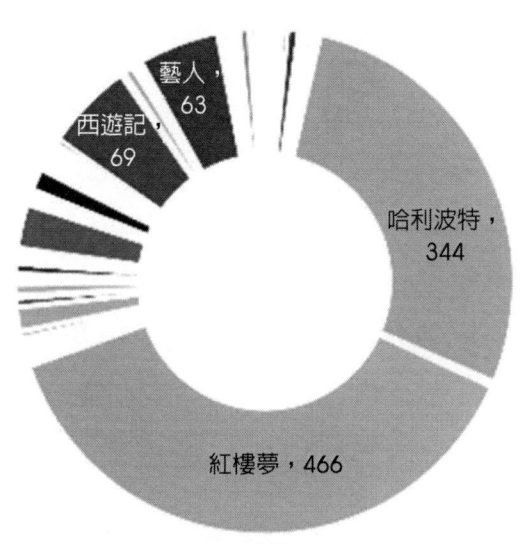

圖15｜林黛玉CP對象來源分布

225

由此，在CP對象來源分布中，《紅樓夢》和《哈利波特》也就成為林黛玉CP的盛產地（圖15）。需要說明的是，圖15中「藝人」項數量為63，但此處並非是指同一位藝人，前述的「分散性」依然存在。

三、代表性CP關係分析

由圖14可知，絕大多數CP只是創作者們一時獵奇的產物，真正能夠「破圈」、長久的CP屈指可數。本文以「伏黛」和「釵黛」兩對具有代表性的CP為例展開分析。

（一）伏黛：粉絲社群的情感產物

創作者為林黛玉組建新的CP關係，出於個人的審美偏好，往往選擇自己喜愛作品中的人物角色強行「拉郎」。同人文學建立在同好社群中，在生產CP的過程中「逐漸形成一套關於CP親密關係的共用框架」[19]，經典CP不是由某一個創作者創造出來的，而是被CP社群集體塑造的。由於獵奇被創造出的CP，原本是自娛自樂、「圈地自萌」，直到引發關注、實現「破圈」，引發站內其他創作者的創作行為（同人圈稱之

---

[19] 許冠文，張慧：〈「嗑CP」：青年女粉絲的創造性情感體驗〉，《婦女研究論叢》2023年第1期，頁102-116。

為「產糧」），CP關係被賦予豐富的文本內涵，形成合理的戀愛秩序，許多「邪門」CP由此「存在即合理」。「伏黛」正是CP社群集體塑造的產物，其發展歷程可被視為同人文化圈的一個典型案例。

筆者統計了2015-2022年B站「伏黛」影片數量（圖16），可以看出，「伏黛」CP的「產糧」高峰期為2017年和2020年，這兩次「產糧」高峰都與粉絲社群高度相關。

2017年是「伏黛」粉絲社群初步建立的年份。「伏黛」CP起源於2011年的同人文《來自遠方為你葬花》；2015年，B站up主「剪刀手軒轅」注意到文章，開始創作短影片；2016年，相繼有up主發布「伏黛」系列短影片作品，被合稱為「伏黛五部曲」，11月16日，伏黛CP主頁誕生，隨後持續有同人文和短影片產出；2017年2月，「伏黛」在微博上受到關注，3月，「伏黛」超級話題正式開通[20]。冷門CP在小眾粉絲的持續「產糧」中實現「破圈」，媒體平臺與內容平臺打通，建立了CP粉絲社群。伴隨「伏黛」超話的開通，粉絲「產糧」熱情暴漲，2017年B站共發布了66條「伏黛」短影片，是2016年的6倍。

---

[20] 以上介紹來自B站用戶「我是你的命定之人」，見短影片《【伏地魔X林黛玉】伏黛CP向第三年的見異思遷》，http://www.bilibili.com/video/av9116237（2023-08-25）。

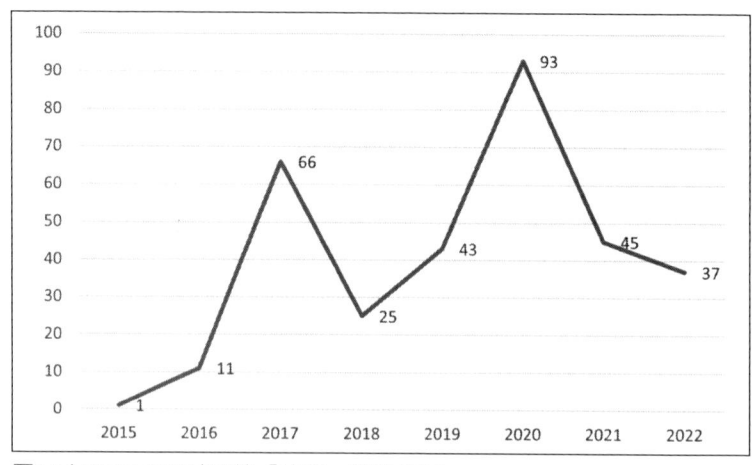

圖16｜2015-2022年B站「伏黛」影片數量

　　「伏黛」CP萌生、壯大的這段時間，正是網路文學女頻「嗑CP、玩設定」[21]的新時代。

　　創作者們提取出「伏黛」設定的契合之處，並在影片中反覆渲染、強調，深化CP雙方的情感內涵。小說中的伏地魔原名湯姆·里德爾[22]，他身世坎坷，自小在孤兒院長大，曾為自己的純血統自豪，卻得知生父是一個「麻瓜」；他天資過人，躊躇滿志，得知自己身分後，便打算創造一個屬於自己的純血統時代，野心日益膨脹，原本英俊的外表在製造分靈

---

[21] 肖映萱：〈「嗑CP」、玩設定的女頻新時代——2018-19年中國網路文學女頻綜述〉，《文藝理論與批評》2020年第1期，頁122-132。
[22] Tom Riddle，臺灣譯作湯姆·瑞斗。

體的過程中逐漸消失，最終變為醜陋的伏地魔。伏地魔的人生經歷恰好符合網路文學中的「美強慘」設定，在創作者的剪刀手下，他曾經的美貌足以與黛玉相配，他的強大足以保護黛玉，他的悲慘經歷恰能與黛玉惺惺相惜，伏地魔的「美強慘」和林黛玉的「多愁善感」、「愛使小性子」被放大，成為「伏黛」CP的立足之地。甚至，由於這種設定，早期的「伏黛」影片大多為BE（bad ending），up主「鴿霖居士」的作品《【伏地魔x林黛玉】望鄉台｜或者永生永世永不見》就講述伏地魔為了心中霸業與黛玉訣別，黛玉因情而病，一病而亡，伏地魔則死於大戰的故事。創作者保留原著中的人物設定，展開新的故事。在對《紅樓夢》原著的探佚中，就有寶玉離家、黛玉久等不歸病亡的情節，創作者將其移花接木，把黛玉等待的人替換為伏地魔，演繹出另一段故事。

異文本的浪漫關係下，「伏黛」CP的世界設定擁有了無限可能，二人可以在各自的文本空間中對望，也可以共同生活在現代世界，更多的是創作者為其創設了獨有的生存空間，非今非古，非中非西。親密關係中的種種狀態都能在「伏黛」CP中找到，吵架、分手、異地、求婚、結婚、生子……外部生存環境與內部情感關係的雙重世界設定的豐富，使得「伏黛」劇情異彩紛呈。

2020年是《哈利波特》進入中國二十周年。這一年「伏

黛」影片數量的暴漲，顯示出《哈利波特》粉絲社群的強大，「伏黛」CP是強強聯姻的結果。

　　1997年，由英國作家J.K.羅琳創作的「哈利波特」系列圖書英文版在英國正式出版發行。2000年，人民文學出版社獲得「哈利波特」系列圖書的簡體中文版權。二十年間，「哈利波特」系列圖書簡體中文版的銷量突破1700萬冊[23]，「哈迷」數量可見一斑。二十年間，「哈利波特」的魔法世界不斷擴張。一方面，作者羅琳堅持從事著「哈利波特」魔法世界的衍生創作。2016年，由J.K.羅琳和傑克‧羅恩聯合編劇的戲劇《哈利波特與被詛咒的孩子》[24]在倫敦西區上演，講述《哈利波特與死亡聖器》[25]十九年後的故事；同年，電影《神奇動物在哪裏》[26]正式在全球上演，故事發生在哈利波特出生的五十多年前。「官方整活最為致命」，作者親自從事原著衍生作品的創作，極大程度地滿足了原著粉的好奇心，同時也鼓勵了粉絲的衍生創作。另一方面，「哈利波特」系列的衍生內容深入到書籍出版、影視作品、主題樂園、遊戲、家居用品等多個領域[27]，其意義「已遠遠超越小說範疇，拓展至生活方式、精

---

[23] 熊曉君：〈英國文學「哈利波特」系列圖書何以在中國暢銷〉，《出版廣角》2020年第16期，頁59-61。

[24] *Harry Potter and the Cursed Child*，臺灣譯作《哈利波特：被詛咒的孩子》。

[25] *Harry Potter and the Deathly Hallows*，臺灣譯作《哈利波特：死神的聖物》。

[26] *Fantastic Beasts and Where to Find Them*，臺灣譯作《怪獸與牠們的產地》。

[27] 張燕：〈環球影城的哈利波特IP：哈利波特的吸金術緣何20年不

神認同與文化生態」[28]。粉絲們自發建立「哈利波特有求必應屋」、「魔法部」、「同人展」、「魁地奇球隊」等組織完善、運作成熟的「哈迷」組織。

「哈利波特」粉絲經濟的建設直接推動了粉絲們的二次創作。2020年，新冠疫情的緊張氛圍下，「哈利波特」二十周年的一系列活動給哈迷的心靈帶來慰藉：「哈利波特中文圖書網」上線，「哈利波特」二十周年學院紀念版圖書出版，「哈利波特」系列電影重映……這種情感和認同構建促成了「伏黛」CP影片的第二個創作高峰，更多創作者參與到「伏黛」CP的創作中來。截止到2023年8月9日，已有189位up主投稿「伏黛」影片。

「兩下緣，非偶然。」創作者的精心「設定」為「伏黛」奠定情感基礎，而伏地魔這一方文本來源《哈利波特》強大的粉絲社群，保障了「伏黛」的持續「產糧」。網友說「CP可以冷門但不能邪門」，相較於原著的「木石前盟」，「伏黛」的確屬於「邪門」CP，但已不再冷門了。

（二）釵黛：原著內容的新解讀

「伏黛」是粉絲社群的情感產物，而「釵黛」CP反映出創

衰？〉，《中國經濟周刊》2021年第17期，頁108-109。
[28] 熊曉君：《英國文學「哈利波特」系列圖書何以在中國暢銷》，頁60。

作者對原著內容的新解讀。薛寶釵與林黛玉，《紅樓夢》中的兩大女主，這兩人組成的CP看似並不屬於異文化碰撞的產物，但實際上，「釵黛」CP的內核已經從原著的「金蘭契」變為「百合向」。「百合」一詞來源於日本，指代女性之間的親密關係[29]。《紅樓夢》原著中，釵黛二人的關係經歷了猜疑、忌妒到相知、相惜的過程，二人「同框」情節頗多。「釵黛」CP向影片的創作者們在影片中大規模徵引了這些「同框」情節、經典橋段，甚至無須更改場景設定和人物臺詞。第四十二回「蘅蕪君蘭言解疑癖」中寶釵的臺詞「你跪下，我要審你」在影片中頻繁出現；第四十五回「金蘭契互剖金蘭語」中寶釵建議黛玉吃燕窩養生，並派婆子送來一大包燕窩，「燕窩」竟成了「釵黛」影片中的「梗」，「釵黛」黨自稱「頭頂燕窩」表示對這對CP的支持；第五十七回黛玉表示「我明日就認姨媽做娘」，更是成了釵黛間「金玉良緣」的鐵證。

事實上，將釵黛二人視為女同性戀關係的觀點並不新鮮。早在嘉慶二十年（1815），煥明在其〈金陵十二釵詠〉中就寫道：「若向紅樓覓佳偶，薛君才合配湘妃。」後註：「蘅蕪君配瀟湘妃子，才是一對好姻緣，讀《紅樓夢》者未之知也。」[30]有學者指出：「煥明將釵、黛二人美好的一面各取

---

[29] 邵燕君主編：《破壁書：網路文化關鍵詞》，頁203。
[30] 煥明：《遂初堂未定稿》，見一粟編《紅樓夢資料彙編》（北京：中

其一，形成『主情』與『主寬』的最佳結合，這便是他所謂的『一對好姻緣』的內涵。」[31]比《紅樓夢》略早的《憐香伴》和《聊齋誌異》中已經出現較為直露的女同性戀情節[32]，說明當時的男性文人已經關注到女同性戀這一現象，並在文學中予以展示，煥明幻想「薛君才合配湘妃」也非異想天開。

　　「釵黛」CP從清代男性文人處發源，卻在網路「女頻」時代盛行，其內涵與傳統的女同性戀書寫相比也發生了變化。王婉波指出，網路百合小說中的女同性戀模式一定程度上「表現了女性創作群體對現存社會文化結構與性別秩序的自我沉浸式反抗」，在展現女性人物情感狀態時，則傾向於一種自由的態度，「試圖從人權高度表現性別身分選擇的自由」[33]。這一論斷同樣適應於「釵黛」的百合向影片。女頻時代的女同性戀書寫反映了對男權社會下婚姻制度的不滿，在「釵黛」CP影片中，創作者或是有意忽視了賈寶玉的存在，「金玉姻緣」另作他解，或是著意強調賈寶玉在釵黛CP中的格格不入。無論是《憐香伴》還是《聊齋誌異》中的《封三娘》，女

華書局，1964），頁458。

[31] 黃錚，黃斌：〈再論宗室煥明遂初堂詩與《紅樓夢》〉，《紅樓夢學刊》2023年第4輯，頁208-222。

[32] 趙婷：〈《憐香伴》與《聊齋誌異》中女同性戀者人物形象研究〉，《蒲松齡研究》2020年第2期，頁71-78。

[33] 王婉波：〈「女兒國」式的女性純美世界——網路百合小說研究〉，《粵港澳大灣區文學評論》2022年第1期，頁136-144。

同性戀者想要長相廝守，只能嫁給同一個男人，而當代女性主義思潮下的短影片創作者們直接將賈寶玉摒除在釵黛的愛情之外。「男人，這個以往愛情故事中絕對的主導者、引領者和主角，不僅不再享受『青山常圍著綠水轉』的快感，而且還被排斥在女人的愛情之外。」[34]

女頻時代的百合向創作大多重視理想女性形象的塑造，這一點恰好與《紅樓夢》「使閨閣昭傳」的思想相符。可以看出，創作者們在創作「釵黛」CP影片時吸收了紅學研究的成果，其中最典型的是俞平伯的「釵黛合一」論。俞平伯指出：「且書中釵黛每每並提，若兩峰對峙雙水分流，各極其妙莫能相下，必如此方極情場之盛，必如此方盡文章之妙。」[35]釵黛在原著中「兩峰對峙雙水分流」的地位，滿足了女頻時代創作者們對於婚戀關係「勢均力敵」的想像。有相當數量的「釵黛」CP影片採用對偶句形式命名，如「雪滿山中高士臥，月明林下美人來」、「玉帶林中掛，金簪雪裏埋」、「一個像夏天，一個像秋天」等等，突出展示CP雙方的美好形象和適配程度。

誠然，「釵黛」CP是對《紅樓夢》原著的新解讀，但這種

---

[34] 壽靜心：《女性文學的革命：中國當代女性主義文學研究》（北京：中國社會科學出版社，2007），頁182。

[35] 俞平伯：《紅樓夢辨》（北京：人民文學出版社，1973），頁90。

新解讀更多是在形式上的。創作者們只是將原著中釵黛間的惺惺相惜、相互賞識加上了女同性戀的濾鏡，但其展露出的對男權社會下婚姻制度的不滿和對女性自我的推崇與讚美，並沒有超出原著意旨的範疇。林黛玉的愛情悲劇絕非是換一個CP就可以改變的，「釵黛」CP終究只存在於創作者的理想世界。

四、林黛玉CP向同人短影片的指向

（一）虛幻，還是真實？

　　CP是假，影片為真。短影片利用圖像、音樂等介質，製造出一種「人工的真實」。創作者在剪輯時以特定的局部、片段或角度呈現「CP」感，利用圖像、對白的排列組合來重置人物時序和人物關係以呈現劇情[36]。因此，原作品中的「官配」是誰、劇情如何無關緊要，「隔著海」、「隔著國」的CP兩方也能被創作者捏合到一處。

　　短影片的長度一般只有幾分鐘，甚至幾十秒，這麼短的篇幅中很難展開人物和情節，因此，創作者們將「文本中的人物變成了人設」，將人物之間的關係「從宏大敘事的愛情

---

[36] 吳優：〈「製造甜蜜」：B站「CP」向影片的認知建構與體驗生產〉，《媒介批評》2022年第2期，頁187-198。

神話,變成了兩個『人設』的『CP』搭配」[37]。文本中的人物是多面的,尤其是《紅樓夢》這樣擅寫圓形人物的作品;而「人設」往往是片面的,伏地魔被歸為「美強慘」,林黛玉被釋為「病嬌」;人物間的關係被固定化、單一化,「伏黛」影片中就充滿「霸道總裁愛上我」的氣息。

創作者甚至從林黛玉和陳佩斯的臉上發掘出「夫妻相」[38],影片中,二人「搖搖」走出,林黛玉看向陳佩斯吃麵條被逗笑,二人緩緩轉頭,同框時神情竟有幾分相似。「『CP』向影片的『甜』與『虐』,大都離不開音樂的襯托與渲染。」[39]前述林黛玉×陳佩斯CP影片中,背景音樂為〈世界上的另一個我〉,曲名暗喻二人的CP關係,曲風輕鬆愉悅,渲染出這對CP間的俏皮氣質。陳佩斯與林黛玉,這對看起來風馬牛不相及的CP,影片播放量卻超過740萬次。甜蜜是可以被製造的,觀眾在短影片中體會到的「甜」或者「虐」,都是一種虛幻的真實。

---

[37] 肖映萱:〈「嗑CP」、玩設定的女頻新時代──2018-19年中國網路文學女頻綜述〉,頁123。

[38] http://www.bilibili.com/video/av416198849(2023-08-25)。

[39] 吳優:〈「製造甜蜜」:B站「CP」向影片的認知建構與體驗生產〉,頁194。

（二）官配，還是拉郎？

　　拉郎不是亂點鴛鴦譜，相反，一對成功的CP，如「伏黛」，即使產生於「亂點鴛鴦譜」，也需要為其創設合理的劇情，才能得到粉絲的情感認同，從而加入到「產糧」的大軍。創作者們放棄了原著中的官配「賈寶玉」，看似是對原著的拆解，但在為林黛玉「拉郎」組CP的過程中，創作者又不可避免地受到原著秩序的影響。

　　《紅樓夢》原著以「木石前盟」代指賈寶玉與林黛玉的愛情，「石」可以是與補天頑石有密切關聯的賈寶玉，為何不能是另一塊帶有仙機的石頭呢？《西遊記》第一回：「那座山正當頂上，有一塊仙石。……蓋自開闢以來，每受天真地秀，日精月華，感之既久，遂有靈通之意。內育仙胞，一日迸裂，產一石卵，似圓球樣大。因見風，化作一個石猴。五官俱備，四肢皆全。」[40]這是孫悟空的來歷。王瑾指出：「兩位作者在描繪女媧石和石猴之時，都用了一個相同的詞：頑（分別是頑石與頑猴），而它們都具備這個詞所蘊含的兩種特性——『頑皮』的天性和『未經雕琢／無知』的特質。」[41]賈寶玉是

---

[40] [明]吳承恩：《西遊記》（北京：人民文學出版社，1980），頁3。
[41] [美]王瑾著，傅聖迪譯：《石頭的故事：中國古代傳說與《紅樓夢》〈西遊記〉〈水滸傳〉》（上海：上海文藝出版社，2023），第2頁。

石，孫悟空也是石，二者本就存在「互文性」的關係，成就另一對「木石前盟」，有何不可？創作者們在「木石前盟」的大框架下肆意發揮，孫悟空成為薛寶釵、伏地魔之外影片最多的CP對象（圖14）。

另一個受原著秩序影響而產生的CP對象為孟宴臣，來自2023年暑期檔熱劇《我的人間煙火》。原劇中孟宴臣對收養的妹妹許沁懷有不倫之戀的想法，卻只能壓抑個人的情感，許沁卻因愛上小混混出身的消防員不惜與養父母一家決裂，被網友抨擊為「戀愛腦」、「白眼狼」，孟宴臣則收穫了網友的同情。在為孟宴臣選擇新CP時，同樣孤女出身的林黛玉就完美替代了原著中的許沁。《紅樓夢》中，正是林黛玉的孤女身分使得寶黛二人得以長期相處，「日則同行同坐，夜則同息同止」；也正因其孤女身分，黛玉才會為了自己的終身日夜懸心，「所悲者，父母早逝，雖有銘心刻骨之言，無人為我主張」。而林黛玉×孟宴臣的CP，既能擁有青梅竹馬長期相處的優勢，又避免了「無人為我主張」的境遇，的確會是個團圓大結局。

但是，創作者在接納原著秩序的過程中，同樣存在將原著秩序扁平化處理為「設定」的傾向。短影片的創作手段使得創作者無需瞭解原著，「木石前盟」也好，「金玉良緣」也罷，不過是一個設定、一個代號。當製造一對新CP的門檻如

此之低的時候,「官配」的地位也岌岌可危。賈寶玉真的那麼容易被取代嗎?他應該被取代嗎?

「萬兩黃金容易得,知心一個也難求。」紫鵑早已給了我們答案。創作者們一面欣賞寶玉的溫柔體貼,創造出無數「甜寵」CP,一面又嫌棄寶玉的「博愛」;CP向影片中常見的「霸道總裁」設定與寶玉「無能」與「不肖」格格不入;原著中「還淚」的夙緣被認為太過悲苦,嗑慣了「工業糖精」,也就難以理解賈寶玉與林黛玉靈魂投契、「萬年幸一遇仙緣」的癡情。

「情不知所起,一往而深。」林黛玉和她的諸多CP對象們,的確是「情不知所起」。極少數CP作為粉絲社群的情感產物和原著內容的新解讀得以「破圈」、壯大,絕大多數CP則伴隨著資訊時代的浪潮被人忘卻。林黛玉CP向同人短影片的風行表明當下創作者「突破經典」的強烈意願,也昭示出新媒體時代,當代讀者對林黛玉等紅樓人物的解讀與重構。《紅樓夢》作為經典在當下應如何被解讀,也應受到學界關注。

大觀園理想世界說的「主觀體驗性」
——以大觀園主僕的用水、保暖和如廁描繪為基點

謝依倫、陳依欣[*]

摘要

余英時的《紅樓夢的兩個世界》引起廣泛討論，觀點大致分為將理想世界視為無差別的人間天堂和以其現實為例反駁理想的一面。然而，這些討論忽略了主觀感受與客觀環境的差異。本文以生活設施為例，補充這方面的論述。通過寶玉及丫鬟共用的設施，展現「理想世界」如何從寶玉的主觀視角下讓讀者感受到；在局部的「理想世界」中存在的「現實世界」又如何被作者狡猾地以理想化的主觀視角隱藏？殊不知，大觀園內丫鬟如廁和洗衣等細節，小姐們在使用生活設施時面對理想與現實的落差都被作者描繪下來。大觀園在客觀環境與管理制

---

[*] 謝依倫，馬來亞大學中文系高級講師，馬來亞大學《紅樓夢》研究中心研究員兼祕書；陳依欣，吉隆坡大學信息技術學院，講師。

度上與賈府無差,其美好在於人文環境與精神屬性。這種局部的理想世界為女兒們帶來了現實世界中難得的體驗。

關鍵字:《紅樓夢》的兩個世界、余英時、大觀園、生活設施

一、前言

　　1974年余英時發表《紅樓夢的兩個世界》一文，提出《紅樓夢》具有兩個鮮明對比的世界：烏托邦的世界和現實的世界。前者是大觀園這片理想淨土，後者是大觀園以外的世界。[1]此文引起巨大反響，「理想世界」或「烏托邦」尤其獲得眾多關注和討論。大觀園「與外面的大世界相隔離，自成體系，成為園中人追求的理想境界」，象徵封閉、自足的世外桃源；[2]雖仍有主僕、嫡庶、貧富的區別，但已消除了封建主義的政治屬性，現實世界中的諸多不平等都在這個理想世界中匡正了過來。[3]

　　這些年來大觀園「仙氣」形象深入民心，劉小楓指出大觀園「抵抗了塵世世界的化髒和墮落，也不沾滯人世間的經世事務，象徵詩與花的人間仙境」；[4]楊乃濟認為「這裡處處

---

[1] 余英時，《紅樓夢的兩個世界》第四版（臺北：聯經出版事業有限公司，1990），頁41。

[2] 張世君，〈《紅樓夢》的園林意趣與文化意識〉，《紅樓夢學刊》，1995年第2輯，頁302。

[3] 時蘭蘭，〈略論《紅樓夢》中的理想世界〉，《絲綢之路》，2011年第22期，頁95-96。

[4] 劉小楓，《拯救與逍遙：中西方詩人對世界的不同態度》（上海：上海人民出版社，1988），頁327。

沉浸著神話的自由氣氛,保護一批純潔少女的理想世界」;[5]「大觀園的社會是一個美好的、充溢著詩情畫意的社會。總之,大觀園的世界美於現實世界,是理想化了的。……大觀園的生活洋溢著平等自由的氣息。在這裡,少了許多封建禮教和意識形態的束縛,寶玉和釵黛等女兒們過著平等自由的生活」[6]。

反對「兩個世界論」的學者則堅持《紅樓夢》只有一個世界:周汝昌列出賈芸進園、花匠栽樹、晴雯延醫、怡紅夜宴等六條證據,來證明大觀園的內外、男女、尊卑方面與賈府一樣等級森嚴,以大觀園的「現實性」來反駁其「理想性」。[7]郭華春及許雋超則認為曹雪芹創造的《紅樓夢》藝術世界是完整統一的一個世界,[8]並舉出大觀園中的「濁」與「惡」,質疑這個理想世界本身真的就那麼乾淨嗎?[9]也有的學者以大觀園的現實依據、與外部的聯繫、內部的風刀霜劍等多方面論證

---

[5] 楊乃濟,〈莫將圓明作大觀〉,《紅樓夢學刊》,1996年第1輯,頁304。

[6] 許山河,〈《紅樓夢》的理想世界〉,《海南師範學院學報(社會科學版)》,2005年第5期,頁95-96。

[7] 周汝昌,〈《紅樓夢》研究中的一大問題〉,《齊魯學刊》,1992年第04期,頁7。

[8] 郭華春、許雋超,〈《紅樓夢》「兩個世界」說再探討〉,《紅樓夢學刊》,2014年第3輯,頁221。

[9] 郭華春、許雋超,〈《紅樓夢》「兩個世界」說再探討〉,《紅樓夢學刊》,2014年第3輯,頁222。

大觀園並非一塊淨土,不能承擔起保護純潔少女的重任;[10]或以園中的性活動為依據證明純潔的理想世界根本不存在。[11]

上述的意見都是圍繞在客觀的論據上展開——贊成者把大觀園當成了無差別的烏托邦,反對者則以客觀環境為證據反駁——而忽略了大觀園這個理想世界恰恰是建立在特定人群的主觀體驗上的。張霖發現了這一點並指出主觀視角與客觀社會的區別:「若說大觀園是年幼的寶玉心目中的理想世界尚可,若以大觀園是作者心目中的理想世界則不可。蓋作者所記的大觀園不過是年幼的寶玉心中、眼中的大觀園。」[12]其實,余英時提到大觀園儘量不讓已婚的女子住進來時曾說:「當然是指主要角色,不包括侍候她們的老婆子。」[13]已說明了「兩個世界論」中的理想世界僅限於「主要角色」(賈寶玉及一干女兒)在特定空間的體驗。

為了更具體的解釋主觀環境與客觀體驗間的差異,筆者將以大觀園中的生活設施為論據,闡釋主觀視角下的理想世界

---

[10] 同庚,〈大觀園決非「理想世界」和「淨土」〉,《六盤水師專學報(社會科學版)》,1997年第3期,頁27。

[11] 甘建民,〈對余英時的紅學考證的再考證——從《《紅樓夢》的兩個世界》談起〉,《蘇州科技學院學報(社會科學版)》,2009年第1期,頁58。

[12] 張霖,〈「木石姻緣」悲劇考釋〉,《紅樓夢學刊》,1999年第2輯,頁36。

[13] 余英時,《紅樓夢的兩個世界》第四版,頁41。

如何從現實世界中形成,以及這個現實的客觀環境如何被理想化的主觀視角所遮蓋;釐清了理想與現實的界限後,筆者將進一步闡明理想世界的定義和屬性。

二、理想世界的形成:主觀視角下局部的理想

生活設施指的是應用於建築物的裝備設施,包括自來水、電力、排汙系統、空調等,為生活中不可或缺的一部分。現代化的設施出現之前,傳統建築物的生活設施如生活用水、排汙、供暖等需由人力操作。這些細節都出現在《紅樓夢》裡,通過寫實入微的描繪,同時展現同一客觀環境中不同人物的差別體驗。

以保暖設施為例,作者細筆描寫坐臥的炕和暖閣、可移動的熏籠火盆、炕上華麗暖和的陳設、門口的擋風氈簾等。除了硬體設施,人在室內還需要穿著皮襖披風、拿著手爐,喝的茶酒和杯子也要溫熱的。第五十一回寫晴雯麝月在寶玉房中值班,很好的展示了冬夜保暖的細節:寶玉半夜睡醒要吃茶,要麝月先披上他的貂頦滿襟暖襖,接下來仔細描寫麝月如何洗手倒溫水給寶玉漱口、溫水涮茶碗、從暖壺中倒茶、自己也喝了半碗、晴雯出去吹了寒風寶玉叫她進來被裡渥渥……三人溫馨

談笑其樂融融,平等得不像主僕之間的相處,成功製造出一種「理想世界」的氛圍。但是身處暖氣中的麝月臨睡前卻說了一句話:「比不得那屋裡炕冷。」張愛玲指出「那屋裡」即為晴雯、麝月平時的臥室。[14]通篇描繪溫暖的氛圍中出現一個觸目的「冷」字,對比十分強烈。寶玉身邊的上等丫鬟,在不必當差的夜裡回到下房睡的炕也是冷的。

但下房不曾出現在寶玉的視野中,他愛惜丫鬟怕她們捱冷受凍,讓晴雯睡在暖閣,又讓麝月睡在暖閣前的熏籠上。從麝月晴雯的角度看來,即使值班時得睡臥警醒隨時侍候茶水,但是可以使用主子的保暖設施,在寶玉身邊比在下房溫暖,的確屬於一個相對理想的環境。元宵夜寶玉小解後洗手,麝月秋紋也趁熱水洗了一回,可見寶玉身邊的丫鬟慣於和他同享設施。要知道這可是珍貴的熱水,大老遠拿來給老太太泡茶的。但這個理想是有局限性的,不算上理所當然被排除在外的「老婆子們」,大觀園其他丫鬟的待遇也全看主子,不可將這一回中寶玉及其丫鬟在冬夜的體驗推及到整個大觀園進而得出「大觀園是個自由平等的理想世界」的結論。

寶玉眼前的世界很小,甚至無法覆蓋整個怡紅院:芳官是他跟前的人,在怡紅院裡為了洗頭還被乾娘打罵,驚動寶玉後

---

[14] 張愛玲,《紅樓夢魘》(香港:皇冠出版社,1996),頁343。

才有襲人給了花露油、雞蛋、香皂和頭繩。在這裡洗頭水簡直成了一種顯現權力的資源。主子身邊的丫鬟如襲人麝月晴雯天氣熱時常常洗澡，其他不在主子眼前的下人比較難以爭取洗澡資源。像怡紅院的宋媽媽，被派去送東西給史湘雲時襲人特地交代她好生梳洗了換出門的衣裳。如果宋媽媽定期洗澡，襲人不必另外吩咐。因為宋媽媽這次出門面見湘雲轉達寶玉的話，代表主子的臉面所以必須乾淨整齊。當然宋媽媽是老婆子，被排除在理想世界之外，但由此可見大丫鬟們可常常洗澡並不是基於平等的原則或代表她們可自由支配洗澡資源，而是因為要確保出現在主子面前的人物乾淨體面。因此寶玉湘雲不會看見蓬頭垢面的下人，造成在他們的認知裡下人的衛生水平和主子相差不遠。無論如何，這也實實在在給上等丫鬟們帶來了使用衛生設施的權力，比其他不在主子眼前的下人過得好。

除了和主子同享設施，大觀園的上等丫鬟們在服侍主子時也較有尊嚴：晴雯可以拒絕和寶玉一同洗澡；紫鵑也可以當面駁回黛玉，不去舀水而是先沏茶給寶玉——在她們身上似乎看到了烏托邦自由平等的精神。但要知道那是因為晴雯紫鵑的主子對待下人寬厚。園子裡的其他主子，如探春就沒兩個玉兒那麼隨和了：她洗臉堪為賈府的標準作業程序示範：丫鬟高捧臉盆跪在探春面前，其他丫鬟在旁屈膝捧著巾帕並靶鏡脂粉等，平兒侍候挽袖卸鐲掩衣襟完畢探春方伸手向臉盆中盥沐。

下人猶如高低可調適的臉盆和毛巾架,整個場景恍如可流動的浴室。尤氏洗臉也是一樣的程序,但小丫鬟炒豆兒只彎腰捧臉盆,被李紈說了才下跪。探春與李紈重視規矩與現實秩序,她們的丫鬟在「理想世界」的體驗也和晴雯紫鵑有所不同。

上述提到的保暖設施和衛生供水設施(溫水洗手、洗頭和洗澡)主要都是發生在怡紅院,雖以寶玉及其丫鬟的視角展開,但作者不忘補上他們的視角以外的另一個客觀的真實世界,例如晴雯麝月在寶玉屋裡上夜的,在極盡描寫寶玉如何與她們同享保暖設施的同時,麝月卻說起她們臥室裡的炕冷。此一語即提醒讀者,我們和寶玉一樣,不曾到過寒冷的下房、怡紅院眾丫鬟真正的居所。此外,寶玉和黛玉的丫鬟或許可享有較多的權益,如麝月秋紋可使用寶玉的溫水洗手,黛玉的丫鬟平等地與她對話,但並非所有的大觀園丫鬟都享有同樣的對待。因此在同一客觀環境中,並不一定會形成同樣的體驗。當我們說大觀園是個自由平等的理想世界時,需記得這個自由平等屬於某些主子給予某些丫鬟的施捨,只可算是局部的理想。

三、理想與現實:被主觀視角隱藏的現實環境

雖說是局部的理想,但讀者卻很容易將主要角色的視角

當成全部的客觀事實。就像怡紅院冬夜，通篇出現各種保暖設施，行文詳細到了極點，讀者稍不留神就會忽略麝月輕飄飄的一句話：「比不得那屋裡炕冷」，因此不會留意到怡紅院下房的情況，以為整個大觀園就像寶玉房中那樣溫暖。接下來筆者將以如廁和洗衣為例解釋作者如何通過明寫與暗寫的差異帶給讀者錯覺。

明寫的如廁場面數寶玉最多，而且都在戶外：第五十四回的元宵夜寶玉下席往外走，回賈母的話：「……只出去就來。」賈母便命丫頭婆子們跟著，十分勞師動眾。來到大觀園，麝月秋紋一見寶玉走到山石後撩衣便站住背過臉去，還笑著提醒他別著涼，小丫頭一聽也去茶房預備洗手的溫水，可見是常態。不直言解手而以「出去就來」代替，第六十三回寶玉在怡紅院假借解手與春燕說話也是說：「我出去走走……。」回來還故意洗手。除了寶玉，丫鬟們也曾在大觀園的戶外解手：第七十一回鴛鴦入園子，要小解卻「行至一湖山石後大桂樹陰下來」；第二十七回司棋在山洞裡方便；第五十一回麝月在冬夜「出去走走回來」然後在「山子石後頭」把錦雞錯看成人，進來「一面說，一面洗手」，顯然是出去解手。

寶玉和丫鬟都在戶外解手，大觀園裡沒有廁所嗎？從第四十一回劉姥姥要大解，我們知道大觀園東北上有個茅廁。這個公用的茅廁應該主要用來大解，小解的話大家不可能大老遠

跑到東北角。所以外人如鴛鴦入園子寧可就地解決。但是住在園子裡的丫鬟，像麝月在冬夜冒著受寒的風險去戶外解手、司棋方便的山洞位於滴翠亭與小山坡之間，離紫菱洲不遠，她也不回去解決。那麼各宅院裡到底也沒有室內的廁所？

《紅樓夢》中多次提及主子在側室、裡間房、退居、下處等地點「更衣」，更衣即上廁所的含蓄說法。如第十七回至十八回元妃歸省正月初八就有太監來賈府指點更衣、燕坐、受禮、開宴和退息的地方。元春剛進府就入室更衣，遊園後在省親別墅裡又退入側室更衣。第一次更衣時太監散去只有女官陪伴顯然是如廁，短短時間內不一定又再次如廁，但透露了更衣地點在側室。提早七天來看地方，自然是讓下人布置各處，包括準備淨室的便器溫水手巾等。日常各房主子的坐臥起居間的一側即「裡間」供梳洗便溺之用[15]，例如寶琴早起在賈母的「裡間房內梳洗更衣」。衛生設施配套是個人專用的，所以第七十一回賈母壽辰，要先收拾出嘉蔭堂等地作退居，以便眾命婦到嘉蔭堂喝茶更衣。

小姐太太出外時也有專屬的衛生間：第十四十五回為秦可卿送殯，賈府在中途的村莊布置了下處歇息更衣。鳳姐進入茅堂，寶玉秦鍾迴避，解決後洗手換衣。第五十八回老太妃薨

---

[15] 關華山，《《紅樓夢》中的建築與園林》（天津：百花文藝出版社，2008），頁191。

逝，兩府執事人等先跴踏下處，送靈前媳婦及男人領了帳幔鋪陳等物至下處鋪陳安插——自然包括準備淨室和盥漱用品。賈母到清虛觀前也派人打掃安置，不必留宿又是夏天，應該主要就是準備淨室。這次得到賈母開恩大小丫鬟都可以一起跟出門，但是筆者覺得紫鵑待書等人出門未必是為了好玩，而是因為不方便交由外頭的媳婦貼身侍候小姐們如廁更衣。

身分高貴的女眷有自己的淨室，那麼下房裡有無類似的空間，抑或下人只能到東北角的茅廁？原著中並無直接証據，推測有兩種可能：一、下房裡沒有放置淨桶，下人上茅廁大解，小解則隨地解決；二、下房裡有放置淨桶，因為一房宅院四五十個下人（柳家的語），如果都在山洞山子石後頭便溺那也太不像話了。推測各院有下人的廁所，但幾十人共用衛生情況不佳，所以麝月司棋等人寧可在戶外解決。此外，賈府有圊廁行處理廁所衛生，聚賭後，被罰撥入圊廁行內的人數不少；賈瑞被鳳姐捉弄，「……嘩拉拉一淨桶尿糞從上面直潑下來」——有淨桶收集穢物。如果只需要清理主子的淨桶，那麼圊廁行的工作量也未免太輕鬆了，因此筆者傾向於第二種可能。

至於寶玉為什麼也在戶外小解：第二十八回寶玉在馮紫英家出席解手，和蔣玉菡「站在廊檐底下」，第九回秦鍾香憐假裝出小恭，走至「後院」。雖然不能確定這兩處就是他們解手的地方，但不提淨室或茅廁反而指向戶外，由此推測那個時

代的男性為了方便，喜歡隨意在戶外小解。這就是作者的狡猾之處，從不寫寶玉在室內如廁，只以暗場交代小姐太太們如廁的裡間或側室，卻正面明寫寶玉及丫鬟們戶外小解，令讀者產生一種錯覺：丫鬟與寶玉享有同等的待遇，而忘了寶玉身為那個時代的男性，有隨地小便的自由，而丫鬟們只有選擇不使用公廁的自由，兩者不可相提並論。

描寫洗衣服的篇幅更少，丫鬟與主子在這方面的差別更加不容易被察覺。如平兒挨打一段寫盡丫鬟之委屈，寶玉盡心安慰，最後親手洗晾沾了淚水手帕。如此收尾真是神來之筆，顯現出他憐惜女兒之情，整件事情非常高潔風雅。其他明寫的洗衣物場景包括麝月在海棠下晾手巾、春燕撿著李紈的絹子洗了晾乾、春纖在瀟湘館的欄杆上晾手巾等，這些富於詩情畫意的描寫令人錯覺丫鬟和主子一樣，閒暇時洗洗晾晾。其實宅院裡也僅洗晾手帕絹子等小件布料，大觀園主子的衣物交由賈府漿洗房處理。陳大康考證出漿洗房設在二門內，屬於官中機構[16]，負責全府主子的衣物，每日早上收去，晚間送返各房。下人的衣服呢？第三十六回湘雲說襲人午間到池子洗衣裳，之後襲人還幫忙洗香菱的髒裙子，可見下人得自己洗衣，不交由漿洗房負責。大觀園的洗衣池晾衣處的方位不

---

[16] 陳大康，〈論榮府的管理機構與制度〉，《紅樓夢學刊》，1986年第3輯，頁201。

明，但已知不在主子的宅院範圍之內。第二十四回賈芸要入園子種樹，老嬤嬤傳鳳姐的話：「衣裳裙子別混曬混晾的。」花兒匠在山坡上種樹，衣服如果曬在院子裡，花兒匠不可能看得見，所以大觀園應該另有一個下人的洗衣場地。雖然上等丫鬟「吃穿和主子一樣」，但是襲人的「蔥綠盤金彩繡棉裙」、芳官的「玉色紅青酡絨三色緞子斗的水田小夾襖」、或平兒的「遍身綾羅」⋯⋯無論多麼名貴的衣服，賞賜給下人之後就再不配享有漿洗房的服務了。

　　從如廁及洗衣服上可看到大觀園階級分明，主子與丫鬟之間的待遇一點也不平等；不像保暖及盥沐洗漱，眼前的丫鬟有時可以共用設施，享受有限的「理想」。寶玉關心丫鬟不讓麝月起夜凍著，但是沒想過讓她不必在冬夜冒著寒風到戶外解手。他看見丫鬟洗手帕，也樂意為她們洗手帕，卻不知道襲人在他睡午覺時去洗衣。寶玉的視角受限於他的認知，認為自己給予丫鬟足夠的關懷，忽視了在他看不見的地方她們所受的遭遇；讀者的視角受限於隱晦的寫法，認為寶玉已給予丫鬟足夠的關懷，忽視了作者暗寫的客觀條件與環境。於是階級分明的現實世界就這樣被主觀視角隱藏起來，變成看起來美好平等的理想世界。

四、理想的定義：大觀園的人文與精神屬性

　　前面分析了理想世界的局限性和被主觀視角隱藏的現實世界，主要以寶玉及他身邊的丫鬟為例，來比較理想與現實的界限。襲人晴雯等人到底是下人，在使用生活設施方面無法享有和寶玉一樣的權力，那麼對居住在園子裡的其他主子而言，她們所感受的「理想」和寶玉一樣嗎？這個理想世界的關鍵在於什麼？

　　黛玉自入賈府以來，「寢食起居，一如寶玉」，何況余英時謂桃花源中雖無政治秩序，卻有倫理秩序，大觀園的秩序以「情」為主。情榜已不可見，除了容貌、才學、品行、身分，余英時也推測群芳與寶玉的關係決定她們在情榜上的位置。[17]以此標準來看，黛玉的地位當為最高，那麼試看黛玉在大觀園的待遇比寶玉如何：第五十二回黛玉說起瀟湘館「一日藥鍋子不離火」、「這屋子裡一股藥香」，呼應寶玉在前一回對晴雯說的：「藥氣比一切花香果子香都雅」，煎藥似乎是件風雅不過的韻事。但是第五十一回晴雯說她的藥「正經給他們茶房裡煎去」，這句話帶出一個訊息：煎藥是茶房的本分工

---

[17] 余英時，《紅樓夢的兩個世界》第四版，頁54。

作。茶房和漿洗房一樣，隸屬官中：關華山考證出賈府的茶房在南院[18]，另外大觀園門口又設置了一個茶房[19]專供園內所需。既然有專門機構負責煎藥，那為什麼黛玉的藥不交給茶房？原因恐怕在第四十五回寶釵送燕窩時就揭示了：「每日叫丫頭們就熬了，又便宜，又不驚師動眾的。」黛玉自覺不屬於「正經主子」，不想驚師動眾，寧可交給本院的丫頭。寶玉覺得怡紅院缺了藥香便在屋裡煎藥，那是他的自由選擇，與黛玉的處境不同。對茶房婆子而言，怡紅院的丫鬟不可怠慢，瀟湘館的主子可就不一定了。

　　賈府的「正經主子」呢？或可從第五十五回中窺探一二：眾人不敢打擾鎮山太歲吃飯，只在廊下聽裡頭動靜。茶房丫頭早早捧著三沐盆水等候，一見抬出飯桌便進去。接下來不寫三人怎麼洗手漱口，只交代一會捧出沐盆漱盂，貼身侍兒才捧茶入內。這一段文字全是白描，一句對白也無，卻把主子理家的威嚴展現得淋漓盡致。以茶漱口，所以盥漱工作由茶房負責。茶房專管茶葉茶具並燒開水[20]，包辦各房所有煎煮工作，準備盥漱的面湯和洗手後用的漚子等。茶房屬於官中機構，黛玉不

---

[18] 關華山，《《紅樓夢》中的建築與園林》（天津：百花文藝出版社，2008），頁179。

[19] 黃雲皓，《圖解紅樓夢建築意象》（北京：中國建築工業出版社，2006），頁68。

[20] 陳大康，〈論榮府的管理機構與制度〉，《紅樓夢學刊》，1986年第3輯，頁200。

想被下人嫌多事，情願叫自己的丫頭熬粥煎藥；縱觀探春和李紈在洗臉漱口時的威嚴、對執行規矩的重視，她們在使用生活設施和資源時想必不像黛玉那般多慮，但是其他人就難說了。

像懦弱無能的二小姐迎春，第五十七回邢岫煙對寶釵說起不敢共用迎春的東西、不敢使喚下人；第七十三回王住兒媳婦明欺迎春素日好性兒，在她屋裡大鬧。雖無迎春使用生活設施的描寫，要知道當時的生活設施都是由人手操作的，迎春不能轄治下人，和岫煙一樣要看下人的臉色也不奇怪。雖如此，但與嫁給孫紹祖後過的非人生活相比，那「幾年心淨日子」已足以讓迎春魂牽夢繫了。第七十一回賈母留喜鸞四姐兒在大觀園住兩日，還得特地囑咐園裡各處的下人不許小看他們。雖未明言「園裡各處」指向何處，但既然住下，少不得使用盥洗如廁等設施，如無賈母專門叮囑，她倆不被下人放在眼裡，在大觀園的體驗也許不那麼愉快。但是對於家窮的喜鸞四姐兒來說，無論如何大觀園都是個仙境般的樂園，能在園裡住上幾天已是一生難忘的經歷。喜鸞還想在眾姐妹出了閣之後來和寶玉作伴呢。

曉翠堂這段話也帶出了寶玉的心思：他想著在園子裡和姊妹們過一日是一日，這個清爽乾淨的女兒國就是他心目中的理想世界，不沾男性的汙濁與醜惡。他也知道這種理想並非永恆，姐妹們遲早要嫁人離開大觀園。後來迎春出嫁，陪嫁四

個丫頭，寶玉不禁跌足浩嘆：「從今後世上又少了五個清潔人了。」迎春出嫁後的遭遇似乎印證了縱使是局部的、相對的、暫時的理想，也勝於一直處於絕對的現實世界中。大觀園的女兒們深知這點：晴雯寧死不肯離開，後來被王夫人趕回家，睡在外間房內的蘆席土炕上，一旁就是爐台及茶壺。怡紅院的氍簾暖閣名茶好水全都離她而去了，只剩下舊日的衾褥鋪在硌人的土炕蘆席上，顯出一片淒涼景象；香菱在大觀園度過了一段快樂的日子，薛蟠回來後受盡折磨，不是洗澡水略熱燙了腳被薛蟠踢，就是夜裡被夏金桂使喚倒茶捶腿。

看到女兒們在外的悲慘命運，余英時把園中人物比作花，若想保持乾淨、純潔，唯一的途徑便是永駐理想之域而不到外面的現實世界去。[21]大觀園裡的人物也察覺到兩個世界之分，「黛玉葬花一節正是作者開宗明義地點明《紅樓夢》中兩個世界的分野」[22]黛玉葬花時稱：「這裡的水乾淨，只一流出去，有人家的地方髒的臭的混倒，仍舊把花糟蹋了。」[23]而大觀園中最乾淨的水來自骯髒的會芳園，他認為這就是《紅樓夢》悲劇的中心意義——大觀園的乾淨本就建立在會芳園的骯髒基礎上，最後又無可奈何要回到骯髒的世界中去。[24]但要注

---

[21] 余英時，《紅樓夢的兩個世界》第四版，頁51。
[22] 余英時，《紅樓夢的兩個世界》第四版，頁50。
[23] 余英時，《紅樓夢的兩個世界》第四版，頁54。
[24] 余英時，《紅樓夢的兩個世界》第四版，頁48。

意的是，這裡乾淨與骯髒的定義是精神上的，由於賈珍等東府爺們的品行，會芳園才被余英時喻為「現實世界上最骯髒的所在」。第十一回鳳姐觀賞會芳園的景致，只見「石中清流激湍」，物理意義上會芳園的流水和大觀園的一樣乾淨。

同樣的，女兒們不願離開的不是大觀園這個物理空間，而是在這座園子裡保護她們的人。晴雯不願離開寶玉，所以不願離開怡紅院；香菱離開了大觀園後差點被賣走，但她不願離開薛家，情願跟著寶釵。一直處於大觀園外的鴛鴦拒絕了賈赦，發誓永遠留在賈母身邊。關鍵不在地點環境，而在於人。賈母雖不住在大觀園裡，但余英時認為她屬於枕霞閣十二釵，算是大觀園的「我輩中人」，在賈母跟前尚屬安全。[25]其實枕霞閣是史家舊館，並不在大觀園裡頭，這個說法有些勉強。但另一方面也表明了余英時的理想世界指向人文環境，而非自然環境；大觀園是樂園，只是因為有了那些人——賈寶玉和他的姐妹。[26]無論在大觀園內外，這些人在能力和條件允許的情況下會維護大觀園的精神。因此這個理想世界的關鍵並不在於地理環境和制度，而在於其人文與精神屬性。

---

[25] 余英時，《紅樓夢的兩個世界》第四版，頁51。
[26] 唐菽海，〈兩水分流的紅樓故事——與余英時先生兩個世界理論的商榷〉，《中山大學學報論叢》，2005年第4期，頁98。

五、結語

　　自《紅樓夢的兩個世界》問世以來引起諸多反響，無論是贊成或反對的意見都集中在理想世界，現實世界反而被忽略了。贊成者把理想世界無限拔高至人間天堂的程度──一切美好皆歸大觀園，一切不好皆歸外面的世界；反對者則舉出大觀園不美好的一面還擊。筆者發現關鍵在於原文中的理想世界是主觀的，而上述雙方則是在客觀的基礎上展開辯論。

　　余英時在《紅樓夢的兩個世界》中指出：「在主觀願望上，他們所企求的是理想世界的永恆，是精神生命的清澈；而不是說，他們在客觀認識上，對外在世界茫無所知。」[27]這段話說明了理想世界是主觀的、帶有精神屬性，而現實世界則是客觀的物理環境。兩者可謂你中有我我中有你，極難分辨出清晰的界限。筆者以生活設施為論據展開討論，因為生活設施既是客觀的物理條件，又為不同的人帶來主觀的使用體驗，可同時展現兩個世界的動態關係。

　　通過分享保暖及盥洗設施，我們看到在寶玉如何為眼前的丫鬟製造了一個局部的理想世界。雖然這份理想有時效

---

[27] 余英時，《紅樓夢的兩個世界》第四版，頁51。

性：在不當值的夜晚，麝月晴雯得回到寒冷的下房睡覺，芳官鬧了一輪才得以順利洗頭，但她們在寶玉身邊的確享受到了溫暖和乾淨。至於其他丫鬟會受到多大程度的平等對待，將取決於個別主子的態度。

在寶玉（或其他主子）看不到的地方如廁所和漿洗房，下人就不能共用設施了。她們沒有乾淨的廁所，導致麝月冒著寒風去戶外解手；丫鬟可以穿著主子賞賜的名貴衣裳，但不配享有漿洗房的服務。狡猾的作者以明寫與暗寫的手法來隱藏這方面的不平等，如不精細解讀，讀者很容易以為丫鬟和寶玉一樣喜歡在戶外解手、閒來詩情畫意的洗個手帕⋯⋯。

這種相對的理想並不只發生在丫鬟身上，小姐如黛玉和迎春在大觀園也不完全過著無憂無慮的日子。黛玉不敢使喚茶房煎藥，活得小心翼翼；下人欺負迎春，連帶岫煙也要看下人的臉色。雖如此，迎春出嫁後心心念念要回舊房子住幾日，在紫菱洲有姐妹們陪伴，可以暫時遠離賈赦邢夫人和孫紹祖；怡紅院下房的炕可能和晴雯家的土炕一樣冷，但在大觀園裡至少不必聽兄嫂的歹話。

儘管大觀園只是「相對的理想」，但從離開了大觀園的女兒身上可以看出，與現實世界相比，「相對的理想」也已十分珍貴。大觀園在管理製度上與賈府無差，分隔理想世界與現實世界的界限不是地理環境或客觀條件，而是住在那裡的人

──寶玉和女兒們，有了他們才有這個美好的精神家園。

通過以上論述，我們不難發現，《紅樓夢》裡的理想世界是在現實基調下一種相對的理想狀態，其體驗與人們的情感、態度以及社會地位息息相關。真正構成理想世界的是大觀園中的人的情感紐帶與精神支撐。正因如此，這份理想是相對的、有局限和時限的，隨時受到現實的衝擊而消逝。這種現實與理想之間細膩而又微妙的交織反映了《紅樓夢》深刻的現實基調，使理想世界更具現實意義。

中國四大名著融入高級班華語教案設計
——以《紅樓夢》為例

Integration of China's Four Great Classical Novels in Advanced Mandarin Chinese Curriculum Design - A Case Study of *Dream of the Red Chamber*

阮氏玉映、朱嘉雯[*]

摘要

本研究旨在將《紅樓夢》第五回作為教案設計對象，將其中豐富的詞彙和情節融入高級班華語教學，以幫助學生克服學習中的停頓狀態，提升其華語文能力，並接近母語者的水準。

對於二語學習者來說，當他們學華語達到一定程度後，常常會遇到停頓的階段，無法進一步提升自己的華語文能力。這種狀態可能是由於詞彙量的不足、語法應用的困難或文化理解的限制等因素所致。因此，本研究以《紅樓夢》第五回

---

[*] 國立東華大學人文社會科學學院華語文教學國際博士班。

作為教學資源，旨在利用其中的豐富詞彙和情節來幫助學生克服這一停頓狀態，提升其華語文能力。

教案設計中，本研究將運用適應性的教學活動，例如填空練習、詞彙遊戲、角色扮演和討論等，來幫助學生積極參與學習並應用所學的詞彙。通過深入分析情節和角色之間的關係，學生能夠更好地理解詞彙的用法和含義，並能夠將其運用於不同的語境中。

本研究將設計評估任務，例如詞彙測驗、閱讀理解題或寫作作業，以檢驗學生對於《紅樓夢》第五回的掌握程度。評估結果將提供教師和學生有關進一步學習和提高的反饋，以確保學生能夠在學習過程中持續進步。

綜上所述，本研究旨在利用《紅樓夢》第五回作為教案設計對象，將其中的詞彙和情節融入高級班華語教學，幫助學生克服學習中的停頓狀態，並提升其華語文能力，使其接近母語者的水準。

關鍵字：紅樓夢、華語文、教案設計

一、前言

　　人們常說：「多學會一種語言，就像多活了一次」。語言不僅是溝通工具，還是人們表達自己內心的情感。每種語言都有自己獨有的特徵暨表示使用該語言國家本身的政治社會、民俗禮儀等方面。而文學作品是反應當時社會情形以及該民族文化風俗最好的證據。學習語言時，若缺乏對該語言文化知識之瞭解使學習者知其然不知所以然。

　　《紅樓夢》是中國四大名著之一，是中華文化的經典小說，在文學、哲學、心理學等領域素來占有一度之地。《紅樓夢》不僅在表面上描述了一個大家族的興衰、愛恨情仇，實際上在其文字之中隱含著千年以來的中華文化元素。因此，吸引了來自各個不同專業領域的專家學者，在文學、藝術、風俗民情、服飾、飲食、政治、社會、哲學、心理學，以及近年來的華語文教學和語言文化等領域進行研究。四大名著中，唯獨《紅樓夢》則為後起之秀，成為後來的研究亮點，並形成了一個專門的研究領域，即「紅學」。此領域自出現以來一直持續多年，研究者們不斷深入研究這部作品，至今已有數年。這是筆者選擇此作品作為高級班華語教案設計原因之一。

　　《紅樓夢》是中華文學經典作品之一，每一回都非常

精彩；但筆者認為第五回是精彩中最精彩的一回。在筆者看來，紅樓夢前五回可以說是整部書的總綱，而第五回算是整部小說的總結；讀者可以通過此回瞭解紅樓夢裡各個人物之性格及宿命。雖把結局放在前端，但紅樓夢不僅讓讀者停留在此結局；反而因為此總結使讀者更想深入地瞭解故事的發展；創作出《紅樓夢》中最精彩細緻的文學藝術，打破了當時文學作品之寫作風格；這也是曹雪芹過人之處。

二、《紅樓夢》第五回「賈寶玉神遊太虛境」之分析

《紅樓夢》第五回應該是最為人熟知且留下最深刻印象的一回；它是全書中最重要的一目，因為整部小說尚未完結，而這一回詳細交代了紅樓十二釵的結局，第六回纔有一個比較完整故事的開始。此外，這一回的結尾可以說是一個時間點，讓賈寶玉從未成年變成一個成年人。

從頭說起，此一回描述賈寶玉睡覺時經歷了一場神遊的夢境。在夢中，首先他見到了一個專門管風月和男女之情的仙姑，在仙姑的引導之下，他來到了「太虛幻境」。這座太虛幻境的宮門上刻有一副對聯，可以視為《紅樓夢》整部書的總綱：主旨聚焦於情感，情牽風月，情關癡男怨女，「厚地高天

堪嘆古今情不盡，癡男怨女可憐風月債難償」。也在此回中「千紅一窟、萬豔同杯」八個字暗示了故事的悲劇性質。第五回中包含了大量類似的內容，這些元素都是對後續情節的隱晦預示，為故事的發展增添了深刻的內涵和情感，為後文的情節埋下伏筆。

春怨秋悲皆自惹，花容月貌為誰妍？

這副對聯刻於「薄命司」，其中兩句深切反映了紅樓兒女的命運，大多數人都是虛度青春，內心空虛而痛苦。

霽月難逢，彩雲易散。心比天高，身為下賤。風流靈巧招人怨。壽夭多因誹謗生，多情公子空牽念。

這是金陵十二釵中晴雯的判詞。晴雯是一個聰明伶俐、堅韌不拔、溫柔和順的女孩。她有強烈的個性和自尊心，不輕易低頭，尤其對不公平待遇和冤屈感到憤怒。她有文學才華，擅長詩詞，而且具有深厚的文化素養。然而，晴雯的命運充滿了苦難。她是賈母的養女，但由於種種原因，她遭受了許多不公平的待遇。她被拋棄、受辱和遭受身體的折磨。最終，她被貶至草庵，離開了賈府，命運淒涼。她的命運反映了

賈府和整個社會對女性的不公平和殘酷對待。

> 枉自溫柔和順，空雲似桂如蘭。堪羨優伶有福，誰知公子無緣。

這是金陵十二釵中襲人的判詞。

> 可嘆停機德，堪憐詠絮才。玉帶林中掛，金簪雪裡埋。

這是金陵十二釵副冊中香菱的判詞。從英蓮到香菱，一直沒有離開水域。但最終遇到了來自兩地的人，土克水，她的命運早已註定。英蓮原本是宦家的女兒，後來家庭衰落，英蓮成為賈府中的一個丫鬟，她性格開朗、活潑、機智，並且具有一定的聰明才智。

> 根並荷花一莖香，平生遭際實堪傷！自從兩地生孤木，致使香魂返故鄉。

這是金陵十二釵正冊中的第一首判詞，一首詩言辭中含兩人，描繪了黛玉和寶釵的性格和命運。這首詩同時描述了兩人，顯示了她們在美貌和才情上平分秋色，沒有明顯的高低

之分。

二十年來辨是非，榴花開處照宮闈。三春爭及初春景，虎兕相逢大夢歸。

這是賈貴府的長孫女賈元春的判詞。她經歷了榮華富貴，但命運無常，喜悅和繁榮轉瞬即逝。她最終不得不離開家鄉，與家人分別，命運讓她早早離開人世。作為賈貴府內的權力中心之一，她的排名僅次於黛玉和寶釵，因此這首判詞十分貼切。畢竟，她的命運與整個賈府的命運緊密相連。這四句詩以元春為中心，反映了她在家族中的地位和她的精明能幹。

才自清明志自高，生於末世運偏消。清明涕送江邊望，千里東風一夢遙。

這是探春的判詞。這四句詩表現了探春的志向高遠，但又生於一個命途多舛的時代。她的眼淚伴著清明送走，望著江邊，隨著東風在千里之外的夢中飄逸。她在經歷了風雨的生活後，最終離開了家園，與骨肉分離。雖然她擔心自己的父母會因此而擔憂，但她認為命運有時無法預測，而離別和團聚也是命運的一部分。這些描寫表明了她的聰慧和內心的高遠抱負。

> 富貴又何為？繈褓之間父母違。展眼吊斜暉，湘江水逝楚雲飛。

這是湘雲的判詞。她出生在富貴之家，但童年時失去了父母，然後被瑞典群中撫養。最後兩句則隱含了她未來的命運，湘江水流逝，楚雲飄散，暗示著她曲折的一生和許多離散和離別。

> 欲潔何曾潔，雲空未必空！可憐金玉質，落陷汙泥中。

這是妙玉的判詞，一個尼姑。這四句詩揭示了妙玉高潔的品質，但也暗示了她的遭遇和陷入困境的命運，加深了她的角色複雜性。

> 子系中山狼，得志更倡狂。金閨花柳質，一載赴黃梁。

這是迎春的判詞，從這些詩句可以瞭解到她的命運。這些詩句表明她嫁給了一個不如禽獸的人，最終走上了絕路，以懸樑自盡來結束自己的生命。這些詩句揭示了迎春角色的悲劇命運和她所經歷的困境。

勘破三春景不長，緇衣頓改昔年妝。可憐繡戶侯門女，獨臥青燈古佛旁。

這是惜春的判詞。從這些詩句可以看出，她沒有能夠享受充實的一生，最終改變了年輕時的美貌和生活，最後她被迫出家，與妙玉的命運非常相似。這個判詞傳達了惜春角色的不幸命運以及她的孤獨和苦悶。

凡鳥偏從末世來，都知愛慕此生才。一從二令三人木，哭向金陵事更哀。

這是王熙鳳的判詞。從這些詩句可以瞭解到她年輕時曾經享受過榮華富貴，她的才智和美貌都出眾，以聰明機智著稱，但卻在計謀中算盡，最終傷害了她自己和他人的生命。她認為生前的心已經碎裂，死後的性靈也是空虛的。她的家庭曾富有，但最終家道中落，家人分散各處。

勢敗休雲貴，家亡莫論親，偶因濟劉氏，巧得遇恩人。

這是巧姐的判詞。這首詩表明她的善良和仁慈，她在困境中幫助了劉姥姥，因此得到了恩人的幫助。這個判詞強調了

行善的重要性,同時也傳達了巧姐角色的慷慨和福報。

> 桃李春風結子完,到頭誰似一盆蘭?為冰為水空相妒,
> 枉與他人作話談!

這是李紈的判詞。這四句詩表達了她雖然在年輕時曾經很美麗和受人喜愛,但最終也經歷了一生的虛度光陰。這個判詞傳達了李紈角色的命運之辛酸,強調了時間流逝的無情和美麗的短暫。她在鏡中看到了愛情和情感,但這些東西在夢中變得無關緊要,而美好的時光已經逝去。她認為再也不需要提及婚姻和愛情,因為那些只是虛無的。即使戴著珠冠,穿著錦袍,也無法抵擋命運的無常。雖然她的爵位高,但黃泉之路已經近在咫尺。這首曲子傳達了李紈角色的深思熟慮和對命運的反思,同時也表現了權勢與虛名之間的衝突,以及後人對將相的尊敬。命運不僅僅是地位和財富,更是對生活的深刻理解。

> 情天情海幻情身,情既相逢必主淫。謾言不肖皆榮出,
> 造釁開端實在寧。

這是秦可卿的判詞。這首詩表現了她的角色特點,她是一個仙姑,出現在《紅樓夢》中的離恨天和灌愁海等神話故事

中。她的存在暗示了情感和命運的變幻莫測，以及人性中的弱點。秦可卿是一個充滿神祕和戲劇性的角色，她的判詞反映了她的神話色彩和角色複雜性。

三、《紅樓夢》第五回融入華語文教案設計

（一）原文選寫

　　當下隨了仙姑進入二層門內，只見兩邊配殿皆有匾額對聯，一時看不盡許多，惟見幾處寫著的是〔癡情司〕、〔結怨司〕、〔朝啼司〕、〔暮哭司〕、〔春感司〕、〔秋悲司〕。看了，因向仙姑道：「敢煩仙姑引我到那各司中遊玩遊玩，不知可使得麼？」仙姑道：「此中各司存的是普天下所有的女子過去未來的簿冊，你乃凡眼塵軀，未便先知的。」寶玉聽了，哪裏肯捨，又再四的懇求。那警幻便說：「也罷，就在此司內略隨喜隨喜罷。」寶玉喜不自勝，抬頭看這司的匾上，乃是〔薄命司〕三字，兩邊寫著對聯道：「春恨秋悲皆自惹，花容月貌為誰妍。」寶玉看了，便自感嘆。

　　進入門中，只見有十數個大櫥，皆用封條封著，看那封條上皆有各省字樣。寶玉一心只揀自己家鄉的封條看，只見那邊櫥上封條大書《金陵十二釵正冊》，寶

玉因問：「何為金陵十二釵正冊？」警幻道：「即爾省中十二冠首女子之冊，故為正冊」。寶玉道：「常聽人說金陵極大，怎麼只十二個女子？如今單我們家裏上上下下就有幾百個女孩兒。」警幻微笑道：「一省女子固多，不過擇其緊要者錄之，兩邊二櫥則又次之。餘者庸常之輩便無冊可錄了。」

寶玉再看下首一櫥，上寫著《金陵十二釵副冊》，又一櫥上寫著《金陵十二釵又副冊》。寶玉便伸手先將又副冊櫥門開了，拿出一本冊來。揭開看時，只見這首頁上畫的既非人物亦非山水，不過是水墨染，滿紙烏雲濁霧而已。後有幾行字跡，寫道：「霽月難逢，彩雲易散。心比天高，身為下賤。風流靈巧招人怨，壽夭多因誹謗生，多情公子空牽念。」寶玉看了不甚明白。

又見後面畫著一簇鮮花，一床破席，也有幾句言詞寫道是：「枉自溫柔和順，空雲似桂如蘭。堪羨優伶有福，誰知公子無緣。」寶玉看了，益發解說不出是何意思。遂將這一本冊子擱起來，又去開了副冊櫥門。

拿起一本冊來打開看時，只見首頁也是畫，卻畫著一枝桂花，下面有一方池沼，其中水涸泥乾，蓮枯藕敗。後面書雲：「根並荷花一莖香，平生遭際實堪傷。自從兩地生孤木，致使香魂返故鄉。」寶玉看了又

不解。

　　又去取那正冊看時，只見頭一頁上畫著是兩株枯木，木上懸著一圍玉帶；地下又有一堆雪，雪中一股金簪。也有四句詩道：可嘆停機德，堪憐詠絮才。玉帶林中掛，金簪雪裏埋。

　　寶玉看了仍不解，待要問時，知他必不肯洩漏天機，待要丟下又不捨。

　　遂往後看，只見畫著一張弓，弓上掛著一個香櫞。也有一首歌詞雲：二十年來辨是非，榴花開處照官闈。三春爭及初春景，虎兔相逢大夢歸。

　　後面又畫著兩個人放風箏，一片大海，一隻大船，船中有一女子掩面泣涕之狀。畫後也有四句寫著道：才自清明志自高，生於末世運偏消。清明涕泣江邊望，千里東風一夢遙。

　　後面又畫著幾縷飛雲，一灣逝水。其詞曰：富貴又何為？繈褓之間父母違。展眼吊斜輝，湘江水逝楚雲飛。

　　後面又畫著一塊美玉落在泥汙之中。其斷語雲：欲潔何曾潔？雲空未必空。可憐金玉質，終陷淖泥中。

　　後面忽畫一惡狼，追撲一美女，有欲啖之意。其下書雲：子係中山狼，得志便倡狂。金閨花柳質，一載赴

黃粱。

後面便是一所古廟，裏面有一美人，在內看經獨坐。其判云：勘破三春景不長，緇衣頓改昔年妝。可憐繡戶侯門女，獨臥青燈古佛旁。

後面便是一片冰山，上有一隻雌鳳。其判云：凡鳥偏從末世來，都知愛慕此生才。一從二令三人木，哭向金陵事更哀。

後面又是一座荒村野店，有一美人在那裏紡績。其判曰：勢敗休雲貴，家亡莫論親。偶因濟村婦，巧得遇恩人。

詩後又畫一盆茂蘭，旁有一位鳳冠霞帔的美人。也有判云：桃李春風結子完，到頭誰似一盆蘭。如冰水好空相妒，枉與他人作笑談。

詩後又畫一座高樓，上有一美人懸樑自盡。其判云：情天情海幻情深，情既相逢必主淫。漫言不肖皆榮出，造釁開端實在寧。

寶玉還欲看時，那仙姑知他天分高明、性情穎慧，恐洩漏天機，便掩了卷冊，笑向寶玉道：「且隨我去遊玩奇景，何必在此打這悶葫蘆？」

（二）金陵十二釵詩詞分析

原文	漢越詞翻譯[1]	越語翻譯
霽月難逢，彩雲易散。心比天高，身為下賤。風流靈巧招人怨。壽夭多因誹謗生，多情公子空牽念。	Tế nguyệt nan phùng, thái vân dị tán. Tâm tỷ thiên cao, thân vi hạ tiện. Phong lưu linh xảo chiêu nhân oán. Thọ yêu đa nhân phỉ báng sinh, Đa tình công tử không khiên niệm.	Trăng trong khó gặp, mây đẹp dễ tan, Lòng sao cao quý, phận lại đê hèn. Tinh khôn, đài các tổ người ghen, Chịu tiếng ong ve thành tổn thọ, Đa tình công tử luống than phiền.
枉自溫柔和順，空雲似桂如蘭；堪羨優伶有福，誰知公子無緣。	Uổng tự ôn nhu hoà thuận, Không vân tự quế như lan; Kham tiện ưu linh hữu phúc, Thuỳ tri công tử vô duyên.	Nhũn nhặn thuận hòa uổng cả, Lan thơm, quế ngát, thừa thôi. Khen cho ưu linh phúc tốt, Ngờ đâu công tử duyên ôi!
根並荷花一莖香，平生遭際實堪傷；自從兩地生孤木，致使香魂返故鄉。	Căn tịnh hà hoa nhất hành hương, Bình sinh tao tế thực kham thương; Tự tòng lưỡng địa sinh cô mộc, Trí sử hương hồn phản cố hương.	Sen thơm liền gốc nở chùm hoa, Gặp gỡ đường đời thật xót xa. Từ lúc cây trong hai chỗ đất. Hương hồn trở lại chốn quê nhà.
可嘆停機德，堪憐詠絮才；玉帶林中掛，金簪雪裏埋。	Khả thán đình cơ đức Kham liên vịnh nhứ tài Ngọc đới lâm trung quải Kim trâm tuyết lý mai	Than ôi có đức dừng thoi, Thương ôi cô gái có tài vịnh bông. Ai treo đai ngọc giữa rừng, Trâm vàng ai đã vùi trong tuyết dày?

---

[1] ［美］亨利・詹金斯著，鄭熙青譯：《文本盜獵者：電視粉絲與參與式文化》（北京：北京大學出版社，2016），頁34。

277

原文	漢越詞翻譯[1]	越語翻譯
二十年來辨是非， 榴花開處照宮闈； 三春爭及初春景， 虎兔相逢大夢歸。	Nhị thập niên lai biện thị phi, Lựu hoa khai xứ chiếu cung vi; Tam xuân tranh cập sơ xuân cảnh, Hổ thố tương phùng đại mộng quy	Sau tuổi hai mươi đã trải đời, Kìa hoa lựu nở cửa cung soi. Ba xuân nào được bằng xuân mới, Thỏ gặp hùm kia giấc mộng xuôi
才自精明志自高， 生於末世運偏消； 清明涕送江邊望， 千里東風一夢遙。	Tài tự tinh minh chí tự cao, Sinh vu mạt thế vận thiên tiêu; Thanh minh di tống giang biên vọng, Thiên lý đông phong nhất mộng dao.	Chí cao tài giỏi có ai bì, Gặp lúc nhà suy, vận cũng suy, Nhớ tiếc thanh xuân ra bến khóc. Gió đông nghìn dặm mộng xa đi
富貴又何為？ 襁褓之間父母違； 轉眼弔斜暉， 湘江水逝楚雲飛。	Phú quý hựu hà vi ? Cưỡng bảo chi gian phụ mẫu vi; Chuyển nhãn điếu tà huy, Tương giang thủy thệ Sở vân phi	Giàu sang cũng thế thôi. Từ bé mẹ cha bỏ đi rồi. Nhìn bóng chiều ngậm ngùi, Sông Tương nước chảy mây Sở trôi
欲潔何曾潔？ 雲空未必空。 可憐金玉質， 終陷淖泥中。	Dục khiết hà tằng khiết, Vân không vị tất không; Khả liên kim ngọc chất, Chung hãm náo nê trung.	Muốn sạch mà không sạch. Rằng không chưa hẳn không. Thương thay mình vàng ngọc, Bùn lầy sa vào trong.
子系中山狼， 得志便倡狂； 金閨花柳質， 一載赴黃粱。	Tử hệ Trung sơn lang, Đắc chí tiện xương cuồng; Kim khuê hoa liễu chất, Nhất tái phó hoàng lương.	Rõ ràng giống sói Trung Sơn, Gặp khi đắc ý ngông cuồng lắm thay. Làm cho hoa liễu thân này, Hoàng lương giấc mộng mới đầy một năm.

原文	漢越詞翻譯[1]	越語翻譯
勘破三春景不長， 緇衣頓改昔年妝； 可憐繡戶侯門女， 獨臥青燈古佛旁	Khám phá tam xuân cảnh bất trường, Truy y đốn cải tích niên trang; Khả liên tú hộ hầu môn nữ, Độc ngoạ thanh đăng cổ phật bàng.	Biết rõ ba xuân cảnh chóng già, Thời trang đổi lấy áo cà sa. Thương thay con gái nhà khuê các, Một ngọn đèn xanh cạnh phật bà
凡鳥偏從末世來， 都知愛慕此生才； 一從二令三人木， 哭向金陵事更哀。	Phàm điểu thiên tòng mạt thế lai, Đô tri ái mộ thử sinh tài; Nhất tòng nhị lệnh tam nhân mộc, Khốc hướng Kim Lăng sự cánh ai.	Chim phượng kìa sao đến lỗi thời, Người đều yêu mến bực cao tài, Một theo hai lệnh, ba thôi cả, Nhìn lại Kim Lăng luống ngậm ngùi.
勢敗休雲貴， 家亡莫論親； 偶因濟村婦， 巧得遇恩人。	Thế bại hưu vân quý, Gia vong mạc luận thân; Ngẫu nhân tế thôn phụ, Xảo đắc ngộ ân nhân	Vận suy đừng kể rằng sang, Nhà suy chớ kể họ hàng gần xa. Tình cờ cứu giúp người ta, Khéo sao Lưu thị lại là ân nhân.
桃李春風結子完， 到頭誰似一盆蘭？ 如冰水好空相妒， 枉與他人作笑談。	Đào lý xuân phong kết tử hoàn, Đáo đầu thuỳ tự nhất bồn lan? Như băng thủy hảo không tương đố, Uổng dữ tha nhân tác tiếu đàm.	Gặp xuân đào lý quả muôn vàn, Rốt cuộc sao bằng một chậu lan. Nước sạch, băng trong ghen ghét hão, Tiếng tăm còn để lại nhân gian.

（三）教案設計

1.教案設計理念

此教案的設計理念參考了美國俄亥俄州立大學心理學教授羅賓遜（F. P. Robinson）所提出的「有效學習」[2]理論中的五個讀書方法，即SQ3R理論，包括：

(1) 瀏覽（Survey）：整體閱讀文本以把握整體脈絡，同時訓練閱讀速度；

(2) 提問（Question）：教師提出問題，檢視學生理解程度；

(3) 精讀（Read）：針對問題尋找答案進行詳細閱讀；

(4) 複誦（Recite）：以口頭或書面方式複述重點內容，同時加強口語和書寫能力；

(5) 複習（Review）：重新閱讀全文，加深對重點內容的記憶。

此外，教案也採用了5C[3]語言教學觀念，包含「溝通（Communication）」、「文化（Cultures）」、「貫連（Connections）」、「比較（Comparisons）」及「社區

---

[2] Robinson, Francis Pleasant, "Effective study", 4th ed, New York: Harper & Row，1970年。

[3] 1999年「美國外語教學學會ACTFL」提出的5C，指學習者在語言學習的發展過程中所應達成的學習目標，作為課程內容選擇的指標。

（Communities）」的標準，同時結合了「理解詮釋、人際互動、表達演示」等三種溝通模式（3M）[4]，旨在設計教學活動，使其在語言知識、溝通環境和文化傳遞方面同時發揮功能。

2.教學大綱

本研究針對高級班華語文（TOCFL B2級以上）的越南學習者設計教學大綱。由於文本較長，課堂中需要用漢越詞翻譯、從漢越詞瞭解文本內容以及進行越南語翻譯，故需要較長時間。因此，在此研究中估設計一小段作為範例；教學大綱如下：

節課	教學主題	教學內容
1	第五回「賈寶玉神遊太虛境」開頭泛讀	首次閱讀文本以理解故事的主要情節和脈絡
2	第五回情境瞭解及討論	鼓勵學生以他們自己的方式用自己的語言重新述說故事情節，提高對故事情節的記憶和理解。 藉由故事情境介紹教學重點【金陵十二釵】
3	【金陵十二釵又副冊題詠之一】詩詞泛讀	(1) 初讀【金陵十二釵又副冊題詠之一】文本以瞭解大概內容。 (2) 重要詞語講解。
4	【金陵十二釵又副冊題詠之一】詞語解釋及漢越詞翻譯	詞語查詢以及運用漢語詞進行翻譯

---

[4] 1999年「美國外語教學學會ACTFL」提出的3modes（Interpretive Mode, Interpersonal Mode和Presentational mode）作為教學上的能力養成目標。

節課	教學主題	教學內容
5	【金陵十二釵又副冊題詠之一】越南語翻譯	從漢越詞的意義上，表達自己對文本的理解和感悟。

3.教案設計範例

課別／課名	《紅樓夢》金陵十二釵又副冊題詠之一		
教學對象	高級班之越南成年學生	教學總時數	4節課（一節課45分鐘）
教學目標	(1) 讓學生瞭解第五回開頭之故事的主要情節和脈絡，能掌握故事情節並用自己的語言陳述大概內容。 (2) 讓學生瞭解第五回又副冊題詠之一的大概內容，瞭解運用漢越詞翻譯文本，並從漢越詞的含義瞭解整個文本之內容		
教學資源	(1) 紙本教材；字卡／詞卡；圖卡；電腦／投影機；學習單；相關影片 (2) 數位教學工具：Kahoot、Quizlet		
教學法	以直接教學法、溝通與任務導向教學法、聽說教學法及相關教學法互相配合，完成本課教學目標。		
時間分配	教學內容及流程		使用之輔助教材
15分鐘	暖身活動： ● 先問學生是否讀過紅樓夢？ ● 教師簡單介紹《紅樓夢》之內容		紙本教材
40分鐘	第五回「賈寶玉神遊太虛境」開頭泛讀： ● 讓學生先略讀一遍文本，大致瞭解內容，同時提升閱讀速度。（25分鐘） ● 分段閱讀（15分鐘）		紙本教材
35分鐘	第五回情境瞭解及討論： ● 詢問學生文本大概內容（20分鐘） ● 生詞解釋（15分鐘）		紙本教材
25分鐘	【金陵十二釵又副冊題詠之一】詩詞泛讀： ● 初讀【金陵十二釵又副冊題詠之一】文本以瞭解大概內容。（15分鐘） ● 重要詞語講解。（10分鐘）		紙本教材
30分鐘	【金陵十二釵又副冊題詠之一】詞語解釋及漢越詞翻譯： ● 詞語查詢以及運用漢語詞進行翻譯		紙本教材 漢越字典

課別／課名	《紅樓夢》金陵十二釵又副冊題詠之一	
30分鐘	【金陵十二釵又副冊題詠之一】越南語翻譯： ● 從漢越詞的意義上，表達自己對文本的理解和感悟。	紙本教材 漢越詞字典
5分鐘	總結： ● 教師綜合概括並給予回饋。 ● 分配課後作業：要求學生練習詞彙，閱讀下一篇，並嘗試以漢越詞翻譯法先翻譯並瞭解文本大意，以準備下次課堂的複述	PPT

四、結語

　　本研究旨在利用以《紅樓夢》第五回為華語教學的教案設計範本，將其中的詞彙和情節融入高級班的華語教學，幫助學生克服學習中的障礙，提升語文能力，使其更接近母語水準。作為文學經典，《紅樓夢》在華語教學中擔任多重角色，包括文學研究、語言表達、文化理解和背景學習等。透過《紅樓夢》第五回的教學，學生能深入探究文學內容，包括文本分析、詮釋和歷史脈絡。閱讀、討論和分析文本有助於提高學生提高對中文的語感和理解能力以及語文表達能力，尤其是古詩詞和成語的理解；從語法結構、成語運用到文學風格皆可進一步強化。此外，《紅樓夢》內涵豐富的文化元素，透過故事中的人物、場景和習俗，學生也可更深入瞭解清代社會、文化、家族制度、傳統習俗以及當時文化風貌。

總之,《紅樓夢》第五回作為教學素材,不僅能加深學生對文學的理解,更能激發其對語言、文化和創作的興趣,還能豐富學生的文化知識,幫助他們在語言學習的同時更好地理解和欣賞中國的文學藝術,同時豐富了華語文教學的多樣性和深度。

《紅樓夢》中林黛玉的愛與孤獨
Lin Daiyu's Love and Solitude in *The Dream of Red Mansions*

阮氏玉賢[*]、朱嘉雯[**]

摘要

　　《紅樓夢》中的林黛玉是一個充滿情感和內在孤獨感的角色。她的愛情和孤獨是小說中的核心主題之一，體現了人性的複雜性和情感的多樣性。

　　林黛玉是賈府中的一位聰明美麗的女子，她的愛情之複雜源於她對賈寶玉的情感。雖然她深愛著賈寶玉，但她的情感卻是矛盾而含蓄的。她用詩詞，音樂和行動來表達愛意，但往往因為內心的矛盾和社會的種種制約而無法坦然示愛。她的愛情也受到命運的限制，她常常感到自己被迫接受無法改變的現

---

[*] 國立東華大學人文社會科學學院 華語文教學暨書法國際碩士班，61110C004@gms.ndhu.edu.tw 。

[**] cwchu@gms.ndhu.edu.tw

實,這使得她的愛情變得更加痛苦和複雜。

　　然而,林黛玉的愛情也與孤獨緊密交織。她生來就帶著一種哀愁命運,這種孤獨感在她的生活中時常顯現。她與賈府中人的關係複雜,與許多人相處也不甚融洽,這使她感到無法被理解和接納。她的聰明和獨立性格也使她與其他人有著隔閡,這種孤獨感進一步強化了她對愛情的渴望和迷茫。

　　林黛玉的命運最終走向悲劇,她的愛情和孤獨感在她的短暫一生中交織成一幅淒美的畫面。她的內心掙扎,愛情的難以言表以及沉重的孤獨,使她成為《紅樓夢》中最感傷的角色之一。

　　總而言之,林黛玉在《紅樓夢》中代表了愛情和孤獨的複雜性。她的愛情深沉而充滿矛盾,她的孤獨感是她性格和命運的一部分。她的故事觸動了讀者的情感,也使《紅樓夢》成為了一部深刻探討人性情感的經典之作。

關鍵字:孤獨、愛情語感、情感用語、紅樓夢

一、選題理由

　　林黛玉在《紅樓夢》中的愛與孤獨是一個極具吸引力和深度的主題，以下是一些選擇理由：

（一）**情感豐富性**：林黛玉的愛情和孤獨感呈現了豐富的情感層次。她的情感不僅是愛情，還有對家庭，社會和命運的情感，這使她成為了一個充滿情感的複雜角色。

（二）**文化背景**：《紅樓夢》是一部中國古典文學巨作，反映了當時的社會和文化背景。林黛玉的愛情和孤獨體現了傳統價值觀，家庭結構和社會期望，這使得她的故事更具有代表性。

（三）**心靈深處的掙扎**：林黛玉的愛情和孤獨感體現了內心的掙扎和矛盾。她愛賈寶玉，但由於社會地位和家庭關係，她無法坦率表達。這種內心的糾結和掙扎使她的角色更加真實和感人。

（四）**情感轉折**：林黛玉的愛情和孤獨感隨著劇情發展有著多次轉折。她的情感在歡樂和悲傷之間變化，這為故事增加了戲劇張力和情感吸引力。

（五）**人物對照**：林黛玉的愛情和孤獨與其他角色形成了鮮明的對比。她的姐妹林黛瑩和賈迎春有著不同的命運和性

格，這使得林黛玉的故事更具對比性和深度。

（六）**性格塑造**：林黛玉的愛情和孤獨感塑造了她的性格特點。她的敏感，聰明和情感豐富性與愛情和孤獨的主題相互交織，使她成為一個深具魅力的角色。

總之，林黛玉的愛情和孤獨感在《紅樓夢》中有著重要地位，因為它們不僅豐富了故事情節，還深刻地探討了人性的複雜性，社會環境對個體的影響以及情感的多樣性。這些因素使林黛玉的故事變得引人入勝，並為讀者提供了深刻的思考和共鳴。

二、前言

曹雪芹的《紅樓夢》是中國古典文學中的一顆璀璨明珠，以其複雜的人物關係，深刻的情感描寫和對社會風氣的刻畫，吸引了無數讀者的注意。其中，林黛玉作為小說中的一個關鍵角色，以其複雜而令人感嘆的愛情和孤獨成為了小說中的一個核心主題。她的愛情和孤獨感不僅是故事情節的一部分，更是探討人性情感的一個窗口。

在這部小說中，林黛玉以她的聰明才智，敏感情感和對命運的無奈成為了讀者的焦點。她深愛著賈寶玉，卻常常因著社會地位和家庭關係無法直接表達。這種矛盾和掙扎使得她的

愛情變得充滿戲劇性，同時也呼應了當時社會對女性情感的限制。

　　與此同時，林黛玉的孤獨感在小說中也得到了深刻的表現。她生來就帶著命運的哀愁，她與賈府的環境，她與家人的關係，以及她與其他角色的交往，都讓她感到一種無法言喻的孤獨。她的孤獨感與她的愛情相互交織，使得她的角色更加複雜和引人深思。

　　本論文旨在深入探討林黛玉在《紅樓夢》中的愛情和孤獨主題，分析她的情感表達方式，內心掙扎以及這些主題對她性格和命運的影響。通過細緻的情節分析和文本引用，我們將試圖解開林黛玉角色的謎團，理解她的情感和內心世界，同時也探討這些情感如何與小說的整體主題交織在一起。

　　總之，林黛玉的愛與孤獨是《紅樓夢》中一個極具魅力和深度的主題，它不僅為小說增添了情感層次，也深刻地描繪了當時社會對愛情和女性的限制，呈現了人性情感的複雜性。通過對這一主題的深入探討，我們或許能更好地理解這部經典作品中所蘊含的情感和思想。

三、背景與情境

　　《紅樓夢》作為中國文學史上的經典之作，深刻描繪了

十八世紀晚期清代貴族社會的生活，價值觀和人際關係。小說以賈府為背景，講述了賈寶玉，林黛玉等眾多角色的命運和情感故事。其中，林黛玉作為賈府內一位聰穎、敏感的女子，展現出她複雜而深刻的愛情和孤獨。

林黛玉出生在賈府，是賈府的嫡派成員之一。賈府是一個大貴族家族，擁有龐大的財富和社會地位。然而，貴族社會的世俗禮教和婚姻制度卻為人們的情感和命運帶來了諸多限制。林黛玉所處的環境，充斥著虛偽，功利，人們在這樣的環境下難以真正追求內心的情感。

林黛玉的愛情對象主要集中在她的表兄賈寶玉身上。兩人自幼共長，情感深厚。然而，他們之間的關係受到了表面的親情關係和社會環境的干擾。林黛玉的情感漸變，從最初的無憂無慮，到後來的深情厚愛，以及對命運的無奈和掙扎，都體現了她對愛情的極致體驗。

在賈府這樣的貴族社會中，婚姻是一種政治聯姻和社會地位的象徵。林黛玉最初被許配給王熙鳳，然而，她的內心早已與賈寶玉相連。社會和家族的壓力使得她在愛情和命運之間痛苦掙扎，無法選擇自己的愛情歸宿。

林黛玉的愛情和孤獨貫穿於整部小說，深刻地反映了貴族社會的虛偽和對真實愛情的渴望。她的人物形象和情感故事，不僅在小說中呈現了獨特的光芒，更對讀者對於愛情，家

族，社會的思考提出了挑戰和反思。

四、愛與孤獨表現

　　愛與孤獨是《紅樓夢》中林黛玉情感世界中最為引人深思的主題之一。林黛玉的愛情情感通過多種方式得到表現與體現，同時這份愛卻也讓她深感孤獨。

　　林黛玉的愛情表現於她與賈寶玉之間的交流和互動。從童年時的結伴遊戲到日常的相處，林黛玉和賈寶玉之間彼此的理解和情感交流令人難忘。她的情感細膩地體現在她對寶玉的關心和照顧上，不論是在生活細節上的小事還是在情感層面上的關愛，都展示了她對愛情的極度執著和投入。此外，林黛玉的詩詞也是她情感的抒發途徑，她以詩詞表達對寶玉的思念和深情，使得她內心的愛情情感更加豐富多彩。

> 正說著，有人來回說：「興隆街的大爺來了，老爺叫二爺出去會。」寶玉聽了，便知是賈雨村來了，心中好不自在。襲人忙去拿衣服。寶玉一面蹬著靴子，一面抱怨道：「有老爺和他坐著就罷了，回回定要見我。」史湘雲一邊搖著扇子，笑道：「自然你能會賓接客，老爺才叫你出去呢。」寶玉道：「那裏是老爺，都是他自己要

請我去見的。」湘雲笑道：「主雅客來勤，自然你有些警他的好處，他才只要會你。」寶玉道：「罷，罷，我也不敢稱雅，俗中又俗的一個俗人，並不願同這些人往來。」湘雲笑道：「還是這個情性改不了。如今大了，你就不願讀書去考舉人進士的，也該常常的會會這些為官做宰的人們，談談講講些仕途經濟的學問，也好將來應酬世務，日後也有個朋友。沒見你成年家只在我們隊裏攪些什麼！」寶玉聽了道：「姑娘請別的姊妹屋裏坐坐，我這裏仔細髒了你知經濟學問的。」襲人道：「雲姑娘，快別說這話！上回也是寶姑娘曾說過一回，他也不管人臉上過得去過不去，他就咳了一聲，拿起腳來走了。這裏寶姑娘的話也沒說完，見他走了，登時羞得臉通紅，說又不是，不說又不是。幸而是寶姑娘，那要是林姑娘，不知又鬧到怎麼樣，哭得怎麼樣呢。提起這些話來，真真寶姑娘叫人敬重，自己訕了一會子去了。我倒過不去，只當她惱了。誰知過後還是照舊一樣，真真有涵養，心地寬大。誰知這一個反倒同她生分了。那林姑娘見你賭氣不理她，你得賠多少不是呢！」寶玉道：「林姑娘從來說過這些混帳話不曾？若她也說這些混帳話，我早和她生分了。」襲人和湘雲都點頭笑道：「這原是混帳話。」。原來林黛玉知道史湘雲在這裏，

一定寶玉又趕來說麒麟的原故。因心下忖度著,近日寶玉弄來的外傳野史,多半才子佳人,都因小巧玩物上撮合,或有鴛鴦,或有鳳凰,或玉環金珮,或鮫帕鸞絛,皆由小物而遂終身。今忽見寶玉亦有麒麟,便恐借此生隙,同史湘雲也做出那些風流佳事來。因而悄悄走來,見機行事,以察二人之意。不想剛走來,正聽見史湘雲說經濟一事,寶玉又說:「林妹妹不說這樣混帳話,若說這話,我也和他生分了。」林黛玉聽了這話,不覺又喜又驚,又悲又嘆。所喜者,果然自己眼力不錯,素日認他是個知己,果然是個知己。所驚者,他在人前一片私心稱揚於我,其親熱厚密,竟不避嫌疑。所嘆者,你既為我之知己,自然我亦可為你之知己矣;既你我為知己,則又何必有金玉之論哉!既有金玉之論,亦該你我有之,則又何必來一寶釵哉!所悲者,父母早逝,雖有銘心刻骨之言,無人為我主張。況近日每覺神思恍惚,病已漸成,醫者更云氣弱血虧,恐致勞怯之症。你我雖為知己,但恐自不能久待;你縱為我知己,奈我薄命何!想到此間,不禁滾下淚來。待進去相見,自覺無味,便一面拭淚,一面抽身回去了。」[1]

---

[1] 此段落出自《紅樓夢》第三十二回,名為「訴肺腑心迷活寶玉 含恥辱情烈死金釧」。此段話摘自「網路展書讀」,「網紅樓夢全文」的

在此段落中，林黛玉聽到有人說賈雨村來了，而寶玉正好要去見他。林黛玉擔心賈雨村與寶玉在她不在場的情況下會有不正當的行為，因為最近寶玉閱讀了一些風花雪月的書籍，這些書籍常常描述了男女之間的浪漫故事。林黛玉決定悄悄前來窺探，以瞭解寶玉和史湘雲之間的情感和行為。當她偷聽到寶玉和史湘雲的對話時，她聽到了一些令她高興，驚訝，悲傷和嘆息的話。首先，她高興地發現寶玉對她有好感，他說他不會因為林黛玉說了類似「混帳話」的話而與她疏遠。這讓林黛玉感到欣慰，因為她一直視寶玉為自己的知己。然而，她也感到驚訝，因為寶玉在史湘雲面前公開表達了對林黛玉的好感，沒有掩飾。這讓她感到吃驚，因為寶玉過去常常避免在其他人面前表露對她的情感。林黛玉也感到悲傷，因為她的父母早逝，她一直缺乏親情。她認為寶玉是她的知己，但她擔心自己的病情加重，可能無法久留在這個世界。最後，她嘆息自己的命運，因為她認為即使有深厚的情感，她的薄命也不會改變。此段落展現了林黛玉的情感複雜性和對自身命運的反思，以及她對寶玉的感情的深切理解。林黛玉是小說中重要的角色，她的情感和命運故事貫穿了整部小說。

部分。

在此段落本中,可以看到對話和角色關係扮演著重要的角色。寶玉、史湘雲、襲人和林黛玉是主要參與對話的角色。對話是這部小說中展現角色之間關係與情感的重要手段。文本呈現了寶玉對史湘雲的回應,反映了他們之間的親密關係。林黛玉的出現以及她聽到的對話也為情節增加了戲劇性。

此外,文本中也包括語氣和情感的表達。不僅有明文的言辭,還有透過語氣和情感表達的內容。寶玉表達了他的不滿,史湘雲則伴隨著笑聲。林黛玉的情感表達包括喜悅,驚訝,悲傷,嘆息以及滾淚等情感。此些情感的傳達對於塑造角色和推動情節發展至關重要。透過對話和情感的表達,我們可以窺見不同角色的性格特徵和發展。寶玉被描繪成不喜歡與官員交往,他拒絕了史湘雲的建議。史湘雲則被刻畫成理解寶玉的性格,但也希望他更多地涉足社交和學問領域。林黛玉的出現揭示了她對寶玉深刻的理解和情感。此外,文本中也運用了隱喻和比喻,如「主雅客來勤」和「有金玉之論」,這些比喻豐富了文本的表達方式,增加了文本的藝術性和深度。

綜而言之,此段落透過對話,語氣和情感的表達,展現了角色之間的複雜關係和性格特點,同時也為情節的發展和角色的演變提供了線索。這種語言學的分析有助於我們更好地理解小說中的人物和情節發展。

《紅樓夢》的世界中，林黛玉是一個充滿情感的角色，她的內心總是交織著各種複雜的情感。其中，有一句話[2]「黛玉幾次想要對寶玉說，又怕他笑話，心中處於矛盾之間。」。林黛玉對寶玉心生情感，這份感情對她來說是那麼的珍貴而深刻。然而，面對寶玉，她卻常常感到不知所措。此句話中的「幾次想要對寶玉說」，折射出她內心一次又一次的勇氣和渴望，她希望能夠坦誠地表達自己的情感，與寶玉分享內心的真實。然而，她的不安卻源自於「又怕他笑話」，她擔心寶玉可能會取笑她的情感，或是以一種她無法接受的方式回應，這使她感到極度的矛盾。

　　林黛玉的內心矛盾反映了現實社會中的種種限制。她身處於一個嚴格的社會體制下，她的情感可能會受到家族，傳統和規範的束縛，這讓她在表達愛情時感到不安。同時，她對寶玉的感情也受到了家族的關注和壓力，讓她的內心糾結更加複雜。

　　此句話以其細膩的情感描寫，折射出林黛玉內心的掙扎，以及她在愛情面前的無奈。她的矛盾感和不安全感，使她

---

[2] 「黛玉幾次想要對寶玉說，又怕他笑話，心中處於矛盾之間。」此句話出自《紅樓夢》第二十二回，名為「聽曲文寶玉悟禪機　制燈謎賈政悲讖語」。此段話摘自「網路展書讀」，「網紅樓夢全文」的部分。在此一回中，林黛玉因為寶玉的一些行為而感到矛盾和困惑，這句話正是描述了她對於與寶玉交流的矛盾心情。

的角色更加立體,也使讀者更容易投入並共鳴。這種情感糾結,讓林黛玉成為一個真實而感人的文學角色,深深地觸動著每一個讀者的心。

當林黛玉踏出幾步,目光及時地遇上寶玉的身影,情不自禁地心頭一緊。就在這個時候,仿佛命運安排了一場微妙的邂逅,寶玉也恰巧踏進了這個場景。他們彼此相視,微笑著,就像兩個星辰在宇宙的廣袤中交會。

兩人走在一起,步伐如詩,彷彿時間也在這一刻靜止了。他們來到簾子下,彷彿隔著這輕紗,見證著一切的溫情。在簾的另一側,賈母靜臥其中,她是賈府的長者,也是家族的靈魂。她的存在給予這個場景一份優雅的沉靜,仿佛她的臥臥是整個家族的心跳。

然而,最令人心生感慨的是寶玉倚在簾上的模樣。他的身影在簾子投下的陰影中,顯得柔和而優雅。這倚靠的姿態,帶著一份惆悵和深情,彷彿他的思緒也隨著簾子的飄動而起伏。或許他在默默地凝望賈母,或許他在思考著生命的脈搏,亦或許他只是享受著這份寧靜的時光。

這一幕彷彿凝結了愛情,家族和時光的美好。林黛玉和寶玉的交集,賈母的臥臥,以及寶玉倚靠的姿態,都是《紅樓夢》中令人難以忘懷的一幕。這一刻的情感流轉,將我們帶入了小說的世界,讓我們感受到愛,情感和人生的深刻意義。

然而，林黛玉的愛情也使她更加孤獨。她不僅處於對愛情的渴望之中，同時也在家族和社會的壓力下受到婚姻命運的束縛。她的愛情與現實世界的矛盾使她感到孤獨，無法在社會禮教的桎梏下實現自己的愛情願望。而她對賈府虛偽和世俗的不滿，以及對人生無常的思考，更加加深了她的孤獨感。即使身處人群之中，她也感到內心的孤立，與其他人在價值觀和情感層面的隔膜，讓她愈加孤獨。

　　總之，林黛玉的愛情和孤獨共同構成了她豐富的人物性格。愛情使她充滿了熱情和情感，並在情感表達和行為中得到充分體現；然而，愛情也使她感到了深深的孤獨，這種孤獨來自於她對自我的矛盾，社會環境的限制以及對人生意義的深刻追求。這種愛與孤獨的交織，使得林黛玉成為一位讓人難以忘懷的文學角色，也使得她的形象在讀者心中綻放出獨特的光彩。

五、林黛玉的角色分析

　　林黛玉，是曹雪芹的經典之作《紅樓夢》中的一朵情感之花，她的角色複雜多面，彷彿在她的身上融匯了各種情感和矛盾。

　　她的敏感情感是她最鮮明的特點之一。她能夠深切感受

到周圍人事物的情感變化,並且對於情感表達非常敏感。她的心靈總是像一面精細的鏡子,能夠捕捉到微小的波動。這使得她在小說中成為一個能夠洞悉他人情感的角色,同時也讓她的內心充滿了豐富的情感世界。

她的聰明才智使她更加引人注目。她不僅擅長文學藝術,還對音樂,詩詞等領域有著深厚的造詣。這種才華使她的情感表達更加豐富多樣,她常常選擇用詩詞和音樂來抒發內心的情感,這不僅是她的表達方式,也反映了她對美的追求。

然而,她的角色同時也充滿了孤獨感。她的命運註定是苦痛和孤獨的,她與賈府的環境和家人的關係都讓她感到無法真正融入。她的孤獨感在她的性格中得到了深刻的體現,同時也使得她的情感更加複雜和深入。

「林黛玉雖生得肌膚白淨,眉目疏朗,風情萬種,然性質多疑,不愛言語,因此人譽損之。」[3]林黛玉,她的美貌是無可否認的。生得皮膚白皙,眉目之間透露著一份清澈。她的容貌彷彿是詩意和畫意的完美結合,風情萬種,讓人難以忽視她的存在。

---

[3] 「林黛玉雖生得肌膚白淨,眉目疏朗,風情萬種,然性質多疑,不愛言語,因此人譽損之。」此句話出自《紅樓夢》第五十六回,名稱「蜂腰橋設言傳密意 湘館春困發幽情」,此段話摘自「網路展書讀」,「網紅樓夢全文」的部分。

然而，林黛玉的美麗之外，她的性格也是獨特的。她性質多疑，總是對周遭的人和事保持一份警惕。這份多疑並非出於惡意，而是她對現實世界的一種敏感反應。她經歷過許多虛偽和不真實，這讓她更加謹慎，不輕易相信他人。

　　另一個顯著的特點是她不愛言語。她的內心充滿著豐富的情感和思考，但她不經常表達出來。這種內斂並不代表她的冷漠，反而顯示出她對情感和言語的崇敬。她相信情感應該是細膩而深刻的，不應該被輕率地說出來。然而，正因為她的性格特點，使得她的美貌和風情並未得到應有的譽賞。人們對她的評價可能受到她的多疑和內斂的性格所影響，這讓她的譽聲未能完全散發出來。

　　總的來說，林黛玉是一位複雜而深刻的角色。她的美麗和獨特的性格使她在《紅樓夢》中獨具魅力，同時也讓人們對她的理解和評價充滿了困惑。她是小說中一個充滿深度和光彩的角色，值得我們細細品味和探討。

　　林黛玉的愛情同樣充滿了矛盾。她對賈寶玉的愛充滿了深情和矛盾，她的情感既是對純真愛情的追求，也是對現實社會限制的反駁。她的愛情充滿了戲劇性，使得她的角色處於更加引人入勝。

　　總之，林黛玉是《紅樓夢》中一個極具情感和內在矛盾的角色。她的敏感情感，聰明才智，孤獨感和愛情矛盾交織在

一起,形成了一個深具吸引力處於的角色形象,也使得她的角色成為整部小說中的一顆閃亮之星。

六、林黛玉愛情的複雜性與孤獨的內在世界

　　蔣勳是一位臺灣知名的文學家,評論家和文化評論家。他的作品涵蓋了多個主題,包括孤獨,他在一些文章和演講中探討過孤獨的概念。蔣勳的文學作品和評論通常充滿深刻的思考和情感,反映了他對人性和社會的觀察。蔣勳在不同作品中可能有不同的闡述,但他對孤獨的概念通常與現代社會的變遷和人際關係的複雜性相關。他可能探討孤獨對個體心靈的影響,以及在當代社會中,科技,城市生活和社交媒體等因素如何加劇了孤獨感。「孤獨的同義詞是出走,從群體,類別,規範規裡走出去,需要對自我很誠實,也需要非常大的勇氣,才能走到群眾外圍,回看自身處境」[4]。一看到「當你被孤獨感驅使著去尋找遠離孤獨的方法時,會處於一種非常可怕的狀態;因為無法和自己相處的人,也很難和別人相處,無法和別人相處會讓你感覺到巨大的虛無感,會讓你告訴自己:『我是孤獨

---

[4] 「孤獨的同義詞是出走,從群體,類別,規範規裡走出去,需要對自我很誠實,也需要非常大的勇氣,才能走到群眾外圍,回看自身處境」此句話來自書籍《孤獨六講》,作者蔣勳,位於第204頁。

的，我是孤獨的，我必須去打破這種孤獨。」[5]你忘記了，想要快速打破孤獨的動作，正是造成巨大孤獨感的原因。」向林黛玉最大的孤獨來之於經常處於一種非常可惜的狀態自意思。

　　林黛玉的社會地位使她註定孤獨。她是賈母的外孫女，儘管生在豪門巨族，但她沒有親生父母的陪伴。母親早逝，父親因私情早逝，讓她在家庭中顯得孤立無援。她常常陷入家族政治鬥爭的漩渦，卻無法真正融入這個龐大的家族，因而滋生了深切的孤獨感。林黛玉的性格特質也深化了她的孤獨。她是個極度敏感，善解人意，情感豐富的女子，對家族內部的矛盾和不公有著強烈的情感反應。她的內心充滿了情緒波動，但這種情感深度常常讓她感到與周遭人格格不入。她的情感世界如此複雜，難以與他人分享，於是她陷入了孤獨。

　　同時，林黛玉的孤獨也根植於她的善良和純潔。她內心充滿了善意，充滿同情之情。她常為他人著想，關心家族成員的幸福，但卻常常因為家族的爭鬥和不公而感到不滿。她對他人的痛苦和苦難有著深刻的共鳴，也加深了她的孤獨感。她往往感到自己是唯一一個能理解這一切的人，而這種特殊性使她

---

[5]　「當你被孤獨感驅使著去尋找遠離孤獨的方法時，會處於一種非常可怕的狀態態；因為無法和自己相處的人，也很難和別人相處，無法和別人相處會讓你感覺到巨大的虛無感，會讓你告訴自己：「我是孤獨的，我是孤獨的，我必須去打破這種孤獨。」此句話來自書籍《孤獨六講》，作者蔣勳，位於第2頁。

陷入孤獨的深淵。此外，林黛玉與賈寶玉之間錯綜複雜的感情糾葛也是她孤獨的原因之一。她深愛寶玉，但情感常受挫。寶玉與黛玉之間的親屬關係複雜，眾多因素擾亂了他們的愛情，尤其是寶黛的社會地位差距，使得他們難以順利走到一起。這種情感的曲折和不確定性也加重了林黛玉的孤獨感。

總之，林黛玉的孤獨在《紅樓夢》中顯得極為突出。她的社會地位，性格，家庭背景，情感經驗等多重因素交織在一起，使她陷入孤獨的深淵。她的孤獨不僅是生理上的獨處，更是一種心靈的孤立感。她成為小說中最深刻的角色之一，她的孤獨也反映了中國封建社會的某種冷酷無情，她是那個時代無法擺脫的犧牲品，也是那個時代眾多女性命運的象徵。因此，林黛玉與孤獨緊密相連，她的孤獨也成為了《紅樓夢》這部偉大文學作品中的一個不可磨滅的痕跡。

林黛玉，《紅樓夢》中的角色，她的愛情和孤獨是這個文學經典中的兩大主題，共同塑造了她複雜而深刻的內在世界。

林黛玉的愛情是一幅多彩的畫卷，充滿著深情和掙扎。她對賈寶玉的愛充滿真摯，卻又受到家族和社會的約束。這種愛情的複雜性體現了她的角色深刻性格。她不僅是一個愛情的追尋者，還是一個充滿堅韌和矛盾的個體。她對寶玉的情感是她生命中最璀璨的部分，卻也是她最痛苦的一部分，這種愛情的複雜性質為她的角色增添了豐富性。

卻說王夫人等這裏吃畢西瓜，又說了一會閒話，各自方散去。寶釵與黛玉等回至園中，寶釵因約黛玉往藕香榭去，黛玉回說立刻要洗澡，便各自散了。寶釵獨自行來，順路進了怡紅院，意欲尋寶玉談談以解午倦。不想一入院來，鴉雀無聞，一併連兩隻仙鶴在芭蕉下都睡著了。寶釵便順著遊廊來至房中，只見外間床上橫三豎四都是丫頭們睡覺。轉過十錦隔（原字為左木右鬲）子，來至寶玉的房內，見寶玉在床上睡著了，襲人坐在身旁，手裏做針線，旁邊放著一柄白犀麈。寶釵走近前來，悄悄的笑道：「你也過於小心了，這個屋裏哪裏還有蒼蠅，蚊子，還拿蠅帚子趕什麼？」襲人不防，猛抬頭見是寶釵，忙放下針線起身，悄悄笑道：「姑娘來了，我倒也不防，嚇了一跳。姑娘不知道，雖然沒有蒼蠅蚊子，誰知有一種小蟲子，從這紗眼裏鑽進來，人也看不見，只睡著了，咬一口，就像螞蟻叮的。」寶釵道：「怨不得。這屋子後頭又近水，又都是香花兒，這屋子裏頭又香。這種蟲子都是花心裏長的，聞香就撲。」說著，一面又瞧她手裏的針線，原來是個白綾紅裏的兜肚，上面紮著鴛鴦戲蓮的花樣，紅蓮綠葉，五色鴛鴦。寶釵道：「噯喲，好鮮亮活計！這是誰的，也值得費這麼大工夫？」襲人向床上努嘴兒。寶釵笑道：

「這麼大了,還帶這個?」襲人笑道:「他原是不肯帶,所以特特的做得好了,叫他看見由不得不帶。如今天氣熱,睡覺都不留神,哄他帶上了,便是夜裏縱蓋不嚴些兒,也就不怕了。你說這一個就用了工夫,還沒看見他身上現帶的那一個呢。」寶釵笑道:「也虧你奈煩。」襲人道:「今兒做的工夫大了,脖子低得怪酸的。」又笑道:「好姑娘,你略坐一坐,我出去走走就來。」說著便走了。寶釵只顧看著活計,便不留心一蹲身,剛剛的也坐在襲人方才坐的所在,因又見那活計實在可愛,不由得拿起針來替她代刺。不想林黛玉因遇見史湘雲約她來與襲人道喜,二人來至院中,見靜悄悄的,湘雲便轉身先到廂房裏去找襲人。林黛玉卻來至窗外,隔著紗窗往裏一看,只見寶玉穿著銀紅紗衫子,隨便睡著在床上,寶釵坐在身旁做針線,旁邊放著蠅帚子。林黛玉見了這個景況,連忙把身子一藏,手捂著嘴不敢笑出來,招手兒叫湘雲。湘雲一見她這般光景,只當有什麼新聞,忙也來一看,也要笑時,忽然想起寶釵素日待她厚道,便忙掩住口。知道林黛玉口裡不讓人,怕她言語之中取笑,便忙拉過她來道:「走罷。我想起襲人來,她說午間要到池子裏去洗衣裳,想必去了,咱們那裏找她去。」林黛玉心下明白,冷笑了兩聲,只得

隨她走了。[6]

　　此段落描述了一系列角色之間的互動和情感。王夫人和其他女性在吃完西瓜後散開，暢談閒話。接著，寶釵和黛玉分開，計畫前往藕香榭，寶釵希望找寶玉聊解悶。然而，當她來到怡紅院，她發現院子異常寧靜，甚至連兩隻仙鶴都在芭蕉下入睡。寶釵隨著走廊來到寶玉的房間，發現寶玉正在床上熟睡，而襲人坐在他身旁專心地繡花，旁邊放著一柄白犀塵。他們討論了為什麼需要使用蒼蠅帚子，襲人解釋了小蟲子的問題。寶釵讚揚了襲人的刺繡工作，然後林黛玉和史湘雲突然出現，看到了這個場景，引發了一系列笑聲。總的來說，這段文本強調了不同角色之間的微妙互動和情感，以及他們在寶玉和襲人的情景上的反應。由此可見，林黛玉看到林黛玉與薛寶釵親近，內心感到悲傷，進一步鮮明地勾勒出了林黛玉孤獨的形象。

　　句法結構：這段文本採取了直接的敘述方式，即透過直截了當的陳述來呈現資訊。作者沒有使用比喻，修辭或其他修飾性語言，而是以清晰明瞭的語言描述了故事中的場景和情

---

[6] 此句話出自《紅樓夢》第三十六回，名稱「繡鴛鴦夢兆絳芸軒　識分定情悟梨香院」，此段話摘自「網路展書讀」，「網紅樓夢全文」的部分。

節。這種直接的敘述方式有助於確切地傳達訊息，讓讀者理解文本。

對話：對白在這段文本中占據重要位置，透過寶釵和襲人之間的對話，讀者可以深入瞭解這兩個角色之間的情感和互動。對話是文本的一種互動形式，透過人物之間的言語交流，作者能夠傳達情感，性格特徵以及故事發展。在這個情節中，寶釵和襲人的對話揭示了手工製品，寶玉的品味以及一些角色關係的細節。

詞彙與修辭：文本中使用了一些形像生動的詞彙，這些詞彙有助於讀者更清楚地想像文本中的場景和細節。例如，「鴉雀無聞」描述了寧靜的環境，而「白綾紅裏的兜肚」則生動描繪了兜肚的材質和圖案。這些詞彙的選擇增強了文本的描述力，使讀者更容易理解作者想要傳達的訊息。

隱喻與象徵：文本中可能存在隱喻與象徵，例如鴛鴦戲蓮的花樣。這個花樣可能像徵著愛，情感和關係的複雜性，因為鴛鴦通常與愛情和伴侶之間的聯繫有關。這個花樣可能在文本中具有更深層的象徵意義，代表角色之間的感情糾葛或愛情情節。

總的來說，這段文本的目的是透過對話和描述來展示角色之間的情感和互動，同時使用形像生動的詞彙來豐富文本，增加讀者的閱讀體驗。可能的隱喻和象徵元素也增添了文

本的深度，鼓勵讀者更深入地思考文本中的主題和情感。

其次，林黛玉的孤獨感深刻而真實。她儘管身處於賈府這個人來人往的繁華之地，卻經常感到孤立無援。她的父母早逝，這讓她在親情方面失去了依靠。她的性格內向，不愛言語，這使她難以與他人建立親密關係。她的孤獨感深深影響著她的內在世界，使她更加渴望愛情和情感的陪伴。「夢中徐來舊遊地，不覺隨風淚滿巾。」[7]描述了林黛玉在夢中回到了過去的地方，然後不自覺地流下了淚水。這是一句充滿詩意和感傷的經典句子，它蘊含著深刻的情感和豐富的語言學特徵，下麵讓我們通過語言學理論來深入分析這句話。需要注意到這句話採用了對仗的修辭手法。在這裡，「夢中」和「淚滿巾」形成了對仗，這種對仗不僅增強了句子的音韻美，也增強了情感的表達。「夢中」暗示了一種虛幻和回憶的狀態，與「淚滿巾」形成了鮮明的對比，強調了情感的真實和感傷。押韻也是這句話的一項語言學特徵。「巾」和「地」押韻，這種押韻不僅增加了韻律感，還為句子賦予了音樂性。這句話中還包含了比喻和隱喻。「夢中」比喻了情感或回憶的強烈和栩栩如生，而「隨風淚滿巾」中的「隨風」可以被視為一種比喻，意

---

[7] 「夢中徐來舊遊地，不覺隨風淚滿巾。」此句話出自《紅樓夢》第六十五回，名稱「賈二舍偷娶尤二姨　尤三姐思嫁柳二郎」。此段話摘自「網路展書讀」，「網紅樓夢全文」的部分。

味著眼淚像風一樣自然流動。這些比喻和隱喻增加了句子的意義深度，使其更具表現力。最重要的是，這句話表達了一種深沉的情感和懷舊之情。它暗示了過去的回憶在夢中如此強烈地喚起，以至於人不禁流下了眼淚。這種情感體驗常常與對逝去的時光，親人或特殊經歷的懷念有關。總的來說，這句話通過語言學特徵，如對仗，押韻，比喻和隱喻，傳達了複雜的情感和情感體驗。它不僅具有文學上的藝術性，還引發了讀者的深思和共鳴，使人陷入對記憶和時光的無限沉思之中。

這兩大主題在林黛玉的內在世界中相互交織。她的愛情是她克服孤獨的力量之一，同時，她的孤獨也加深了她對愛情的渴望。她的角色讓我們思考了愛情和孤獨的本質，以及它們如何塑造一個人的生活和命運。林黛玉，作為《紅樓夢》中的一個令人難以忘懷的角色，深刻地體現了愛情與孤獨這兩大主題在一個人的內在世界中如何相互交織。林黛玉的愛情是她生命中的一束明亮的光。她對寶玉的深切情感是她克服孤獨，尋找生命意義的力量之一。寶玉與林黛玉之間的情感是複雜而深刻的，它們表現出深厚的情感，互相的依賴和彼此的心靈共鳴。林黛玉的愛情之火溫暖了她的內心世界，使她在曲折的命運中找到了依託和勇氣。然而，林黛玉的孤獨也深刻地影響著她的內心。她的性格多疑而敏感，不常言表內心感受，這使她更容易感到孤獨。她身世複雜，早年失去母親，缺乏親情的滋

潤，也讓她更加孤立。這種內外因素交織在一起，使她的孤獨感更為深刻。林黛玉的角色引發了對愛情和孤獨的深刻思考。她的故事讓我們反思了這兩者在人生中的本質。愛情，尤其是複雜而深刻的愛情，可以成為克服孤獨和尋找生命意義的力量。然而，孤獨也可以加深對愛情的渴望，使其顯得更為珍貴。林黛玉的命運告訴我們，這兩個主題並非相互排斥，而是相互依存，相互補充。

總的來說，林黛玉的角色深刻地展現了愛情與孤獨的複雜性，以及它們如何共同影響一個人的生活和命運。她的故事讓我們思考了人生中最深刻的情感和內在掙扎，這使她成為《紅樓夢》中一個永恆的文學經典。

總而言之，林黛玉是一個充滿複雜性和深度的文學角色，她的愛情和孤獨是她內在世界的燦爛星辰，為《紅樓夢》注入了深刻的情感和主題，也使我們對愛情和孤獨有了更深刻的理解。她是一個永不磨滅的文學經典，留下了無數讀者心中難以磨滅的印記。

七、結語

《紅樓夢》是中國文學的經典之一，其中的角色林黛玉因其深刻的愛情和孤獨而令人難以忘懷。在整個小說中，林黛

玉的故事通過她複雜的性格，深刻的情感和內心的孤獨，深刻地觸及了讀者的心靈。本論文旨在探討《紅樓夢》中林黛玉的愛情和孤獨，以及這兩者之間的相互關係。

首先，林黛玉是《紅樓夢》中的一個複雜角色，這些段落反映了她對愛情和孤獨的深刻體驗。林黛玉的孤獨感在這些段落中得到了凸顯。她是個孤兒，父母早逝，長期在賈府生活。她的孤獨感來自對家庭的渴望和對家人的失落。她在一個富貴環繞的環境中長大，卻一直感到內心的空虛和不安。林黛玉的孤獨感也可能來自她對自己身世的不滿，以及對生命的不確定性的反思。林黛玉的愛情是她生命中最重要的一個主題。她對寶玉的深切情感貫穿了整個小說，這種愛情不僅是她對寶玉的深厚感情，還反映了她對愛情的渴望和尋求。她和寶玉之間的愛情故事充滿著起伏和情感的波動，這種複雜性使這對愛情更加令人難以忘懷。林黛玉的愛情是她生命中的一束明亮的光，她為之奮鬥，為之犧牲，這種愛情使她的生命變得更加豐富和有深度。

其次，林黛玉的愛情糾葛也在這些段落中呈現。她深愛著寶玉，但同時又因對自己的身體狀況感到擔憂，這種擔憂影響了她的愛情體驗。她擔心自己的健康狀況可能會影響她和寶玉的關係，這使得她的愛情變得複雜和矛盾。這種情感糾葛使林黛玉的愛情充滿了不安和不確定性。

然而，林黛玉的愛情故事並不是一帆風順的，她也經歷了許多痛苦和挫折。她的愛情受到了家庭和社會的種種限制，使她常常無法如願。這種愛情的複雜性和困難增加了她的孤獨感，使她更加渴望得到愛情的滿足。她在愛情的追求中面臨了孤獨的時刻，這種孤獨加深了她對愛情的渴望，使其更加珍貴和珍重。

與愛情相關聯的孤獨也是林黛玉性格中的一個重要元素。她的性格多疑而敏感，不常言表內心感受，這使她更容易感到孤獨。她身世複雜，早年失去母親，缺乏親情的滋潤，這也讓她更加孤立。這種孤獨感常常在她的心靈深處滋生，使她的內在世界充滿了矛盾和煩惱。然而，這種孤獨也是她內心世界的一部分，塑造了她獨特的性格，使她成為小說中一個令人難以忘懷的角色。

林黛玉的故事讓我們思考了愛情和孤獨的本質，以及它們如何塑造一個人的生活和命運。她的愛情故事告訴我們，愛情可以是克服孤獨的力量，同時孤獨也可以加深對愛情的渴望，使其變得更加珍貴。她的性格和命運反映了這兩者在一個人生活中的交織和相互影響，這種複雜性使她成為文學作品中的一個永恆角色。

總的來說，林黛玉的愛情與孤獨是《紅樓夢》中最引人入勝的主題之一。她的角色深刻地觸及了人性的深處，她的故

事啟發了讀者對愛情和孤獨的思考。她的愛情充滿了情感的火花，她的孤獨加深了對愛情的渴望，這種對比使她的角色更加豐富和真實。她將永遠留在我們的心中，成為文學世界中的經典之一，引領我們探索愛情和孤獨的深刻奧祕。林黛玉的故事在《紅樓夢》中反映了愛情和孤獨之間的複雜關係。她的性格充滿了矛盾，既堅強又脆弱，既熱情又充滿不安。她的孤獨和愛情體驗讓讀者深入思考這兩種情感之間的相互關聯，以及在一個象徵性的環境中如何得以表現。林黛玉的形象也引起了人們對生命不確定性的反思，以及如何在孤獨中尋找愛和意義的深思。

八、參考文獻

朱嘉雯，《紅樓夢與曹雪芹》。2015年04月。五南圖書出版公司。（2015）。

朱嘉雯，《浪漫文學：紅樓夢與四大昆劇》。五南圖書出版公司。2021年12月。

周彩虹，〈甄寶玉，賈寶玉的心理分析〉，《名作欣賞》第6期（2020年6月），頁77-80。

周曉琳（1995）。〈賈寶玉形象的心理分析〉，《四川師範學院學報（哲學社會科學版）》，第期，頁49-56。

邵寧寧（2002）。〈啟蒙神話與成長的悲劇——《紅樓夢》人生

解讀〉，紅樓夢學刊，第2期，（2020年），頁41-60。

孫乃修，《佛洛德與二十世紀中國作家》，臺北：業強出版社，1999年。

徐振輝，〈原始思維：賈寶玉心理世界一角〉，《紅樓夢學刊》第3期（1990年），頁100-111。

起庸，〈賈寶玉是叛逆嗎？〉，《晉陽學刊》第6期（1981年），頁95-98。

張中良，〈寶玉之癡──《紅樓夢》心理分析之一〉，《西北大學學報（哲學社會科學版）》第4期（1989年），頁90-101。

張畢來，《談《紅樓夢》（《紅學芻言》）》，上海：知識出版社，1985年。

張畢來，《漫說紅樓》，北京：人民出版社，1980年。

張進輔主編：《現代青年心理學》，重慶：重慶出版社，2002年。

郭豫適，《論紅樓夢及其研究》，上海：上海古籍出版社，1992年。

傅承洲，《戊戌集──宋元明清文學論稿》，南京：鳳凰出版社，2018年。

貴州省紅學會，《紅樓夢人物論》，貴陽：貴州人民出版社，1988年。

馮友蘭，《馮友蘭文集第12卷中國哲學史新編第5冊-第6冊》，長春：長春出版社，2017年。

鄭淳鎂（2017），〈紅樓夢賈寶玉及林黛玉的言談分析〉。國立臺中教育大學。碩士論文。

語言文學類　PG3171　文學視界154

開生面　立新場：
第一屆環太平洋紅樓夢國際學術研討會論文集

主　　編 / 朱嘉雯
策畫主編 / 國立東華大學國際紅學研究中心
執行主編 / 阮氏玉映
責任編輯 / 邱意珺
圖文排版 / 楊家齊
封面設計 / 嚴若綾

發 行 人 / 宋政坤
法律顧問 / 毛國樑　律師
出版發行 / 秀威資訊科技股份有限公司
　　　　　114台北市內湖區瑞光路76巷65號1樓
　　　　　電話：+886-2-2796-3638　傳真：+886-2-2796-1377
　　　　　http://www.showwe.com.tw
劃撥帳號 / 19563868　戶名：秀威資訊科技股份有限公司
　　　　　讀者服務信箱：service@showwe.com.tw
展售門市 / 國家書店（松江門市）
　　　　　104台北市中山區松江路209號1樓
　　　　　電話：+886-2-2518-0207　傳真：+886-2-2518-0778
網路訂購 / 秀威網路書店：https://store.showwe.com.tw
　　　　　國家網路書店：https://www.govbooks.com.tw

2025年5月　BOD一版
定價：550元
版權所有　翻印必究
本書如有缺頁、破損或裝訂錯誤，請寄回更換

Copyright©2025 by Showwe Information Co., Ltd.
Printed in Taiwan
All Rights Reserved

讀者回函卡

國家圖書館出版品預行編目

開生面 立新場：第一屆環太平洋紅樓夢國際學術研討會論文集/朱嘉雯主編. -- 一版. -- 臺北市：秀威資訊科技股份有限公司, 2025.05
　　面；　公分. -- (語言文學類；PG3171)(文學視界；154)
BOD版
ISBN 978-626-7511-80-0(平裝)

1.CST: 紅學 2.CST: 研究考訂 3.CST: 學術研究 4.CST: 文集

857.4907　　　　　　　　　　　　　114004613